10 years

太阳鸟十年精选

王蒙　主编

艺术，孤独的绝唱

辽宁人民出版社

© 王蒙　2017

图书在版编目（CIP）数据

艺术，孤独的绝唱 / 王蒙主编 . —沈阳：辽宁人民出版社，2018.1
ISBN 978-7-205-09125-5

Ⅰ．①艺… Ⅱ．①王… Ⅲ．①中国文学—当代文学—作品综合集 Ⅳ．①I217.1

中国版本图书馆CIP数据核字（2017）第266293号

出版发行：辽宁人民出版社
　　　　　地址：沈阳市和平区十一纬路25号　邮编：110003
　　　　　电话：024-23284321（邮　购）　024-23284324（发行部）
　　　　　传真：024-23284191（发行部）　024-23284304（办公室）
　　　　　http://www.lnpph.com.cn
印　　刷：阜新市宏达印务有限责任公司
幅面尺寸：160mm×230mm
印　　张：13.5
字　　数：212千字
出版时间：2018年1月第1版
印刷时间：2018年1月第1次印刷
责任编辑：赵维宁　艾明秋
装帧设计：丁末末
责任校对：赵　晓
书　　号：ISBN 978-7-205-09125-5
定　　价：41.00元

总序

PREFACE

　　这套"太阳鸟十年精选"所收录的文章均选自过去十年我为辽宁人民出版社主编的太阳鸟文学年选。太阳鸟文学年选作为每年国内出版的多种文学年选中的一种，已经坚持了近二十年。它说明辽宁人民出版社的这套太阳鸟文学年选具有相当的历史性，表现了辽宁人民出版社编辑们的坚持不懈，这也是年选权威性的一个方面。

　　太阳鸟文学年选近二十年来，纳入其编选范围的文体大致六种，即中篇小说、短篇小说、诗歌、散文、随笔和杂文，这一次编辑将选文的体裁限定在了"美文"，杂文记忆中也只选了三四篇。整套书共十三种，包括《途经生命里的风景》《异乡，这么慢那么美》《故乡，是一抹淡淡的轻愁》《这世上的"目送"之爱》《历史深处有忧伤》《愿陪你在暮色里闲坐，一直到老》《你所有的时光中最温暖的一段》《那个心存梦想的纯真年代》《一生相思为此物》《掩于岁月深处的青葱记忆》《在文学里，我们都是孤独的孩子》《艺术，孤独的绝唱》《那个时代的痛与爱》，除《那个时代的痛与爱》主题相对分散，其他内容包括国内国外、故乡亲人、历史人物、童年校园、怀人状物、读书谈艺，可以说涵盖了人生的方方面面，可供阅读群体广泛。集中国十年美文创作于一书，这个书系的作者也涵盖了中国当代文学写作，尤其是散文写作的大量作家，杨绛、史铁生、袁鹰、余光中、梁衡、王巨才、王充闾、周涛、陈四益、肖复兴、李辉、王剑冰、祝勇、张晓枫、刘亮程、毛尖、李舫、宗璞、蒋子龙、陈建功、李国文、刘心武、李存葆、陈世旭、梁晓声、陈忠实、贾平凹、铁凝、张承志、张炜、余华、韩少功、王安忆、苏童、周大新、格非、迟子建、刘醒龙、刘庆邦、池莉、范小青、叶兆言、阿来、刘震云、赵玫、麦家、徐坤等。还有黄永玉、范曾、韩美林、谢冕、雷达、阎纲、孙绍振、温儒敏、南帆、陈平原、孙郁、李敬泽、闫晶明、彭程、刘琼等艺术家和评论家。他们的阵容，令人想起改革开放以来中国当代文学的版图。

为了"优中选优"，我重新翻阅了近十年的太阳鸟文学年选散文卷和随笔卷，并生出一些感慨。文学应该予人以美，包括语言之美、结构之美、韵律之美，更包括思想之美、情感之美、叙事之美，言之有思，言之有情，言之有恍若天成的启示与灵性。美好的东西总是让人念念不忘，文章也是如此。重读这些当年选过的文章，依然让人或心潮澎湃，或黯然神伤，或感同身受，或心向往之，一句话，也就是我最入迷的文学品性：令人感动。

大概十年前，为了继承和发扬赵家璧先生在良友图书公司主持"中国新文学大系"的传统，我曾为出版社主编过"中国新文学大系"第五辑，我在序言中曾说，文学是我们的最生动、最刻骨铭心的记忆，是我们的"心灵史"。我希望这套选本，也能不辜负读者与历史的期待。

王蒙

2017 年 9 月

目录
CONTENTS

神鬼造化

韩美林

————————

人是个很奇怪的物种，因为他有一个比别的动物更发达的器官——大脑。应该说，随着年纪增大，眼前的事忘得很快，但我一直不明白，童年的事虽然已与现在相隔五六十年，可总也忘不了，上小学的那一天似乎就在我眼前。

我家在济南，住在现在的省府前街（布政司大街），东边一个巷子叫皇亲巷，连着的一个小巷叫尚书府。这个皇亲巷并没有皇亲，只是一个司马府的后门。据老人讲，也不知哪一朝的皇帝偷娶了司马家的一个小姐，因为不是明媒正娶，所以从后门接的亲……反正我们小孩听大人讲的事都犯糊涂，所以我也就糊涂着写，大家也只能糊涂着看了。

讲这些不重要，主要是讲司马府后门旁边有一个庙，庙洞里有一个土地爷和一个供台，几进的院子里，有关公、观音，观音殿里还有一个私塾，那时的私塾已经有点背时了。我们街上的孩子主要在司马府后门和土地爷庙洞子里玩，加上巷子里有一两条不管是谁家养的且都是挺"哥们儿"的小狗，小孩要求不高，有这些也就够了。

有一天放学早，我一个人来到土地庙，调皮的我无所事事，好奇地凑到土地爷大玻璃罩子里去看看有什么"情况"，没想到从土地爷屁股后面发现了"新大陆"，我伸手一掏是书！接着一本、两本、三本……越掏越好奇，后来掏出来的还有印章、刻刀、印床子。印章料有石头的、木头的、铜的……

　　小孩财迷，见到这些东西那好奇劲、那高兴劲就甭提啦！就地一坐便"研究"起来……后来，我每天大部分时间就是往这里跑，东西没敢拿回家，"研究"完了就送回土地爷屁股后面，这样挺保险，没人会知道。那时我虽小，却挺懂事，怕带回家说我是偷的，那就洗也洗不清了。但又是谁将这些东西放到这里来的？至今仍是个谜。

　　我从小智商不低，直到现今七十老翁，对某些感兴趣的东西仍过目不忘，好奇心"发达"（可我不感兴趣的电话号码、手机、相机、发票等与我"长期厮守"的可以说没有）。但是没想到那些书却影响了我一生——一本《四体千字文》、一部《六书分类》、两本《说文古籀》。后来，偷偷地一本本拿回了家，它们成了我的"终生伴侣"。

　　此生第一次接触的文字是篆书，这些像图画的文字对我一个小孩来说新鲜、好玩。从小我喜于绘画，所以一拍即合，直到小学毕业这几本书就没有离开过我。小孩子天性好玩，和我一般大的孩子，有玩弹子的、有踢毽子的，可我却偏偏玩起了这些"图画"。

　　故乡山东是孔子的家乡，从小练书法成了我天经地义的事。我五岁就写字，家里再穷，也没有放弃让我们练书法，尤其上了小学以后，寒暑假母亲怕我们玩野了，就把我们兄弟们送到私塾去写字，学费不贵，每人只交一块钱。

　　现在我是个画画的，可是我学书法的历史绝对在绘画之前。

　　另外，那时我还玩篆刻，用刀在石头上、木头上刻，刻得满手都是血口子。后来我玩别的（绘画、雕塑、陶艺），而且越玩越大，篆刻就顾不上了，但篆书却一直伴我终生。

我一再申明，因为是第一次接触，我把篆字当成了"图画"，所以从我决定一生走美术道路起，篆书在我眼中也就走了"味"，它跟我走的不是书法路，加之后来我的兴趣又扩大的原因（甲骨、汉简、岩画、古陶文和一些符号、记号），它们在我眼里都没有以书法对待，而是成了根深蒂固的"形象"。

为此，我成了"另类"的古文字爱好者。

我是一个从石头缝里夹生出来的小树，儿童时期，父亲早亡，母亲和奶奶两个寡妇把我们兄弟三个拉扯大。那时我两岁，弟弟还未满月。我上的小学是一个救济会办的"正宗贫民小学"。但是我们可不是破罐破摔的人家，我早上没有早点，吃的是上学路上茶馆门口筛子里倒掉的废茶。我家再穷也不去要饭，不去求帮告助，不偷不拿，活的就是一个志气，所以我小学连着两年拿的奖状不是优异成绩奖，而是拾金不昧奖。

母亲的祖籍浙江绍兴，她家以前是济南有名的"大户"，可惜她赶上了她们毛家破落的年代，但是她懂文化。我父亲少年丧父，只念过三年书，十七岁做了洋药房的店员（五洲大药房），但是他的英文和自制的药已显露出他的才气，可惜他二十八岁就归了西。

虽然上的是贫民小学，但我是幸运的，因为六个班里有三个美术、音乐老师，当时学校里演戏、唱歌、画画非常活跃。后来我上大学听音乐欣赏课，才知道我小学时期就已经熟背贝多芬、莫扎特的曲子了，小学四年级我们就苦读了《古文观止》。一个洋小学让我们孩子们知道了"先天下之忧而忧，后天下之乐而乐""六王毕，四海一"，扎实的古文底子早已在小学给"奠"好了。此外，我们班主任还经常让我给他刻印（其实是鼓励我），同学们也让我刻。拿着几本篆书的我成了同学们羡慕和尊敬的对象，尽管我的手经常都是血糊糊的。

那时，老师、同学、家长和我们一起，虽然环境不好，可是团结友爱，彼此之间充满着和谐、友善，我们互相勉励，期待有一个辉煌的明天，我们在校歌中唱道：但得有一技在身，就不怕贫穷，且忍耐暂时的痛苦，去发展伟大的前程……

后来才知道，我们小学的老师和访问过的老师、前辈，都是全国最著名的专家，像李元庆、赵元任、陈叔亮、秦鸿云等，他们都是中国文艺界的脊梁。我小学演话剧《爱的教育》，辅导老师就是秦鸿云，他是中国第一部无声电影的开拓者，也是江青、赵丹的老师。后来我到济南话剧团时，他在文教局戏剧科，我们还经常联系，可惜他"文革"时被江青弄到北京给灭了。抗日战争时期，我们学校仍挂着国旗，我们唱的是"毕业歌""救亡歌"，我十岁就唱"同学们大家起来，担负起天下的兴亡……""教我如何不想他……"我八九岁就知道了当时有名的书法家像迟海鸣、王鸿钧、华世奎，也知道何绍基、铁保等一些故去的书法家，他们都去过济南。

我的私塾老师姓赵，经常给我们唠叨这些书法家，其实我们是小孩，谁写的好坏、写什么帖都是糊涂着听糊涂着记，小孩什么也不怕，就怕老师打板子、抽笔和罚跪，仗着我记忆力好，还记着这么几个人。

我开始练的是"柳公权"，赵老师看我性格不对路就给我换了帖子。从那以后，我就练起了"颜鲁公"，再也没有换帖。直到四五年级时，老师让我写了一段爨宝子和"泰山金刚经"，换换口味，时间不长，又练回来了。

我习惯了"颜鲁公"，况且老师给我讲颜鲁公怎么做人，怎么做官，怎么刚正不阿，怎么为民请命，怎么被人诬陷而被朝廷给缢杀的，他的人格魅力加之他少年赤贫，没有纸笔、扫墙而书的童年，与我美林同样的命运，我"粉丝"一样跟着他的足迹走了一生。

在我的童年里，石灰和墙是我的纸和墨，我经常在人家的墙上乱涂乱画，尤其是新墙，让人告状而挨揍是家常便饭。另外，我们巷子的石头路，也是我画画写字的好去处。

山东文武英雄兼出，梁山好汉是山东人，孔孟诸葛颜真卿也是山东人。我家出去尚书府就是教育馆，除了有个大众剧院场（江青、秦鸿云他们就是在这里演戏）外，还有个大小武术班子，我们小孩受他们不少影响。皇亲巷的墙上、地上都成了我们的天下。写字、画画、练武术都是在这条巷里。我是孩子头儿，男孩女孩都听我的。一放学，先不回家，放下书包不管大小男女一律冲墙来个半小时倒立。2001年我已经六十五岁了，心脏马上就要开刀，住在同仁医院，我为了对我的女友（现在的妻子）表示爱心，在无所示爱的情况下，灵机一动便三角倒立半个多小时，要不是她拉下我来，我还一个傻劲地在那病床上竖着，没想到医生来了，把我给熊得快钻到地窟窿里去了。

我的武术老师姓潘，也是济南太极拳名人。

总之，童年时期虽然懵懵懂懂傻傻乎乎，没想到瞎猫乱碰遇到了这么多的恩师。现在看，家里虽然穷点，但是我的童年教育还是非常幸运的，因为我走上了一条"另类"的童年教育的道路，算是歪打正着吧！

从小学开始，老师就把我当成"小画家"来鼓励，我前后上过两个小学，抗日战争胜利后转到济南第二实验小学，幸运的是我又遇上一个好的班主任，他也姓潘，古典文学、诗词、音乐他都很精通，他指挥我们全校的大合唱；同时这个学校还有三个美术老师，三个音乐老师。潘老师是馆陶人，是武训学校毕业后上的大学，私塾底子很厚，写的字很有功力，他平时用毛笔改作业和写条子，不用"原子笔"。武训学校培养的人都抱着一番雄心到社会上去闯天下的。我是穷孩子，潘老师是穷孩子，颜鲁公也是穷孩子，武训要饭办学，潘老师成了我当时当"粉丝"的偶像。他是写汉简的，我到他家去过两次，他夫人很漂亮，是个小脚，他写的满墙书法，都是我没见过的汉简，这是我最深的印象，不过对我的引力没有达到非写不可的程度，他的推荐没起作用。

颜鲁公成了我根深蒂固的偶像。他除了给我做人的启示以外，书法上的苍雄郁勃、直立天地的那种我小孩儿说不出道不来的伟岸挺拔、磅礴恢弘的气势，无疑使我感到他就是我们中华民族。这一切的一切，毫无疑问地注入到我的身心并转化为我在做人上终岁端正的基因。我崇拜英雄。

由于潘老师的教诲，在我的记忆中，又加进了几个英雄，诸如嵇康、夏完淳、辛稼轩等等。这些有才有德的偶像，嵇康和夏完淳都是宁死也不屈的英雄，他们都是被杀害的。夏完淳被杀时才十七岁，他律诗写得一绝。辛稼轩更是血气方刚的好汉，他率骑兵五十人杀入敌营五万兵马之中，生擒叛将而还，爱国爱得不下于陆游那伤心泪。

这些常识性的丰富的知识，在我启蒙时期齐刷刷地向我聚来，使我一个穷孩子达到了别人说什么我都能插上嘴的水平，现今的教育实在不能不说多失上策。

小学毕业，一直没有接触到哪一个"高人"好我篆书的引导，因为这些老师都不写篆书。这时篆书在我记忆中已经记得很不少了，只是缺少恩师的指点，所以很自然将我逼上梁山——往画的方向自我多情地酷爱和联想，就像同性恋一样，是男是女，爱上了怎么喳?!

天意也好，偶合也好，信不信由你。我又遇到了一个新的机缘。

每年过年家家蒸馒头做年糕，我们穷人家只有将小米水发了以后碾成粉与小麦一起蒸成馒头，全部小麦面粉我家是吃不起的，杨白劳家还能割二斤肉，我们家只能买半斤切成丁与老疙瘩咸菜黄豆炖成"八宝菜"。说起小米碾成粉（水发米粉），家里没有石碾子，那个时候各中药店都网开一面做善事空出药碾子，让穷人家去碾米，我们巷子口有个同济堂药店，每年我们都去那儿碾米。

　　同济堂后院全是药材，它们很有秩序地被存在各个药架子上，屋里也有各种叠柜，放的什么好药我们小孩也管不着，但是他们院晾晒的东西里我却看到了。有个大圆簸箕上铺着一些黄表纸，上面放着一些骨头和龟甲，小店员过来给我们这些穷人（奶奶、妈妈、姑姑和邻居的孩子们）介绍这是"龙骨"，每年年终都拿出来晾一下，叫"翻个身"，上面那些文字他讲不出来，说"一拿来就有"，我什么也没听懂，只知这叫"龙骨"，是"药材"，治"××病"的，等到后来才知道，这就是甲骨文啊!!以前没有文化，中医拿着它当药材。年方六七岁的我，幼年就能见到甲骨文，不管是巧合还是天意，毕竟一个小孩与这些古老文化纠缠上了，真是不可思议。

　　"龙骨"我不懂，治什么病我也管不着，那些文字在我的脑子里却慢慢地生根开花，当时我根本不知道这就是甲骨文，更不知道它就是金文的前身。孩子不懂偷，好奇的我把它们当成了"图画"临摹了下来。

　　从那以后我的脑子里多了一个思考的内容：那些骨头上的画，每块骨头上字不多，几个、几十个，它们奇妙而又细腻，到老也没能从我脑子里抹去。

　　1948年9月24日济南解放，上了三个月初中的我辍学了。哥哥十五岁参军，1949年4月12日，不到十三岁的我也参了军。那时什么事都简单，发了一件军装褂子就表示参军了。我给一个司令员万春浦当通信员，站岗、送信、端饭、扫地、牵马，事都不大，可是挺忙的。我的单位是建烈士纪念塔，一切都是供给制（也就是除了一件褂子外，吃住包干，每月发两三元钱的津贴）。解放战争期间没人讲"苦"字，全国陶醉在一片捷报、欢呼和苦日子混在一起的"苏联的今天就是我们的明天"的理想中。

　　这个时候我又当了一次幸运儿，万司令看我喜于绘画，不到半年我就被调到"浮雕组",给那些"艺术家"们当通信员去了。我在这时真正接触到了一些"家"们,他们对我终生难移的志向——画画,起了转折性的、里程碑式的影响,使我飞跃式地认识了一大批建筑工程师、画家和音乐家。

我像海绵一样地汲取着他们给我带来的一切知识。

我们浮雕组的王昭善、薛俊莲、刘素等老师,还有常来常往的张金寿、黄芝亭、黑白龙、关友声等等诸多的画家、艺术家,把我这么个小孩给惹乎得够呛,他们画画,我画画;他们雕塑,我雕塑;他们唱歌,我唱歌,就是不会拉小提琴。

被单被我撕下来画斯大林、高尔基,画了就送给我的同学赵彬,他高兴得手舞足蹈,他是我的第一个欣赏者。

时间一长我拿出了我的那一小手——写了一些篆书给他们看。他们都是学洋画的,感到我这个小孩子懂这些玩意儿不可思议,只是给我鼓励,可并没有得到指点和引导。

陈叔亮解放前后在济南还办过中国艺专,他是著名书法家,和黄芝亭、薛俊莲都熟悉,来建塔委员会时见到我这个"小朋友",他惊奇地看到我满桌子写的那些不成书法的"篆"文,大加赞扬(我不写赞"赏",我知道我那些文字还不是书法,只是比着葫芦画瓢而已),我最深的印象是:"你这么个小鬼,能喜欢写这种字儿就不应该小看你,你怎喜欢这玩意儿?"我是什么话也说不出来,只是挺愿意听这顺毛话(1956年他担任中央工艺美院院长,同学们不知我们已认识六七年了)。

我是一个有一滴水就能活的人,没想到这几句话对我产生了那么大的作用,我要回家把那几本"书宝贝儿"拿来,这些老师哪怕只有一句话鼓励我,恐怕我就成了攻篆的战士了。因为从来没有一个大人鼓励并且把书法和篆书的关系给我讲一讲,虽然我工作以来,在这个特有的艺术家环境中认识偌大一群艺术家。所以我听到一句鼓励的话就如获至宝，踌躇满志、壮志未酬的样子。我一个小孩简直都画疯了，直到我耄耋之年都未改画疯子的习惯，经常画得进医院……

我一定把那些书拿来，让艺术家们给我加油！

可我遇上了麻烦。当我回家去取那些"书宝贝儿"的时候，我发现一本也没有了，问奶奶这些书怎么没了？她答得很干脆："你弟弟上学没钱买练习本，那几本书翻过面来给他订了练习本了。"我的头像五雷轰顶，我已经离家八九个月了，那些本子"练习"完了也早该生火了……

我大病了一场，痛不欲生，哭得满地打滚，一个十三岁的孩子与这几本书已有六七年的历史感情了，这感情还用说吗？它早已成了我生命的一部分，虽然我不理解它，不懂它，可是我不能没有它。我死亲爹也没这么哭过（那时才两岁不知道伤心），我所承受的是多么巨大的打击、感受到的是多么沉重的痛苦呀！

绝了望也绝了情的我，二十五年我没写篆字，二十五年我没有看过一本篆书，二十五年更没有刻过一块印。我到了伤心欲绝的地步！

……

后来我参加了济南话剧团去演话剧去了，真是绝了情。1955年我考上了中央美术学院。我们班主任周令钊教授是个多面手，他是一个什么都能拿起来的专家。我是一个可塑性很强的人，我有什么毛病，包括难改的口头语，只要你讲得对我都能改，所以我受他的影响很大。我们班的同学都有才气，同时入学的国画系和雕塑系都没有一个喜欢书法的学生，所以书法特别是篆书更是没人过问了。正是这个"可塑性"，我在美术学院跟我们老师学了不少玩意儿，就是没学书法。

1956年我和同学李骐就跟着周先生设计天安门游行队伍了，后来我们参加了"十大建筑"中人民大会堂、迎宾馆等的艺术设计，成绩都是"呱呱叫"……

咱们不是写生平，所以时间一带而过到了1972年。经过毕业、教书、运动、劳动直到"文革"，我因和"三家村"的邓拓以及田汉有瓜葛而入狱，1972年11月被"解放"，仍下放安徽淮南瓷器厂继续劳动改造……

1972年底，我的腿已断加上出狱后身体很弱，厂里放我三个月病假，我回到上海的妈妈家养病。

百无聊赖，那时节干什么都得想一想是否有招灾之嫌。逛书店不会犯错，也长知识，所以它成了我最愿意去的地方，上海福州路三天两头我都泡在那里。

天不灭我。还是天意，世界这么大可就是"不是冤家不聚头"。有一天，我带着两个侄子去逛街，已经逛得筋疲力尽，回家的路上，顺腿又走进了古旧书店，我遛了一圈，忽然眼前一亮，真是"蓦然回首，那人却在灯火阑珊处"，在书店里一个不起眼的角落，堆了一堆还没分类的古旧书，四个发光的大字闪现在我的眼前，它像是对我招手，像是对我微笑，像是对我挤眉弄眼，像是在喊我：韩美林……那"老朋友"相见的感情使我不能自制，悲喜交集——我看到了我六七岁就熟悉的那四个大字《六书分类》。我激动得直哆嗦，让服务员赶快拿过来，急不可待地还没翻一页就浑身发冷、发抖，趴在书上痛哭起来，我完全顾不了这是在书店，这是在"文化大革命"最最高潮的非常时期，那时候让我与它一起死也无二话，因为我是个刚刚出狱的人，我什么都不怕了，我甩掉两个拐杖将书用劲儿抱在怀里不撒手，顾不上人前人后怎么看我，这时我在人间释放不了的错综万千的感情，全部一股脑儿地倾泻在怀里的这些书上……

跟我去逛街的两个小侄子一看叔叔哭得这么伤心，也都莫名其妙地跟着哭起来，人心都是肉长的，几个读者也在抹泪……书店里的人见我这么动情地痛哭，心里也都不是滋味，那个时候仁者见仁，智者见智，好心的服务员把我让到里屋，我的确也想不到，我竟会对着一部书哭得这么伤心……

在场的人不知道这些书是我六七岁时交上的朋友，三十六七年啊！"老友"相聚，谁能知道这本书第一次与我见面时我尚是个流鼻涕的小苦孩儿，心里纯得一汪清水，现今眼前这个大哭的汉子，已经蜕去人身几层皮。妻离子散、人陷低谷，至今尚且说不清道不明是个什么身份的韩美林呀！

这本书很贵，已经老到一碰就碎的程度，当时我有几年的退赔金，我毫不犹豫地买下来。书店里还给我推荐了几本，如：《愙斋集古录》（二十八本差两本，半年后书店又给我补齐了）、《金文编》和《赖言堂印谱》等等，我全买下了。我还问到《说文古籀》《四体千字文》等书，他们后来只给我找到"补二""补三"。没凑全，这些书至今都在。我像"供神"一样供着它们，与它们再也不分手了。

在厂里我算是个半残的人，拄着双拐去"上班"，我被分到贴花班，这算是轻体力劳动了。厂里新领导照顾我，给了我一间六平方米的小屋，离我劳动的贴花班不到二十步远。

工人、厂里对我不错，我们班长是一个小姑娘叫李杏春，上班时先让大家贴一大堆茶壶放到我案子上，然后让我走开。画画、写字、看书由我去啦！车间主任来问，她们就说我"上厕所去啦！"

工人文化不高，这样支持我帮助我，我没有理由不去征服人生高峰，因为我已经无路可走了。那时候我刚刚出狱，没人再去"研究"我的问题，就像炸弹在爆炸时离它最近的就是那个30度的安全角，我1973年以后没出"问题"，就是躲在这个安全角的缘故。

在这个夹缝里，我一住就是六年，那时"文化大革命"还没结束，我还正在劳动改造之中，谁也没想到大胆的韩美林，在这间六平方的小屋里堆的全都是"四旧"（安徽出名人，我在合肥、安庆、徽州也买了不少这类古书）。

天意，还是无意。我埋头研究古篆，直到打倒"四人帮"，竟然无人知晓，无人揭发。现在知道我写篆的人也不多，画我送人，字可是不轻易赠友，我深知书法功夫比画画要难得多。而且我写书法的目的是为了画画，直到现在也不改初衷。

……

绕了十万八千里，也该绕回来了。我得把至今三十多年为什么写篆、写天书的事交代给大家了。

出狱不久，我回到厂里继续劳动。1974年底，厂里照顾，加之我身体极差，我劳动了两年左右厂里就不管我了，任我自由地去研究和创作。为此，几年下来我去了大半个中国，山南海北的工厂、农村，尤其是陶瓷厂、工艺厂……

在工厂里，因为创作没有条件，所以锻炼得什么纸、什么颜色都能凑合，可以说"狼吞虎咽"一样的需要。工厂里搞宣传用的纸多，没有宣纸。后来我用刷水的方法仿效宣纸效果，经过无数张试验，天终于给我网开一面，这些不似国画的水墨画，融传统国画和现代水彩画两者效果于一体的画作，居然一炮打响。我走向了世界。第一次国外展览就在纽约的世界贸易中心，这个至今已不存在的双子座大楼，我永远也忘不了它。它让世界人民知道了我的小猴子、小熊猫……

绘画取得的成绩使我成了"拼命三郎"。陶瓷厂的条件又让我在篆书上走向一条另类的道路。它也使朋友们在那时期添了一份高兴。这就是今天献给世界人民的"天书"。

我通过瓷器厂这个条件，设计了一批茶壶、文具、小瓷雕……发挥了我从小就没有显露的"篆书"。在这些器皿上能写就写，然后寄给我北京、上海、广州的老师、朋友和同学。我找到了一个发挥我写篆书才能的平台。那时我如鱼得水一样——写疯了。

我再利用这些条件做出了我"另类"陶艺。做陶艺我没有七七四十九件工具，我一直认为路是人走出来的，艺术上只要达到目的（艺术效果），可以不择手段。因此，我陶艺使用的工具全是些木头棒、火柴棍、竹片、笔管、树枝、铁丝、大头针、梳子、锥子和锯条。这些最简单的工具却产生了"传统"工具展现不了的艺术效果。拿树枝子在陶器上刻篆字明显地增添了一分"老苍"。

因为没有老师指导（楷书功夫下在少年时期），篆书只是刻印和写着玩，而且是铅笔，即使有些发展也是"另类"，用竹片、树枝刻画。"文革"时期的1974年，艺术家没事干，小聚一起，自由小天地。那时有陈登科、黄永玉、李准、肖马等师友，环境再不好，聚在一起仍有说有笑，潇洒而自在。后来范曾、韩瀚、白桦等朋友都参加进来。谈画、谈人、谈天下。京新巷在北京车站附近，黄永玉老师的"罐斋"就在那里，我的新品种的水墨画得到他不少鼓励和指导……

茶壶上写的那些篆书，起初根本没考虑这些字是为什么写上去和得到书法上的回音，说白了就是写着玩，或者说"附庸风雅"。我那些茶具是闭着眼睛送到黄先生的眼里，但是我没想到他却记在心里。一日，李准、范曾、韩瀚诸君在黄府小聚，没想到黄先生拿出一本他的画册让我用篆书给他封面上题字……

我又是一次五雷轰顶。做梦也没想到他会这样出其不意地给我推出了这步棋。因为他是老师，是当着这么多专家级的朋友，是我从来也没拿出来见人的"私房"本事，也是我从来没在宣纸上写出来的篆书。我从来也没这么尴尬，手足无措地愣在那儿……

黄先生急了："你哆嗦什么？写！……"写的什么字，怎么写的，我充血的脑袋全忘了，直到现在也没想起来……

这事让我久久不能平静。这是药学家在自己身上打针做实验呀！这是理发师第一次让徒弟拿剃刀剃自己的头呀！这是他对我一种多么多么的信任与鼓励呀！他的画让我来题字，我做一百个翻着花样的梦，也摊不上这种没边的事呀！

就从这次开始，我也拿起毛笔写篆书了。一天天、一年年，就是这次"京新巷写大篆"事件，让我走上非写不可的路。我不能再丢人现眼，不能再雕虫小技、胸无大志。这一生有两个字在鼓励我前进——"羞辱"！"羞"是我自己做错的事、做红脸的事；"辱"是别人对我的诽谤与迫害。它们是我一辈子前进的动力。

我感谢黄先生。

从此，大幅小幅，后来甚至丈二的纸都敢横涂纵抹了……

……

我研究书法是为了画画。所以我的取向就不能同于古文字学家和书法家，我偏于形象的摄取。就像医生看谁都像病人一样；擦皮鞋的低头看谁的皮鞋都该擦了；警察眼里不是小偷就是违章；剃头的看到的是你头上有些日子没剪的头发……

当然，我看一切都是怎么把它变成"形象"了。

在恭恭敬敬地掌握古文字的同时，尤其是古文字在"自由散漫"时期，它的一字多义、一义多字、一字多形、多字一形，对我是绝大的诱惑，我敬仰古人伟大的创作力和想象力。我没有让它"统一"的想法。我不希望它"统一"，因为它的多变才使我好奇，才能启发我造型和结构的多样性。最好是让它们各吹各的号，各唱各的调。它们形象上的多种变化对我的启发和联想，简直比在《圣经》里找心愿要现实得多。因为我面对的全是夸张了的"形象"。

小篆以后文字统一才"各就各位"。从形象的多变性上，我更喜欢小篆以前的文字。一句话，我不喜欢小篆，太板，太没个性。小篆在我眼前从没对我挤过眼。我更没有久久没见情人的那种激动和疯狂。

在秦以前文字"自由发挥"的年代里，古文字研究始终对其文字的来源、发声、字义考索不一、各执一方，百年下来亦不敢定锤。古文字出现的年代，文字发展与政治上的春秋战国一样，是个乱了套的多元时代。不可对一字一句有精确的推断。连"头等大事"的文字起源至今也无定论，更何况字形、字义、发声和后来的"书论"。

"书论"我不看。因为我看过了，而且是认真看过的。对我这个虔诚的爱好者，那些"论"曾指引我走过不少"书法教条"的弯路。现在看，"真手真眼"的论者不多。"能书者未必真手，善鉴者难得其眼"，学问太深太浅都不能切中要义。"浅者涉略泛观、不究其妙。深者吹毛求疵，掌灯索瘢。"《红楼梦》的研究"专家"们，不是还在研究"曹雪芹有几根胡子吗?"……

除了已释出的文字，我的眼开始搜寻那些"义不明""待考""不详""无考"或一字多释、不知其音、不知出处，有悖谬、有歧义和专用字、或体字、异体字等生僻字。甚至一些符号、记号、象形图画、岩画等等弃之不用的资料、实物和现场发现的那些"天地大美"都记在另一个本子上。当时也没有考虑怎么用，先记下来再说，其他没想那么多。

时间也是财富，三十多年下来我对积累的这些"无家可归""无祖可考"的废弃了的遗存，经常记挂于心。这些不知何年何月尚未定夺的文化，若不能展现在世界面前是多么多么大的遗憾，就像是个聋哑美人，不会说话不一定不美，为什么一定要问她姓什么叫什么呢? 对古文化也一样，不用它看它行吗? 不用它写它行吗? 音乐里C小调F大调可以用"无标题"音乐让人们去品、去听，去联想、去享受。而这些遗存下来的文化不也是C大调F小调吗? 这是大文化，是中华民族呀!

这些文字不仅仅是古文字学的事，是历史学、考古学、美学、结构学……诸多学科面对的巨大财富。它不仅是中华民族的财富，它也是世界人民的瑰宝。若让它永远"废而不用"的话，对世界文化一定是一个最大的遗憾。

为此，我选择了我自己对古文、古文化的看法和角度。

对待古文字的考释上，虽然现今还不能有一个"甲骨文法帖""金文法帖""古象形文字法帖"（包括岩画、刻画符号等文化），在这个"百家争鸣"的古文字论坛上，对拍不了板的古文字、无法考释而编入附录的字，假的学者不时出现混淆添乱。近年有一个年轻人一下子解开了三千甲骨文，我拜读了以后，合书沉思，他怎么知道这些字的声音？他怎么清楚这些字的出处和用途？我始终不信他这神来之笔是怎么点品出来的！

我跳出来写"天书"是为了给美术界的人参考，看看几千年的文化里竟蕴含着那么丰富的形象，我不是给书法界的朋友们看的，我的角度很简单——"视觉舒服的古文化感觉"就可以了。我相信，起码设计标志的人喜欢吧！起码搞现代艺术的人喜欢吧！这里绝对不会启发你去做那些甩甩点点亦为画，铁片子一拧绳子一绕不锈钢球当头照的雕塑吧！它起码教我们两个字——"概括"吧！可是这概括二字，一些画了一辈子画的人都没能理解这两个字的实际含义。但是这些"天书"它绝对有本事把你领到"概括"的大艺术、大手笔、大气派里。它就是中华民族的文化、就是中华民族。看到它，还用得着到外面去寻寻觅觅捡拾一些外人的牙慧拿回中国当"救世军"、当"教师爷"吗?！俯拾即是的中华文化连这点自尊、自信都没有了，怎么能屹立了几千年呢？世界四大文明古国多数风光不再啦，唯独中华民族还骄傲地站在世界前列，21世纪更是她展现风采的时代，这还用吹吗？

另外，我跳出来写"天书"，是我等不及"古文字字帖"出世。我已古稀之年，写了一辈子，画了几十年，我发现我们中国的古文字与绘画的同一性。我们经常听到"书画同源"的教诲，但是我确实没见过谁在"同源"上有什么语出惊人的，或是真知灼见的论述，更没有人去研究它们之间"互相依存"的实践经验的著述论说。为此，我大胆地先把那些"废而不用"的字端出来，让世界也看到另类中华民族遗存而不用的文化。我还有一个更大的计划：将现实生活中所用的汉字，清楚地说，把尚在"服役"的一万余字用古文字写出来。不过它还是以绘画、设计、欣赏兼实用的角度为目的，选出那些美不胜收的字形来，以供人们去发挥、创造。

说白了，我必须以我几十年艺术生涯中对"美"理解的深度，将我们古人所创造的文化，以现代审美意识去理解它、创造它，但是不伤害它（我指的是文字的结构上、字形上）。

"永"字不是王羲之创造的，上古时期就已存在。但是"永"字的结构对学楷书而言，"永字八法"还有用，而到了其他字体上，"永字八法"就用不上了。一个"永"字，经过几千年发展，它不断地以各种形态出现在人们面前。书法与写字和考古不是一个概念。对其他艺术直接、间接的影响更不在一个概念上。但是，有一点是不可否定的——它以抽象的形式完成美的创造（象形字亦可在内）。如：绘画中的结构、字形、顿挫、点、线、面等；音乐中的旋律线、轻重、转折、断连；舞蹈中的形体、动作、收放都能从这些古文字上得到启迪。所以，艺术家看到这些丰富的、高度抽象的艺术形式，能不激动、能不眼里滴血吗？

古文字上的这些"永"字已经是百花齐放了。但是后来的文字历史，经过千百书法家驰骋纵横，真是到了眼花缭乱的地步。如果秦始皇活到现在，他看到这么多"品种"，一定把它给"统一"一下。但是在今天，谁也不会嫌多、嫌不"听话"。尤其在艺术家眼中，这是一笔不可估量的文化财富。

从纵的角度看，一个字竟有这么多的写法，任何一个艺术家都会在这个几千年的"字祖"面前甘拜下风。如果从横的角度再去观察一下，你根本不认为这是在阅读我们祖先的文字。你会以惊讶的、贪婪的眼神感到你是在参加无数美女竞艳的选美大赛。这时，你会很自然地说出，中华民族深不可测的文化"你有几层神秘的面纱？你到底有多美？"

秦统一中国后，文字归了"队"，以小篆的字形将众多的"散兵游勇"由李斯结成了一个体系。我讲过，从一个艺术家的角度来看，我嫌小篆太板、太没个性，这是我个人的看法，并不代表我反对文字的统一，这是两码子事。

秦统一文字以后的文字并没有走向死胡同，小篆以后又出现了隶书、楷书、行书、草书。东汉以后篆书逐渐退出历史舞台，从社会生活淡出。虽然秦统一了字体，但是字形却开始了千变万化自由驰骋的新进程。汉简、八分、魏碑、章草、大小草、狂草、宋体、仿宋体、黑体等。篆书虽已没落，但汉印、青铜器上都也还有鸟篆、虫篆、蝌蚪文……多了去啦！

从艺术家角度，这些变化又是另一个激动的视角，宋体、虫鸟篆等都是美术字（京剧、芭蕾舞中也是这样程式化处理），它们像中国画里的工笔，这大草、狂草就是中国画里的大泼墨！

我在这眼花缭乱的文字队伍里不知道孰优孰劣，它们在我眼里全是美人。一个人的精力有限，活一百岁才三万六千天，我是个"时间穷人"，我不能什么都喜欢，这样什么都抓不住。我一根筋抓住了这个最古老的且是打入冷宫难以复出的"美人"。骑上我们的枣红马，一鞭下去就是十万八千里。至今我已收集了好几万"天书"。

无垠的草原，我还不知我将奔到什么时候。这神秘的中华民族文化，我怎么一生追随都没有见到你的真面目呢？！

研究篆书是科学家的事，深度、难度都使人望而却步。对古文字的研究与开拓很少读到通俗易懂的著述而难以普及。因为这都是学科性的学问。为此，包括我这个爱好者在内，步子一错再错。我就是没人指导而走向另类"古文字爱好者"的。但是，缘于我的职业——画家，执着而又偏爱的个性，让它在我的绘画中产生了另一面的"副"作用，没像一些年轻爱好者半途而废。这本书是我的画路、思路和"歪打正着"路。以我现在的年龄看，我走过来的绘画道路确实没有走错。一个中国的画家，他若想走向世界的话，这条路应该是必经之路——民族的、现代的。

前面已经讲到，我由几本篆书而转移到对甲骨、金文、汉简以及符号、记号、象形和岩画等，兴趣的扩大不算，最重要的知识和收获是它启发了我的想象力、创造力和联想力。极度的"概括"力影响了我"提炼典型"的能力。就是那些不像马的马，不像羊的羊，和介于文字和图画的形象，丰富了我和充实了我，直到这黄昏之年。我的创作力仍然涌动而新颖。我的作品目前都在变化和提高，总感到我的艺术尚未开始。少年时代积累的奇文怪字、牛头马面，这时都成了我创作的坚实后方。用不尽的形象，时时在心中跳跃。我画一千条牛、一万匹马也不重样……我艺术的春天根本就没有过去。

这一点，我感谢我们的祖先。它给我这个身躯一个绝妙的灵魂。李可染先生曾说："你现在怎么画不坏呢？"的确，我没有画坏的画，纸篓里有写坏的字而没有画坏的画。

艺术上的规律，诸如：大小、深浅、虚实、苍润、断连、冷暖、浓淡、干湿……与文字的结构、运笔、粗细、转承都一个样。因为书法也是艺术。古文字学家求的是形音义，画家在其中看到的是点、线、面。这一点，尤其是古文字，它给绘画带来的启示是不言而喻的。因为文字的前身就是绘画。古文字学家研究古文字是为了求证，艺术家研究古文字是为了求美。

我走遍全国，后来干脆每年例行乘大篷车走南闯北。不去那些热衷的旅游点，而是去深山老林、黄土沙海。那里曾经是一片繁荣，而今是一片荒凉。那些搬不动的、风沙热浪一时也冲击不完的古文化遗存是我最有兴趣的去处……

我去了贺兰山、卓姿山，去了阴山、黑山，还有云南沧源、元江和那时尚在战火中的麻栗坡。那一次云南之行就走了一万多公里。不论是刻的，还是画的（用牛血和赤铁矿石粉画在岩石上），无限感动。毕加索后悔没生在中国，他也看中了中国的书法，而我是幸生中国。没有这些丰富的文化宝藏，绝对没有韩美林。在我的画里，每一幅都能看出中国古文化对我的影响。

这个神秘的中华民族文化，对我这样一个较真的人，有很多都是带着问号去学习和创作的。譬如：文字的不统一，使一个"虎"字就千变万化，使我得到艺术上无限启迪。但是甲骨文上的"虎"字（包括金文）那些老虎怎么都站起来啦？这样竖着写的"虎"字又是谁统一的呢？

我又多操心了，这是古文字学家的事。我只看形象就够了……后来，我看它们竖了几千年很累，于是，在我的构思本上把它们都给放下来了，就这样，完全满足了我看画的心愿。同时，一连串的新形象甩开学院派的羁绊，我真的自由了……

在创作上，除了古文字以外，我还热衷于民间艺术。像剪纸、土陶、年画、戏曲、服饰……我都感兴趣。所以，我此生创作形式多多。布、木、石、陶、瓷、草、刻、雕、印、染、铸……开创了我一生丰富的创作条件。我从这些艺术的学习中，得到了学院派所得不到的东西。我自称我是"陕北老奶奶的接班人"。

从我的所有作品看，除了民间艺术对我起了不小作用外，两汉以前的文化（包括甲骨文、金文、青铜器、石器、传铭、岩画）决定了我艺术作品的个性，使我摆脱了学院派"艺术教条主义"的束缚。我画画不要"维"，不要"三面五调""三度空间"。艺术没有"维"，没有七十二法，这一点我们祖先已经开了先河。"感觉世界"是人类对客观世界顿悟的另一个境界，是人们文化的升华。我找的就是这种感觉。古文化就给我提供了这种感觉条件。

我看过很多书法和绘画的书，快把人们引导到傻子的地步了。近日看了一本《书法美学》教程，全是用表格列出来，那一大堆辞藻：对应、并列、气度、风度、旋动、表层、能指、认识功能、表情功能、抒情性、时间性、雄浑之美、秀逸之美、阳刚之美、潇洒、险劲、清雅、文静、老辣、狞厉、粗率、醇和、端庄、圆熟、爽利之美……这么多"美"其实都是个人所好，仁智之见的事。如果你说看法可以，可是该书是"教程"，一本下来全是这样一些"虚词儿"。其实一句话：别说啦！你写一个"狞厉""醇和"给咱看看！

难为他一口气写了这么多词儿。

海外的也有"谬言谬书，沉疴入髓"一派胡言的著作。一个不小的权威，可论起书法来害人不浅。他毫无商量地来了个中国书法有六个大系，"喻物派""纯造型派""缘情派""伦理派""天然派""禅意派"……唉！累不累！记性再好的人也受不了啦！学书法这么多拦路虎，这样能调教出几个人才呢？

我直来直去。我学古文字的目的就是为了寻求它艺术上的价值和形式上的美感，绝对不想弄一些吓人的理论去混碗饭吃。我很难想象他们抓耳挠腮地去穷思那些唬人的词儿，安的什么心！

我不迷信。启功老师就告诉我："那些'书论'别看。越看越糊涂。王羲之怎么样，他不是也没见过毛公鼎吗？最有名的三大青铜器他都没见过。他的书论你听吗？赵孟𫖯、董其昌大家又怎么样呢？19世纪最后一年才发现了甲骨文（毛公鼎是道光年间才出土的），他们根本没见过，还不如咱们现在见的多。再说那时的碑帖都是描下来的，早就走了样，现在的印刷就像见到真迹一样……"

他还说："我是个教书的，只能告诉学生怎样学书法，怎么尊重习惯，但不能迷信。尊重字的结构，这是习惯。不迷信，就是别写出来像一个模子里抠出来的，一人一个样，十人十样，散氏盘也不正规，再有名的书法家，也没有共同的标准……"

二十多年前，我与启功老师在香港一次相会，他有学问又幽默，平时说话多风趣调侃。我们一起在政协并在书画室共事直到他去世。那次香港之行，虽有两三天在一起，但是他决定了我一件大事——把"天书"写出来。

我的构思本实际上是我的美术日记，平时什么不带也得带上它，启功老师就看到了这个本子，（我非夸自己，我的构思本很好玩，谁见谁爱翻，翻完还一定会谈感想——怪了去啦！）本子上除了画之外，其中的间空全部都是"天书"（平时记录的不知音、不知意只存形的古文字和岩画）。

当时我只是向他解释我是"看它形、养我画"，没想到把它当书写出来出版，只是感到"废而不用"实在可惜。

"你这是在办'收容所'呀！"他一句话把我和在场的人逗乐了……这"收容所"三个字说得绝妙而形象。

我对他讲我想写出来给我们美术界做参考，因为绘画中的"形象感"都是洋教学的"标准"，尤其我们的设计教学都学西洋标准，我们的古文字在这方面拿出来绝不逊色，它是又传统又现代的大艺术。

"写金文和甲骨都没有脱出原来的字形，把名字捂起来猜不出是哪个人写的，书法和写字不一样，古文字都是描下来的，只能说是资料，不能说是艺术。你能写出来就好了，你是画家，又有书法底子，别人还真写不了……"他鼓励我说。

我喜欢听顺毛子话，从那以后我即加紧着意收集、动手开写。但是这是一个非常苦涩无味的工作，是个非刚韧汉子弄不下来的差事，全国的古陶厂、博物馆、古址、古墓、古书……总之，二三十年下来我搜集的这些材料不管是真是假，见什么搜集什么，真的成了"气候"。

我写出兴趣并正规写在宣纸上是五六年前的事，当时在香港与启老相聚谈"天书"时，政协书画室田凤利在场（这些年来我就叫他成了这个事的"联络员"），我把这些"谁也不认识的画"送到启功、欧阳中石、黄苗子、冯骥才诸前辈和友好手中，后来又送到李学勤、裘锡圭、冯其庸等老师和专家那里。当然我首先声明"请大家看画"……

他们看到我下这么大功夫写出的"天书"都很激动，给予了很大鼓励。

在搜集那些古文字遗存时，我也开始搜集岩画，它们是不是文字或就是图画，我虽没加入探讨和热谈，但是我却把它们当成象形文字和记事的图画连捎加带搜集了不少，同时将它转化成"形象"，真是收益不少。为此，在文字图画尚未定夺之前，我也画了一些可参考的岩画形象放在页中，这样看起来不会枯燥。因为这本书不是古文字考证的书，也就不计较它们的去留和前后。

岩画创作使我的艺术又转了一个取向，它又传统又现代，同时它的一些造型虽然是牛、羊和人形，但是看上去它又是那么博大、那么伟岸、那么大中华……

我为我们的祖先骄傲，我也为它的艺术古老又现代骄傲，我更骄傲的是我一个歪打正着的人，竟然越走越茫然，越茫然越走下去，抬头一看我竟然走向了世界。

我写出来的第二批"天书"分送到各前辈和好友手中，可惜启功老师已经昏迷，他没法看到……他几十年对我的教诲，现在终于写到了一个阶段，但是他已经走了。走的那天我给他磕了三个响头，抹泪冲出追悼会，启老家属和老田追出来，一句话我没说出口，"我太懒了，这本书应该出到他的前头……"

　　再丑的媳妇都要见公婆，现在这本书将要出版，但是我先说下，"她不丑"，她美着呢！我坚信她会受到世界人们的欢迎，虽然其中有些个别的"滥竽充数"和我"加工粗糙"、修养不够把美弄丑了，但是我尽力了，起码没有人在古文字的取向上做出这种傻事。在对待古文化的取舍上，我也认为宁取不舍，留下来再说，淹没了可惜。

　　这本书形、音、义都不俱全，这不是文字工具书，是中华古文化给艺术家一点"提炼"和"概括"的启示，这是古智慧、古字源，这是世界遗产。几千年来不落后，几千年来还保留"青春"，她时尚而前卫。她的出台，摇人精魂，艳压群芳。是古是今，是雅是俗，决然不在人后，这一点还用说吗？

原载《美文》2007年第5期

王安忆写作的秘诀

刘庆邦

————————

　　至少在两个笔记本的第一页，我都工工整整抄下了王安忆的同一段话，作为对自己写作生活的鞭策和激励。这段话并不长，却有着丰富的内容，且坦诚得让人心悦诚服。我看过王安忆许多创作谈，单单把这段话挑了出来。如果一个作家的写作真有什么秘诀的话，我愿把这段话视为王安忆写作的秘诀。王安忆是这么说的："写小说就是这样，一桩东西存在不存在，似乎就取决于是不是能够坐下来，拿起笔，在空白的笔记本上写下一行一行字，然后第二天，第三天，再接着上一日所写的，继续一行一行写下去，夜以继日。要是有一点动摇和犹疑，一切将不复存在。现在，我终于坚持到底，使它从悬虚中显现，肯定，它存在了。"这段话是王安忆的长篇小说《遍地枭雄》后记中的一段话，我以为这也是她对自己所有写作生活的一种概括性自我描述。通过她的描述，我们知道了她是怎样抓住时间的，看到了她意志的力量，坚忍不拔的持续性，对想象和创造坚定的自信，以及使创造物实现从无到有的整个过程。她的描述形象，生动。在她的描述里，我仿佛看到了她伏案写作的身影。为了不打扰她的写作，我们最好不要从正面观察她。只看她的侧影和背影，我们就可以猜出她可能坐了一上午，知道了她的写作是多么有耐心，是多么专注。看到王安忆的描述，我不由想起自己在老家农村锄地和在煤矿井下开掘巷道的情景。每锄一块地，当望着长满禾苗和野草的大面积的土地时，我都有些发愁，锄板长不盈尺，土地一望无际，什么时候才能把一块地锄完呢？没办法，我们只能顶着烈日，挥洒着汗水，一锄挨一锄往前锄。锄了一天又一天，我们终于把一大块锄完了。在地层深处开掘巷道也是如此。煤矿的术语是把掘进的进度说成进尺，按图纸上的设计，一条巷道长达数百米，甚至逾千米，而我们每天所能完成的进尺不过两三米。其间还有可能面临水、火、瓦斯、地压和冒顶的威胁，不知要战胜多少艰难险阻。就这样，我们硬是在无路可走的地方开掘出一条条通道，在几百米深的地下建起一座座巷道纵横的不夜城。之所以联想起锄地和打巷道，我是觉得王安忆的写作和我们干活有类似的地方，都是一种劳动。只不过，王安忆进行的是脑力劳动，我们则是体力劳动。哪一种劳动都不是玩儿的，做起来都不轻松。还有，哪一种劳动都带有不同程度的强制性。我们的强制来自外部，是别人强制我们。王安忆的强制来自内部，是自觉的自己强制自己。我把王安忆的这段话说成是她写作的秘诀，后来我在她和张新颖的谈话中得到证实。王安忆说："我写作的秘诀只有一个，就是勤奋的劳动。"她所说的秘诀并不是我所抄录的一段话，但我固执地认为它们的意思是一样的，不过前者是详细版，后者是简化版而已。很多作家否认自己有什么写作的秘诀，好像一提秘诀就有些可笑似的。王安忆不但承认自己有写作的秘诀，还把秘诀公开说了出来。在她看来，这没什么好保密的，谁愿意要，只管拿去就是了。的确，这样的秘诀够人实践一辈子的。

2006年底，中国作家协会召开第七次作代会期间，我和王安忆住在同一个饭店，她住楼下，我住楼上。我到她住的房间找她说话，告辞时，她问我晚上回家不回家，要是回家的话，给她捎点稿纸来。她说现在很多人都不用手写东西了，找点稿纸挺难的。我说会上人来人往的这么乱，你难道还要写东西吗？她说给报纸写一点短稿。又说晚上没什么事，电视又没什么可看的，不写点东西干什么呢！我说正好我带来的有稿纸。我当即跑到楼上，把一本稿纸拿下来，分给她一多半。一本稿纸是一百页，一页有三百个方格，我分给她六七十页，足够她在会议期间写东西了。有人说写作所需要的条件最简单，有笔有纸就行了。笔和纸当然需要，但一个最重要的条件往往被人们忽略了，这个条件就是时间。据说任何商品的价值都是时间的价值，价值量的大小取决于生产这一商品所需的社会必要劳动时间的多少。时间是写作生活的最大依赖，写作的过程就是时间不断积累的过程，时间的成本是每一个写作者不得不投入的最昂贵的成本。每个人的生命在某种意义上说就是一个活的容器，这个容器里盛的不是别的东西，就是一定的时间量。一个人如果任凭时间跑冒滴漏，不能有效地抓住时间，就等于抓不住自己的生命，将一事无成。王安忆深知时间的宝贵，她就是这样抓住时间的。安忆既有抓住时间的自觉性，又有抓住时间的能力。和安忆相比，我就不行。我带了稿纸到会上，也准备写点东西，结果只是做做样子，在会议期间，我一个字都没写。一下子从全国各地来了那么多作家朋友，我又要和人聊天，又要喝酒，喝了酒还要打牌，一打打到凌晨两三点，哪里还有什么时间和精力写东西！我挡不住外部生活的诱惑，还缺乏必要的定力。而王安忆认为写作是诉诸内心的，她不喜欢和人打交道，她看待内心的生活胜于外部的生活。王安忆几乎每天都在写作，一天都不停止。她写了长的写短的，写了小说写散文、杂文随笔。她不让自己的手空下来，把每天写东西当成一种训练，不写，她会觉得手硬。她在家里写，在会议期间写，更让我感到惊奇的是，她说她在乘坐飞机时照样写东西。对一般旅客来说，在飞机上那么一个悬空的地方，那么一个狭小的空间，能看看报看看书就算不错了，可王安忆在天上飞时竟然也能写东西，足见她对时间的缰绳抓得有多么紧，足见她对写作有多么的痴迷。

有人把作家的创作看得很神秘，王安忆说不，她说作家也是普通人，作家的创作没什么神秘的，就是劳动，日复一日的劳动，大量的劳动，和工人做工、农民种田是一样的道理。她认为不必过多地强调才能、灵感和别的什么，那些都是前提，即使具备了那些前提，也不一定能成为好的作家，要成为一个好的作家，必须付出大量艰苦的劳动。在我看来，安忆铺展在面前的稿纸就是一块土地，她手中的笔就是劳动的工具，每一个字都是一棵秧苗，她弯着腰，低着头，一棵接一棵把秧苗安插下去。待插到地边，她才直起腰来，整理一下头发。望着大片的秧苗，她才面露微笑，说嗬，插了这么多！或者说每一个汉字都是一粒种子，她把挑选出来的合适的种子一粒接一粒种到土里去，从春种到夏，从夏种到秋。种子发芽了，开花了，结果了。回过头一看，她不禁有些惊喜。惊喜之余，她有时也有些怀疑，这么多果实都是她种出来的吗？当仔细检阅之后，证实确实是她的劳动成果，于是她开始收获。安忆不知疲倦地注视着那些汉字，久而久之，那些汉字似乎也注视着她，与她相熟相知，并形成了交流。好比一个人长久地注视着一块石头，那块石头好像也会注视她。仅有劳动还不够，王安忆对劳动的态度也十分在意。她说有些作家，虽然也在劳动，但劳动的态度不太端正，不是好好地劳动。她举例说，有些偷懒的作家，将生活中的东西直接搬入作品，给人的感觉是连筛子都没筛过。如同一个诚实的农民在锄地时不能容忍有"猫盖屎"的行为，王安忆不能容忍马马虎虎，投机取巧，偷工减料，得过且过。她是勤勤恳恳，老老实实，一丝不苟。如果写了一个不太好的句子，她会很懊恼，一定要把句子理顺了，写好了，才罢休。

王安忆自称是一个文学劳动者，同时，她又说她是一个写作的匠人，她的劳动是匠人式的劳动。因为对作品的评论有雕琢和匠气的说法，作家们一般不愿承认自己是一个匠人，但王安忆勇于承认。她认为艺术家都是工匠，都是做活。千万不要觉得工匠有贬低的意思。类似的说法我听刘恒也说到过。刘恒说得更具体，他说他像一个木匠一样，他的写作也像木匠在干活。从劳动到匠人的劳动，这就使问题进了一步，值得我们深入探究。在我们老家，种地的人不能称之为匠人，只有木匠、石匠、锅匠、画匠等有手艺的才有资格称匠。一旦称匠，我们那里的人就把匠人称为"老师儿"。"老师儿"都是"一招鲜，吃遍天"的人，他们的劳动是技术性的劳动。让一个只会种地的农民在板箱上作画，他无论如何都画不成景。请来一个画匠呢，他可以把喜鹊噪梅画得栩栩如生。王安忆也掌握了一门技术，她的技术是写作的技术，她的劳动同样是技术性的劳动。从技术层面上讲，王安忆的劳动和所有匠人的劳动是对应的。这是第一点。第二点，一个石匠要把一块石头变成一盘磨，不可能靠突击，不可能在短时间内完工。他要一手持锤，一手持凿子，一凿子接一凿子往石头上凿。凿得有些累了，他停下来吸支烟，或喝口水，再接着凿。他凿出来的节奏是匀速，丁丁丁丁，像音乐一样动听。我读王安忆的小说就是这样的感觉，她的叙述如同引领我们往一座风景秀美的山峰攀登，不急不缓，不慌不忙，不跳跃，不疲倦，不气喘，扎扎实实，一步一步往上攀。我们偶尔会停一下，绝不是不想攀了，而是舍不得眼前的秀美风光，要把风光仔细领略一下。随着各种不同的景观不断展开，我们攀登的兴趣越来越高。当我们登上一台阶，又一个台阶，终于登上她所建造的诗一样的小说山峰，我们得到了极大的精神满足。第三点，匠人的劳动是有构思的劳动，在动手之前就有了规划。比如一个木匠要把一块木头做成一架纺车，他看木头就不再是木头，而是看成了纺车，哪儿适合做翅子，哪儿适合做车轴，哪儿适合做摇把，他心中已经有了安排。他的一斧子一锯，都是奔心中的纺车而去。王安忆写每篇小说，事先也有规划。除了小说的结构，甚至连一篇小说要写多长，大致写多少个字，她几乎都心中有数。第四点，匠人的劳动是缜密的、讲究逻辑的劳动，也是理性的劳动。一把椅子或一口箱子的约定俗成，对一个木匠来说有一定的规定性，他不能胡乱来，不可违背逻辑，更不可能把椅子做成箱子，或把箱子做成椅子。在王安忆对我的一篇小说的分析里，我第一次看到了逻辑的动力的说法，第一次听说写小说还要讲究逻辑。此后，我又多次在她的文章里看到她对逻辑重要性的强调。在和张新颖的谈话里，她肯定地说："生活的逻辑是很强大严密的，你必须掌握了逻辑才可能表现生活的演进。逻辑是很重要的，做起来很辛苦，做起来真的很辛苦。为什么要这样写，而不是那样写？事情为什么这样发生，而不是那样发生？你要不断问自己为什么，这是很严格的事情，这就是小说的想象力，它必须遵守生活的纪律，按照纪律推进，推到多远就看你的想象力的能量。"

以上四点，我试图用王安忆的劳动和作品阐释一下她的观点。其实这些都不重要。重要的问题在于，工匠的劳动是不是保守的？机械的？死板的？墨守成规的？会不会影响感性的鲜活，情感的参与，灵感的爆发，无意识的发挥？一句话，工匠式的劳动是不是会拒绝神来之笔？我的看法是，一切创造都是从劳动中得来的，不劳动什么都没有。换句话说，写就是一切，只有在写的过程中，我们才会激活记忆，调动感情，启发灵感。只有在有意识的追求中，无意识的东西才会乘风而来。所谓神来之笔，都是艰苦劳动的结果，积之在平日，得之在俄顷。工匠式的劳动无非是把劳动提高了一个等级，它强调了劳动的技术性、操作性、审美性、严肃性、专业性和持恒性。这种劳动方式不但不保守，不机械，不死板，不墨守成规，恰恰是为了打破这些东西。王安忆的大量情感饱满、飞扬灵动的作品，证明着我的看法不是瞎说。

但有些事情我不能明白，安忆她凭什么那么能吃苦？如果说我能吃点苦，这比较容易理解。我生在贫苦家庭，从小缺吃少穿，三年困难时期饿成了大头细脖子。长大成人后又种过地，打过石头，挖过煤，经历了很多艰难困苦。我打下了受苦的底子，写作之苦对我来说不算什么苦。如果我为写作的事叫苦，知道我底细的人一定会骂我烧包。而安忆生在城市，长在城市，父母都是国家干部，家里连保姆都有。应该说安忆从小的生活是优裕的，她至少不愁吃，不愁穿，还有书看。就算她到安徽农村插过一段时间队，她母亲给她带的还有钱，那也算不上吃苦吧。可安忆后来表现出来的吃苦精神不能不让我佩服。1993年春天，她要到北京写作，让我帮她租一间房子。那房子不算旧，居住所需的东西却缺东少西。没有椅子，我从我的办公室给她搬去一把椅子。窗子上没有窗帘，我把办公室的窗帘取下来，给她的窗子挂上。房间里有一只暖瓶，却没有瓶塞。我和她去商店问了好几个营业员，都没有买到瓶塞。她只好另买了一只暖瓶。我和妻子给她送去了锅碗瓢盆勺，还有大米和香油，她自己买了一些方便面，她的写作生活就开始了。屋里没有电视机，写作之余，她只能看看书，或到街上买一张隔天的《新民晚报》看看。屋里没有电话，那时移动电话尚未普及，她几乎中断了与外界的联系。安忆在北京有不少作家朋友，为了减少聚会，专心写作，她没有主动和朋友联系。她像是在"自讨苦吃"，或者说有意考验一下自己吃苦的能力。她说她就是想尝试一下独处的写作方式，看看这种写作方式的效果如何。她写啊写啊，有时连饭都忘了吃。中午，我偶尔给她送去一盒盒饭，她很快就把饭吃完了，吃完饭再接着写。她过的是饥一顿饱一顿的日子，我觉得她有些对不住自己。就这样，从4月中旬到6月初，在不到两个月的时间里，她写完了两部中篇小说。她之所以如此能吃苦，我还是从她的文章里找到了答案。安忆对自己的评价是一个喜欢写作的人。有评论家把她与别的作家比，她说她没有什么，她就是比别人对写作更喜欢一些。有人不是真正喜欢，也有人一开始喜欢，后来不喜欢了，而她，始终如一的喜欢。她说："我感到我喜欢写，别的我就没觉得和他们有什么不同，就这点不同：写作是一种乐趣，我是从小就觉得写作是种乐趣，没有改变。"是不是可以这样说，写作是安忆的主要生活方式，她对写作的热爱和热情，是她的主要感情，同时，写作也是她获得幸福和快乐的主要源泉。安忆得到的快乐是想象和创造的快乐。一个世界本来不存在，经过她的想象和创造，平地起楼似的，就存在了，而且又是那么具体，那么真实，那么美好，由此她得到莫大的快乐和享受。与得到的快乐和享受相比，她受点儿苦就不算什么了。相反，受点儿苦仿佛增加了快乐的分量，使快乐有了更多的附加值。

　　每个人有每个人的创作习惯，安忆的习惯对她的写作并没有什么决定性的意义，我就不多说了。我只知道，她习惯在一个大的笔记本上密密麻麻地写作，在笔记本上写完了，再用方格纸抄下来，一边抄，一边润色。抄下来的稿子其实是她的第二稿。她写作不怎么熬夜，一般都是在上午写作。她觉得上午是她精力最充沛的时候，也是她才思最敏捷的时候。在整个上午，她又觉得从11点到12点左右这个时间段创作状态最好。她还有一个习惯，可能是她特有的，也极少为人所知。她写作时，习惯在旁边放一块小黑板，用粉笔在黑板上写下一些句子。在北京创作中篇小说《香港的情与爱》期间，我见她写下的其中一句话是"香港是个大邂逅"，这句话在黑板上保留了相当长一段时间，我不知用意何在。小黑板很难找，我问她为什么非要一个小黑板呢？她说没什么，每写一篇小说，她习惯在黑板上写几句提示性的话。习惯是不可以改变的，我只好想方设法尊重她的习惯。

　　王安忆这样热爱写作，那么我们假设一下，她不写会怎样？或者说不让她写了会怎样？1997年夏天，我和王安忆、刘恒我们三家一块儿去了一趟五台山，后来我一直想约他们两个到河南看看。王安忆没去过中岳嵩山的少林寺，也没看过洛阳的龙门石窟，她很想去看看。2008年9月中旬，我终于跟河南有关方面说好了，由他们负责接待我们。我给王安忆打电话时，她没在家，是她的先生李章接的电话。我说了请他们一块儿去河南，李章说："安忆刚从外地回来，她该写东西了。"李章又说："安忆跟你一样，不写东西不行。"我？我不写东西不行吗？我可比不上王安忆，我玩儿心大，人家一叫我外出采风，那个地方我又没去过，我就跟人家走了。我对李章说，我跟刘恒已经约好了，让李章好好跟安忆说说，还是一块儿去吧。我说我对安忆有承诺，如果她去不成河南，我的承诺就不能实现。李章说，等安忆一回来，他就跟她说。第二天我给安忆打电话，她到底还是放弃了河南之行。安忆是有主意的人，她一旦打定了主意，任何劝说都是无用的。为了写作，王安忆放弃了很多活动。不但在众多采风活动中看不到她的身影，就连她得了一些文学奖，她都不去参加颁奖会。2001年12月，王安忆刚当选上海市作家协会主席时，她一时有些惶恐，甚至觉得当作协主席是一步险棋。她担心这一职务会占用她的时间，分散她的精力，影响她的写作。她确实看到了，一些同辈的作家当上这主席那主席后，作品数量大大减少，她认为这是一个教训。在发表就职演说时，她说她还要坚持写作，因为写作是她的第一生活，也是她比较能胜任的工作，假若没有写作，她这个人便没什么值得一提的了。当上作协主席的第一年，她抓时间抓得特别紧，写东西也比往年多，几乎有些拼命的意思。当成果证明当主席并没有耽误写作时，她似乎才松了一口气。我估计，王安忆每天给自己规定的有一定的写作任务，完成了任务，她就心情愉悦，看天天高，看云云淡，吃饭饭香，睡觉觉美。就觉得自己对得起自己，自己对自己有了交代，看电视就能够定下心来，看得进去。要是完不成任务呢，她会觉得很难受，诸事无心，自己就跟自己过不去。作为一个承担着一定社会义务的作家，王安忆有时难免会遇到这样的情况，她本打算坐下来写作，却被别的事情干扰了，这时她的心情会很糟糕，好像整个人生都虚度了一样。人说发展是硬道理，对王安忆来说，写作才是硬道理，不写作就没有道理。在我所看到的有限的对古今中外作家的介绍里，就对写作的热爱程度而言，王安忆有点像托尔斯泰。托尔斯泰把写作看成正常的状态，不写作就是非正常状态，就是平庸的状态。托尔斯泰在一则日记里提到，因为生病，他一星期没能写作。他骂自己无聊，懒惰，说一个精神高贵的人不容许自己这么长时间处于平庸状态。和我们中国的作家相比，就思想劳作的勤奋和强度而言，王安忆有点像鲁迅。鲁迅先生长期在上海写作，王安忆在上海写作的时间比鲁迅还要长，而且王安忆的写作还将继续下去。王安忆跟我说过，中国的作家，鲁迅的作品是最好的，她最爱读鲁迅。王安忆继承了鲁迅的刻苦，耐劳，也继承了鲁迅的思想精神。王安忆通过自己的思想劳作，不断发出与众不同的清醒的声音。写作是王安忆的第一需要，也是她生命的根基，如果不让她写作，那是不可想象的，所以我们还是不要做这样的假设为好。

写作是王安忆的精神运动，也是身体运动；是心理需要，也是生理需要。她说写作对人的身体有好处，经常写作就身体健康，血流通畅，神清气爽，连气色都好了。她说你看，经常写作的人很少患老年痴呆症的，而且多数比较长寿。否则的话，就心情焦躁，精神委顿，对身体不利。我不止一次听她说过，写作这个东西对体力也有要求，体力不好写作很难持久。她以苏童和迟子建为例，说他们之所以写得多，写得好，其中一个原因是他们的身体比较壮实，好像食量也比较大，精力旺盛，元气充沛。我很赞同安忆的说法，并且与她有着相同的体会。我想不论是精神运动，还是身体运动，其实都是血液的运动。写作时大脑需要氧气，而源源不断供给大脑氧气的就是血液。大脑需要的氧气多，运载氧气的血液就得多拉快跑，保证供应。血流加快了，等于促进了人体内的血液循环，对人的健康当然有好处。拿我自己来说，如果一时找不到好的写作入口，一时进入不到写作的状态，我就头昏脑涨，光想睡觉。一旦找到写作的题目，并进入了写作的状态，我的精神头就提起来了，心情马上就好了，看什么都觉得可爱。我跟我妻子说笑话："刘庆邦真是个苦命的人哪！"我妻子说："你要是觉得苦，你就别写了。"我说："那可不行！"

　　王安忆的小说都是心灵化的，她的小说故事都发生在心理的时间内，似乎已经脱离了尘世的时间。她在心灵深处走得又那么远，很少有人能跟得上她的步伐。别说是我了，连一些评论家都很少评论她的小说。在文坛，大家公认王安忆的小说越写越好，王安忆现在是真正的孤独，真正的曲高和寡。有一次朋友们聚会喝酒，莫言、刘震云、王朔纷纷跟王安忆开玩笑。王朔说："安忆，我们就不明白，你的小说为什么一直写得那么好呢？你把大家甩得太远了，连个比翼齐飞的都没有，你不觉得孤单吗！"王安忆有些不好意思，她说不不不。不知怎么又说到冰心，说冰心在文坛有不少干儿子。震云对王安忆说："安忆，等你成了安忆老人的时候，你的干儿子比冰心还要多。"我看王安忆更不好意思了，她笑着说："你们不要乱说，不要跟我开玩笑。"

原载《钟山》2010年第1期

孤吹者的艺术交响曲

李存葆

————————

在我所接触的当今学人圈内，林凡先生既是我在军艺就读时所钦敬的师长，又是我近30年来相知有素的挚友。每每与林凡相聚，我辄会感受到"芝兰同味，葭莩相投"的惬意，又能领略到"兰亭之会，竹林之欢"的超逸。

明年，林凡将喜迎八秩大寿。为展现这位书画大家在艺术盘山小径上的非凡攀登，人民美术出版社拟在近期刊行三卷十部的《林凡集林》。近日，林凡将装帧考究、设计精美的"集林"模本一一置诸画案，赏读之后，我不禁击节称叹。洋洋大观、美不胜收的"集林"，既全面展示了集"诗书画"三绝于一身的林凡之卓荦峥嵘的艺术成就，又充分证验了林凡博雅深邃的艺术识见。其笔力腕力功力识力，其才气骨气灵气逸气，无不在三卷十部的"集林"中得以淋漓尽致的彰显。

林凡出生于向有"诗城"之誉的湘中益阳。益阳地处资水之滨，洞庭湖畔。巨浸大泽，葱茏胜境，不唯足以化育自然万物，也可陶冶世间奇才。林凡祖、父两代，均为湘中著名学者，书法高手。其祖父的小楷，工稳雅驯，是幼年林凡习书的摹本。其父亲是享誉湘中的教育家，乃百年名校益阳一中的创始人。楚韵骚风开启了幼年林凡敏而好学的心智，祖传的大量的经史子集及书画藏品，使林凡自小便萌动着醉心名山事业的远大志向。林凡8岁那年，父亲英年早逝，家道中落，为不辱门楣，少年林凡囊萤照书，口不绝吟。开国前夕，17岁的林凡高中毕业即投身军旅。他凭着卓异的禀赋，超众的才情，坚实的诗书画"童子功"，先是在野战兵团当了3年的随军记者，继而便擢拔到广州部队一家刊物任编辑。1955年，他被遴选调京，成为总政所辖一家名刊的美编。他19岁时即有画作入选全军美展，25岁就成为中国美协会员。1958年，正当他的艺术彩虹熠熠生辉、缪斯之神向他频频招手时，他仅因"卢布与人民币比值中国吃亏"一语而贾祸，被打成"漏网右派"，发配山西，一去就是二十载。

林凡先是在晋南太谷山中，与服刑犯人一起修筑水库，工程告成时，省文化部门有人见林凡捉笔能语次崛崛，作画可镂月裁云，遂将这"右派"调至山西省晋剧院当舞台美工。斯时，曾是总政歌舞团著名舞蹈演员的妻子，也脱下军装，携女来晋。逆境常使寻常人难堪，厄运对艺术家来说，却是一个深不可测的宝藏。含垢忍辱、唾面自干的精神折磨，养儿育女的生活艰辛，前后两重天的人生反差，使林凡一度想从佛学中寻找心灵的慰藉。他曾有七绝一首，追忆其时的心境："诵罢千经倦不支，青灯寒雨漏声迟。朝来自判禅机误，改课南华习楚辞。"林凡发现，在举世嚣嚣中，想用佛学泯灭凡心，只不过是一个懦弱的企图，唯有艺术才是他超脱世俗的不二法门。

地方戏曲，集诗词、音乐、舞蹈、绘画、服饰、脸谱等诸多艺术元素于一身，常是地域文化中最瑰丽的宝石。身为晋剧院的美工，林凡对这些美的因子，可随时汲取。加上剧院经常下乡巡演，使得林凡能遍游山西大地，对三晋的山川风物，文化遗存，了然于胸。林凡过人的美术才华，又很快在晋剧院兀露圭角。他绘制的布景，色彩流韵，生动浑成，竟使得剧院里三个毕业于全国名校、科班出身的美工成了他的业务助手。但面有"黥记"的林凡，仍受到擅搞阶级斗争的某些人的歧视。君子能忍人所不能忍，能容人所不能容。嗜书如命的林凡，已将艺术视为生命的方式。他如同黄土高原上躬身垄亩的农夫，只知耕耘，不问收获；他宛若湘中水田畔边的鹭鸶，不再低头顾看脚下的泥淖，而在凄风苦雨中精心梳理着洁白的蓑毛，希冀有朝一日，能振翮亲吻艺术的蓝天。

艺术最深刻的美质，历来都植根于各自地域文化的土壤里。楚吴文化的玄思与妙想，缠绵与悱恻，放诞与纤丽；秦晋文化的浑厚与质朴，高亢与悲壮，峭拔与刚健，必然会在有着湘、晋两个故乡的林凡身上，不断地掺和、交糅、渗透和观照，遂渐次形成了林凡艺术凄恻委婉、深沉苦涩、形美质实、外柔内刚的总体格调。

理性晕眩的"文革"结束后的1978年，林凡被召回京，重穿军装，执教于解放军艺术学院美术系。解除了捆绑心灵的绳索，撤走了连梦境都有监视的"政治岗哨"，林凡舒眉展眼，喜难自胜。表面上意态晏晏、温文尔雅的他，胸膛里却有着一个翻腾的"艺术之海"。山西二十载的情感酝酿、汇聚与储备，一旦闸门洞开，情感的雷与电，必将会引发出林凡一场接一场的艺术豪雨。

三卷十部的《林凡集林》之"美术卷"，由其工笔风景、工笔人物、写意梅花和书法艺术等四集本组成。一一展读林凡"美术卷"，我想有识之士定会发出这样的喟叹：只有大家巨子，才能有如此高深的书法造诣；只有奇才妙手，才能使不可名状的雅韵流溢于画幅之中。

精勾细染的工笔画与畅怀写意的水墨画，共同谱写了中国美术史。唐代的工笔人物，宋代的工笔花鸟，都曾有着后人难以企及的辉煌。但自文人水墨画发轫于宋，历元、明、清三朝，长期独执画坛牛耳后，工笔画却从峰巅跌落，日见式微。至清末民初，陈陈相因的工笔画，竟被文人雅士打入"自媚、媚人、媚世、媚俗、媚商"的"艳科"之例。上世纪80年代，变革国画的呼声日甚一日。生活中常犯迷糊、丢三忘四的林凡，对艺术却是一丝不苟。即使在睡梦中，其敏锐的艺术神经也仿佛醒着。他同当时工笔画界的耆宿、声气相投的侪辈、才华初展的俊彦，共张艺帜，联袂组建了当代工笔画学会。林凡作为执掌业务的副会长，以自己的瑰意琦行、别具一格的创作实践，成为工笔画界的一员骁将和领军人物。

叛逆精神是人类进步的最活跃的因子，也是一切艺术创新的助产婆。在工笔风景画创作中，林凡敢于挣脱前人绳墨，他以金农的"难谐众耳，唯擅孤吹"一语自勉，以自题自刻的"堂堂小子"和"妙在渺小"两枚印章自励，以自定的"小格局、低角度、窄视野"为作画信条。他笔下描绘的常是小草、小花、小溪、浮萍、苔藓、葛藤、野苇、顽石和碧潭。除鹭鸶作为美的精灵，多次出现于画幅中，林凡鲜画名花、珍禽、走兽、高树、奇峰等被古今画家写烂了的物象。林凡极喜画树根，绝少画树冠。抑或有着那段"不许昂首，只能俯身"的人生阅历，他才倍感无名花草和石头的可亲可爱，他才能从常被画家遗忘的一隅一角里，开掘出独有的美。

林凡的名作《碎梦浮春》里，一泓清冷澄澈的春水，几乎占据了整个画面。水下的大小石块错落有致，历历可数；露出水面的一大一小、一高一低之两石，其上的深皱浅褶、细理粗纹，清晰可辨。水畔石侧，是簇簇低矮的苇丛，苇草新叶初抽，攒攒挤挤，比肩争头；而去冬那淡黄色的残叶，还傍依在苇丛根部。碧翠的浮萍，片片点点，飘洒在水面，尽情地享受着生命的快感。这里虽没有春花争艳，蝶舞蜂喧，却更能传递出浓郁的春的讯息。片片苇叶是美的萌芽，点点浮萍是春的启明星；这里的顽石也仿佛有了生命，它们的心灵也同样连接着日月星辰。

林凡写山藤的画作有多幅,最令我怦然心动的当数《谷音》。画面上,两座刀削般的百丈危崖兀立,间隔仅一线之天。植根于石隙间的条条山藤,紧贴在两片峻嶒的绝壁上,相衔相接,相扶相挽,挣扎、突破、伸延、挺进、攀援而上,直到崖巅。山藤如同林凡笔下常写的小草一样,它们纤细里充溢着坚韧,柔弱里蕴含着刚毅。《谷音》无疑是一首无声、无畏的歌,是一支铁流似的生命进行曲。

　　林凡的巨制《海岸无风》,更令我撼魂摇魄。画面上,远处的碧海波澜不兴,近处是10余株低矮的松树;它们根扎在生命绝难存活的坚硬岩石上,因长年累月遭受海风袭击,树干已被扭曲,树身统统朝同一方向呈半倒状,树顶则像女子的墨色长发顺风纷披。额题《海岸无风》,却更能使读画者领悟到闪电雷霆交织下的大地的颤抖,风魔的暴戾。这里的松树,那种以抗争的天性,不屈的定力,牢牢攫住岩石而生存的倔强,呈现给人们的是倒伏的生命与不倒伏的灵魂浑然一体的生命奇观。

　　芥子须弥,微言大义;管窥蠡测,尺幅乾坤。"堂堂小子"林凡于"妙在渺小"的视觉转换的叛逆中,开辟了一片振奇拔俗的艺术大天地。

　　林凡的工笔风景,构图精巧别致。画面或遮蔽或除却天空,多绘平视地面景物。构图常是三边三角俱实,甚至四边四角皆满,很少留白,且惜白如金。无论工笔还是写意,国画重视留白,最忌图满。图满则容易使物象无章,线条无序,色泽淆乱。但读林画,则觉画面无一赘疣,无一蛇足,虚灵飘逸,韵味无尽。

　　林凡所以能"于无佛处称尊",是因了他在艺术创作中不蹈故常,独出机杼。林凡在构图时,对描写物象疏密布局有致,虚实对比相宜,线条缜密,繁中有序。林凡用色,亲绿疏红,偏爱隽冷的色调,极少用朱砂涂染暖色。林凡常用泉、溪、瀑、塘等景物替代"留白"。这种留白,不仅成了画面虚灵通透的窗口,也成了画中景无尽、意无涯的"龙脉"。林凡深得画界激赏的《山风瑟瑟》，仅用半池暗黄色的秋水，几片绿意未退的秋草，几簇叶见枯白的野竹，再加一石一鸟，便营造出仙山瑶池似的氛围。斯图代替留白的仅为兀立赭石的鸟之白脯。这弥足珍贵的留白，无疑是值得观画者反复回味的"诗眼"。

林凡作画，尤重立意。他以为画家的"调高、格高，皆源于意高"。林凡本色是诗人。林画的意高，盖源于诗的滋养。林凡醉心屈子，酷爱三李。三李中，尤钟情鬼才李贺，且有专论李贺诗的文本行世。他对湘中益阳乡党、晚唐禅僧诗家齐己，也推崇备至。由于青睐禅诗，他不惜费工耗时，与艾若先生领衔主编了洋洋2400万言的皇皇巨制——《中国历代僧诗全集》。林凡对中华历代才女诗，也分外垂青；他独自选编了《中国历代妇女诗词名作》。林凡那以书为骨，以诗为魂，以造化为美，有着天机禅意的工笔风景画，是诗与画的"慧心潜通"。

诗由人类梦幻演变而来。空灵与和谐，是诗的生命。诗不是人的某一感官的享乐，而是全感官乃至超感官的精灵。美的画和好的诗，都是迷醉人心灵的智慧晶体。

林凡髫童时代，对湘中那推窗可见、站定于稻田畔边的鹭鸶十分神往，至晚年那娇娇美者的影像，仍不断在他记忆的屏幕上回放。鹭鸟，颈纤若琼钩，足癯若碧管，羽洁若霜雪。因它风采标致，仙韵飘逸，被历代诗家雅称为"风标公子""雪客""雪衣儿"（亦谓"荻塘女子"）。林凡之《寒潭吟》《溪风》《高秋》《天光云影》等多幅工笔风景画作里，均仅有一只白鹭独立其中；尽管这"风标公子"在画中所占的空间很小，但它给我们衔来的却是或苦思或苦恋或苦吟或凄凉或孤寂的无尽情思。《寒潭吟》是林凡复出后的早期作品。画面上，黛青色的小山旁，那纵横交错、盘结扭曲、酷肖枯木的树根，占据了画的中心；一只鹭鸟，寂立于密匝匝的树根下的墨绿色潭边，凝睇着眼前的一切，似在思索，似在等待，似在伫候。《天光云影》里，独立水畔的"雪客"，被春日的青石、古榕所挟裹，一小片天光云影从遮天翳日的枝叶间投来，身栖圣景中的白色精灵，颈高伸而头微昂，似在幻想，似在希冀，似在企盼。冥冥之中，景鸟合一。

林凡有着颇为曲折的情感经历。"文革"中和重返京都后，曾有过两次婚变，生活的孤苦和心灵的孤独，曾长期与他如影随形。孤独，是人类永难破译的心灵密码；孤独，更是诗家的天性。我认为，林画中多次出现的独鹭，就是林凡本人。林凡的鹭鸟如同夜莺，无论是在万籁无声的深夜，还是于残月在天的黎明，它都能以婉转清扬的歌声，唱出人生况味中的各种孤独。

情感，是诗人与画家创作时的一种主要元素。没有情感，断然写不出妙诗名画。开国之初，林凡与天姿掩蔼的军中美人王影，同在广州部队文化部门供职，也曾数度同游粤中名山罗浮。才子佳人，风华正茂，难免各怀倾慕之心，后天各一方，缘悭一面。上世纪90年代初，喜写散文诗的王影和林凡邂逅于京，迟暮之岁，喜结连理，情同梁孟，和如琴瑟。近些年来，林凡写双鹭同栖一枝的工笔风景画竟有6幅之多。《松风相挽》中，山巅上仅有古松一株，树身若巨蟒盘曲，鳞干针叶，青黛凌霄。"风标公子"与"雪衣儿"，并立在老松的枝丫间，含情脉脉地眺望着远山；它们身后，明月皎皎如盘，高悬碧空，银辉泻野。斯情斯景，既饱蕴"天涯共此时"之意，又富含"莫愁西日晚，明月解留人"之情。《霰影》更是一帧造景遥深的创制。绿苔、流瀑、霞石之上，是遒劲苍老的树根，两只息息相通的白鹭，栖立于铁干似的树根顶端；它们面前是浩浩江水，江对岸的苇草绿意森森，远天的落霞余晖未尽，而那漫天的霰粒，如珠若玉，飘飘洒洒……望着这隽妙清逸的画卷，很容易使人想起东坡居士那"唯有飞来双白鹭，玉羽琼枝斗清好"的诗句。阮籍诗云："丹青著明誓，永世不相忘。"《松风相挽》《霰影》

这两帧被美术评论家推崇的佳什，我以为应是林凡写给王影的爱情诗篇。

科学和艺术都企图接近上帝的秘密。如果说科学是最严谨和最合理的猜测，那么艺术则是最形象有时又是最无理的想象。平庸的画家机械地模仿着世界，优秀的画家深刻地解释着世界，杰出的画家自由地创造着世界。我曾看过林凡的累箱盈箧的写生稿。其写人物，穷形尽相，神完气足；其摹山水，曲处下笔，回旋顿挫；线条之妙，堪称国手。但林凡与诸多画家不同的是，他作画从不以写生稿为粉本，而仅当做诱发灵感的酵母。林凡画柳，似柳非柳；林凡写榕，若榕非榕，人称"林凡树"。林凡在《山藤》一画中有跋语告白："余所画者，花不知何花，草不知何草，树不知何树，而此画之藤，亦无名山藤也。"林画以形美为重，具象唯形美而役。他亲近、亲睇、亲察、亲历、亲写过的山川风物，均不过是他自由幻化、组合成画境的图式化符号。

藏族有歌曰："高山的湖水，是躺在地球表面的一颗眼泪。"林凡工笔风景之《三思图》《御沟春》中的溪，《弄风》《绿萍碎语》中的潭，乃至写北方山水《暮秋》中的山下之湖，《秋雁》中的塬下之河……无不静若处子，湛蓝凝碧，酷似藏区才有的"海子"。林画中的这些"海子"，像是上苍用最原始的泪珠汇成，像是造化最纯乎其纯的情感的流泻。林凡的画作里，还多次出现恐植物学家也难命名的低矮植物。它们或偎依岩边，或挂诸石壁，或兀立草丛，或站定溪畔。读画者远观近视，都枝叶难分；唯见团团幽蓝，耀睛辉目，美得令人心颤。它们是青蓝还是碧蓝，是靛蓝还是宝蓝，是士林蓝还是海军蓝，我说不出。只觉此物只应天上有，人间难得几回观。林凡的《春水方生》《微雨引泉飞》《罗浮溪》等工笔山水，也都是画家对稔熟之物象，经过心灵的消融整理后，才幻变出的巨制。读来亦实亦虚，亦真亦幻，如梦如歌，如诗如禅，使人似临圣地，若入仙苑，五内疏瀹，精神澡雪。

投身军旅任刊物美编期间,林凡便对人物画潜心习研,谙熟了人物画素。"美术卷"中的《林凡工笔人物》,描绘的多为历史上的雅士才女、美媛丽姝。其中,状描李白诗意者,即有25幅。唐代诗豪白居易云:"李之作,才矣奇矣,人不逮之,索其风雅比兴,十无一焉。"欲将旷世诗仙李太白的诗境,用画传递得其味无穷,可谓艰矣难矣。林凡凭着对李诗的独到感悟,在画幅里既能达意又意在画外。其《子夜吴歌》《渡荆门送别》《夜泊牛渚怀古》等力作,均能追李诗之风雅而造其境。喜读僧诗且喜绘历代国色天香的林凡,曾被友人谑称为"情僧"。其笔下的王昭君、杨玉环、严蕊及女性菩萨等,既脱胎于敦煌壁画,又融进了林凡心仪的女性美。林凡之50余米长的《百女游春图》,是他历十载艰辛始杀青的罕有长卷。斯图受杜子美《丽人行》一诗之启迪,独出心裁地描绘了上林女子踏青时的情景。

无论是深宫后掖中的妃嫔、婕妤、女史,还是才人、宫娥、采女;无论是达官侯门里的嫡配、贵妇、侍妾,还是小婢、侍女、丫环,皆走进了林凡的画卷。她们或宴饮或对弈或联诗或射箭或踢鞠或嬉戏或听鸟捉蝶……这些深锁于深宫大宅的女子,天性一旦得以释放,无不尽情地享受着春的爱怜,春的抚慰,春的芬芳。尤其是那些天生丽质、如花如朵的少女,更是恣意展示着春光般的活力,春花般的烂漫,春色般的妩媚。林凡服膺诗僧齐己的名句:"逍遥非俗趣,根本属风流。"从林画中那些虽着唐装虽是唐女的佳丽之举手投足、一颦一笑里,我们似可闻到当代妙龄女子的气息。"美色不同面,皆佳于目;悲音不同声,皆快于耳。"长卷中被林凡理想化,具有林下之风的百余名唐女,其女性的柔美、娴雅、秀逸,被描绘得惟妙惟肖。作家艾若先生盛赞斯图是林凡"神游太虚的艺术幻化",我深以为然。

1995年孟春,林凡偕王影客居扬州。某日,天降大雪,瘦西湖畔,白毯铺地,粉塑千树,石似晶铸,竹若玉雕,俨然一银色童话世界。林凡、王影牵手赏雪，行至廿四桥时，忽闻阵阵冷香袭来；凭栏观望，但见不远之石坡上，一片片腊梅，宛若一匹匹黄灿灿锦缎，飘浮于湖光山色里。趋前视之，只见纷扬的雪花落于腊梅那嫩黄的花蕊之上，梅朵颤颤巍巍，通体透亮，散发着玉蕴山辉般的光莹。"乾坤有精物，至宝无文章"，眼前的这任何语言亦难以表述的梅景，倏地引燃了林凡灵魂深层埋藏的爱梅底火。自此，林凡画梅一发而不可收，日就月将，迄今已写梅逾千帧。

林凡写梅，总是让梅树统摄画面。常用以衬梅的石、草、泉、溪、瀑五种"傧相"，随图意而选，鲜过其三。林之梅花，巨干粗枝，横斜旁逸，高低穿插，构图绝少雷同。他喜写白梅、黄梅，也写绿梅；偶画红梅，也不追红逐妍。林之梅图，比之其工笔风景，已注重留白，强化笔墨，趋于写意。林之梅花，看上去花团锦簇，但繁密中见疏朗，清丽中见淡雅，被画界誉为打着林氏印记的"林梅"。林凡写梅挥洒自如，得心应手，是因了他对梅诗、梅词、梅典乃至梅花传说的博览贯通，这就提升了他笔下的梅情、梅调、梅品和梅格。

林凡的梅图，既有宽银幕似的长帧巨幛，亦有阔不盈尺的斗方小品。最值得一提的是，他历五月始绘就的鸿篇巨制《乾坤万里醉寒香》。此画长14.5米，宽2.6米，现已悬挂于军委八一大楼之迎宾厅，实为当今京都殿堂画的创制之最。两难俱，六美并。该图一反林凡"窄视野"的写画理念，集工笔山水与写意梅花于一体。画面上，白鸽与黄梅相媲美，溪瀑与江流相亲吻，奇石与高树相拥抱，既显辽阔邈远，又见华滋澹逸。

"画贵有静气"，这虽是山水画大师黄宾虹作画的五字诀，却绝对是衡量一切中国画的关键。细检林凡之工笔风景、人物及写意梅花，画面都显得那样静谧。"静"是一种大美，在喧哗与骚动连空气中也弥散着物欲气味的当今世界，林画可开豁尘襟，让我们找到一片平慰浮躁心灵的栖息地。

诸多美术评论家认为，在林凡的艺术中，其工笔风景画和其行书，是他独创的两个"艺术符号"。近20年来，林凡的书法大行天下，已深为藏家及书法爱好者所宝重。林凡自小便从颜真卿、何绍基入手，受过严格的磨勘藻历；长成之后，他对甲骨、金文、汉碑、晋帖，均进行过深入的钩稽习研。唯有掠百家之美，方可成一人之奇。林凡篆隶真草皆工。其篆书严整、细腻、典雅，既得远哲前贤之精髓，又能力标一格。最能代表林凡书风的应是行草。林之行书，穷求布局，于均衡对称中，又多富变化。笔墨雅洁清脱，皭然不滓。字的大小简繁，相间得体，争让得宜。林之行书，铁画银钩，瘦中储秀，柔中藏刚，回旋缠绕，逶迤婉转，透着其画中的藤味石韵，有着愕愕然不可侵之风骨，凛凛然不可夺之风神。林之行书，不需详审，一睹便知是"林体"：因其笔画变化玄奇诡谲，极难模仿，赝品绝难混迹于市。林凡的书法有着醇厚的书卷气。我从其疾徐顿挫、恣纵摇曳的行书中，常感到有旋律在跳跃，音节在律动。林凡的行书，是附之于形的歌，亦是附之于形的诗。

我以为，林凡的艺术有三个精神支柱：一曰渊博，二曰睿智，三曰童真。林凡古今中外美学、美术藏书之多，令我咋舌。仅西方古典及近代各种流派的画册，就摆满了两大书橱。林凡博极群书，他读老、读庄、读易、读兵、读佛、读史、读诗，文史哲无所不窥。睿智使林凡不读死书，不钻书袋，登堂入室，进出自如，揽天下奇珍于襟抱，神而化之，变为自己的器识与才具；这便使得林凡的艺术绝傍前人。童真常是艺术涌动的命脉，更是艺术家惊异力、想象力的辅翼。一两重的童真，超过一吨重的小聪明。童真使林凡这个"老顽童"艺术不老，常葆有一颗求知心、爱美心。

楹联向为国人喜闻乐见的传统艺术。即便在国学氛围日渐萧疏的当今，附庸风雅写联作对者，亦多如过江之鲫。但能因人因事因情因景撰得上佳楹联者，却寥若晨星。林凡复出后，迄今已自撰楹联逾3000副。"文学卷"中之《两行诗》一书，即为林凡楹联艺术的拔萃之作。林凡的楹联，立意高雅，情文双具，设句破典，常是"天机云锦刚在我，剪裁妙处非刀尺"。我山东蓬莱一喜酒乐诗的文友和济南军区一戎马大半生、现已赋闲的老首长，皆心仪林凡楹联书艺已久，托我向林凡求对联，以辉厅堂。我向林凡略述两人之身份，林凡边铺纸边思索，俄顷写就。赠前者联为"东海神仙朦胧万古，上林豪士慷慨三樽"；遗后者是"知觉人生，烟云舒卷；醒醐心境，星月玲珑"。此两副楹联，遣语惬当，不流凡俗。"文革"刚结束时，林凡写自我心境之"谁道冥顽，千秋历劫；我称灵秀，一枕长安"，"几处残碑留客少，一春愁思比花多"等联；近年借秀丽之景色，抒心中之幽情的"几片落花漂曲沼，一春好雨湿青泥"，"幽梦三生，疏影销魂处；孤芳一树，清香细雨中"等联，无不熔心境、画境、诗境于一炉，读来饶有趣味。1996年春，山东莱阳举办"梨花节"，恭请林凡以咏吟梨花为题，展示其楹联艺术。林凡逸兴遄发，吮墨挥毫，自撰自书，于半日之内援笔写就——"白雪精神在，春风眉目新"，"素心无浊梦，时雨启春华"，"明月有谁论价格，幽花无色独鲜妍"等楹联计46幅。林凡才思之敏捷，犹如不羁之马，令睹者扼腕嗟叹。

　　林凡学诗，始于总角之岁。成年后不管浮沉进退，皆不废咏吟。林凡深谙为诗之道，其诗远离直白，羞于阐释生活、图解政治。诗是人类从痛苦心灵中流出的蜜汁。"四人帮"刚被粉碎时，林凡作七律一首，诗中无一政治词语，其中"十年眸子失灵光""过敏神经难入梦，荒唐故事听来香"等句，一时为京都文化界朋友所乐道。1966年前，林凡自吟自娱，曾写有七律500余首，"文革"中被查抄后付之一炬。"文学卷"中之《罗浮吟》诗集，均为林凡复出后写下的七律。粤中名山罗浮，是昔年林凡、王影放飞青春、储放爱情梦幻的地方。《罗浮吟》当中，有百首七律，是林凡在古稀前后写下的爱情诗。林凡的所有诗作，都能用心灵感受去吟哦生命的意义和生命的光彩，将身内的霓虹同身外的霓虹连成一片，在婉约中散发着清丽淡雅之美。

近30年来，林凡有百万言文论行世。其"史论卷"中的《孤吹集》为艺术随笔；其《北派山水研究》乃画论专著。林之随笔，娓娓而谈，历史掌故，信手拈来；林之画论，"论如析薪，贵在破理"，灵机透发，精言迭出。宋人张择端之《清明上河图》是我国绘画艺术的宝中之宝，原本现珍存于故宫博物院。世界及国内各博物馆所分藏的百余幅《清明上河图》，多为清人摹本。3年前，林凡从民间藏家手中，发现一幅《清明上河图》，凭其法眼，断定斯图为摹本中的珍品。他历时一年又六月，从卷帙浩繁的美术史料中，爬罗剔抉，搜遗辑逸，言之凿凿地断定斯图为元代高手所摹，并大含细入地写出《〈清明上河图〉元本初证》之专著。这是林凡对中国美术史研究的一大新发现。

灵感从不拜访懒惰的客人。林凡凭着坚韧不拔的探求，铁砚磨穿的勤勉，在诗、书、画、论四片艺术园林里自由徜徉。作为艺术"孤吹者"的林凡，其手中的一支香笔，竟如同交响乐团指挥家的双手，于频频挥动中，奏出了雄浑的交响乐章。

良知，是人类心匣中最为宝贵的珍珠；良知，更是艺术家心灵杯盏中最为圣洁的玉液。心慈怜瘦草，情真惜柔藤。我们从林凡艺术作品里，处处可窥见他悲天悯人的情怀。生活中的林凡，虽有生性懦弱、轻信于人等弱点，但他心地善良，极富社会良知，常有济危扶困、公忠体国之举。

第四届世界妇女代表大会在北京召开之前，林凡将自选的《中国历代妇女诗词名作》中的112首诗词，悉数以行书抄之；在王影的倾力襄助下，自费用宣纸印刷成万余册精美线装书，作为礼品分赠与会代表。同时，林凡、王影又将这些诗词行书，请高手分别镌刻于珍贵紫檀、花梨的木屏上，计224幅，作为国礼，馈赠诸国妇女政要。此等义举，一时为书画界传为佳话。乡土情结是人的重要情愫，故乡如同胎记，深嵌在每一个人的肌肤之上。1991年，益阳白鹿寺院欲立一"齐己诗碑林"。林凡笔下含情，纸上纵毫，一介不取地完成了故乡文化界这一宿愿。1995年前后，林凡在益阳两度举办"咏竹诗联书法"个展，他竟将个展拍卖所得全部捐献，为故乡建了两座希望小学。天安门城楼、紫光阁等重要楼堂的管理者，都曾盛邀林凡作画。林凡不惮劳神费力，总是将上佳的工笔巨制奉上。2000年《乾坤万里醉寒香》一图告竣时，有藏家欲以千万巨款购之，林凡、王影毫不为金钱所动，坚意将斯图奉献给了军委八一大楼。

2007年，经民政部报请国务院批准，"当代工笔画学会"更名为"中国工笔画学会"，并隶属于中国文联，林凡当选为会长。当下工笔画界，大家名流，云辉星灿，林凡被公推为会首，这既是画界同仁对他艺术成就的高度认同，又是对他20余年来推毂于前、戮力引领工笔画发展的一种首肯。

白驹过隙，流年似水。林凡艺术早已腾誉域内海外。昔年我初识林凡时，他虽年已望六，但脚轻步捷，风神俊爽；如今我眼前的林凡，已是白发照眼，步履蹒跚。但一个在迟暮之岁，仍常写爱情诗的他，心还是年轻的。林凡现正处于动墨横锦、摇笔散珠的艺术创作的巅峰期。他虽已近杖朝之岁，但我们仍有理由相信，凭着他那颗年轻的艺术之心，定会在他的艺术园林里，不断结出更多的心灵圣果。

此文乃作者为"三卷"十部（美术卷四部、文学卷三部、史论卷三部）的《林凡集林》所写的总序。

原载《人民文学》2010年第10期

崔健和鲍勃·迪伦

肖复兴

崔健的意义

崔健的意义，不仅限于中国的流行歌坛，而且波及文学乃至整个艺术界。可以说，还没有一个流行歌手能和他站在同一个等量级的位置上较量。虽然，对他的沉默、议论、批评乃至否定，一直没有停息。

快30年了，当他第一次从胸腔中迸发出那悠悠一曲《一无所有》的时候，确实如一道醒目的闪电，哪怕后来他再也不唱什么歌，也奠定了他无可争议的地位。在我看来，他当时的地位起码是和星星画展、朦胧派诗，以及刘心武《班主任》为代表的伤痕派小说等量齐观的。他唱出了一个时代的声音，是一个旧的时代的结束一个新的时代的来临那种交替和交织的声音。是那个几乎使我们民族濒临崩溃边缘的时代，让我们从物质到精神都一无所有；是那个百废待兴的新时代，让我们和着崔健的节拍一起在心里吟唱"我总是问个不休，你何时跟我走?""我要抓住你的双手，你这就跟我走；这时你的手在颤抖，这时你的泪在流。"

我相信，绝不是我一个人，拥有着在近30年前的春风秋月中突然听到这首歌时荡漾在心中清澈的共鸣。

音乐史在评价列农和甲壳虫这样的摇滚音乐时，说它们使人们的脑子重新组装。崔健的音乐，一开始就有着这样强悍的力量。仅一首《一无所有》便概括那个时代一代人的精神特征，以叛逆的精神和先锋的姿态唱出了我们心中渴望的共有。

崔健的可贵，在于他近30年来一直保持着这种精神和姿态。在一个始乱终弃为时髦和价值取向的流行中，在大多歌星永远只会唱着别人的歌的歌坛上，崔健的音乐坚持近30年的固守，是一种品德良知更是艺术的操守。崔健的意义，我以为首先在于他对时代出乎一种本能的敏感和高度的艺术概括力，迄今无人可以比拟和匹敌。在他的早期音乐中除了《一无所有》的概括，"我的病就是没感觉"；"我要人人都看到我，却不知道我是谁"；"不是我不明白，是这世界变化快"……一直到近两年他所唱的"情况太复杂了，现实太残酷了"；"钱要是挣够了事情自然就会办了，不知不觉挣钱挣晕了把什么都忘了"；"快乐的标准降低，杂念开始出现，忘记了灵魂的存在，生活如此鲜艳"……无一不打上崔健音乐品格的印记，体现崔健对从政治社会到经济社会过渡时期细至末梢又深入骨髓的触动。

他不是故作哲学状的思考，或摆弄洋枪洋炮的舶来货唬人，而是用嘶哑的嗓子，带有几分玩世不恭的发泄，却一下子就捅到时代和我们生活的腰眼上。几乎每一首这样的歌，都拥有一个宏大的主题，都可以演绎出一篇小说和一出戏剧。实际上，我们在不同时期都能找到这样的小说和戏剧，和他的音乐相对应，异曲同工，不谋而合。这恰恰是崔健音乐的不同凡响之处，这和他一直痛恨的败坏人胃口的"酸歌蜜曲"拉开了无法逾越的距离。他是棵枝叶茂盛的大树，当然可以傲视低矮倒伏的小草。

崔健的意义，不在于他仅仅只是一种发泄，他的叛逆姿态中融有批判的同时，更有难得的追求。他在唱"一无所有"的时候，他同时在唱"你何时跟我走"；他在唱"我的病就是没感觉"的时候，同时在唱"让我在雪地上撒点儿野"；他在唱"我要人人都看到我，却不知道我是谁"的时候，同时在唱"我要从南走到北，我要从白走到黑"；在他唱着"你带我走进你的花房，我无法逃脱花的芳香"的时候，同时在唱"你要我留在老地方，你要我和他们一样，我看着你默默地说：不能这样。"……这不是说他一定有多么深刻的思想，而是他有真诚，面对内心与艺术的真诚，反复诉述着人生的悖论、困惑和忧愁，那是最让人感动的地方。

　　崔健再版他的歌带《新长征上的摇滚》之后（其实早在前两年他的《无能的力量》出版后），就有人开始批评崔健，说他旋律差了，说他节奏乱了，说他廉颇老矣、激情不再，说他最好的歌还是《一无所有》那些早期的作品。这些都是对崔健的误解。对于我国年轻的摇滚乐，我们确实充满太多的误解。

　　其实，崔健早以他的敏感，用他的音乐去努力把握这个"其实心中早就明白"和他共生共存已丢失了激情的年代，改用崔健的《一无所有》中的一句歌词，是"这时你的手已不再颤抖，这时你的泪已不再流"。而我们还顽固地渴望激情和抒情乃至爱情和温情，并要求崔健将这些统统再唱给我们听，要求崔健的手和泪依然如以前一样颤抖和流淌。

　　其实，是我们自己在寻找着虚脱的依靠，是我们自己在迅速地变老，得需要一支依赖的龙头拐杖。渴望回到从前，希冀保持一种恒定的状态，便和一直前行者拉开了双倍的距离，因为参照物已经大不相同。我们早已经不再是一无所有而在物质上丰富了许多，拥在怀中得到了许多，只是我们依然一无所有一事无成，却偏偏还要渴望重返一无所有的背景下从头再来的童话，实在是我们自己的一种带有浓重怀旧色彩的软弱。我们潜意识里还是无可救药地希望恢复传统规范的秩序，所以才会面对崔健那种无节奏而产生无法容忍乃至恐惧之情。崔健早看到这个问题，他不是在偷偷地笑，而是在《时代的晚上》以他一贯的敏锐和自我批判唱道："我的心在疼痛，像童年的委屈，却不是那么简单也不是那么容易。请摸住我的手吧，是不是我越软弱越像你的情人儿？"他依然保持着他先锋的锐气，向前走了好远的路，我们却还只是留在了老地方。崔健只好用他的歌再一次轻轻地对我们说："不能这样。"

对崔健的音乐的发展，我是这样来划分阶段的，《新长征路上的摇滚》为前期，《红旗下的蛋》和《解决》为过渡，《无能的力量》为后期。无论哪一时期，崔健都是和时代和现实胶粘一起，可以说，崔健和他的音乐都是时代之子。虽然，他从来没有在我们电视晚会或 MTV 中频频亮相，混个脸儿熟和钱包鼓胀，但他却是我国流行歌坛尤其是摇滚歌坛中当之无愧的一面旗帜，从来没有淡出在潮流之外，从来和我们这个时代和我们的生活紧密相关。

在我看来，崔健的问题不是出现在激情的减退，而是他对现实的把握逐渐不如以往那样准确，同时表达得有些过于直白。前者，表现着他的痛苦，是面对现实和内心的带有些许神经质的茫然和矛盾的痛苦。他在不止一首歌中唱出他的这种痛苦："语言已经不够准确，生活中有各种感觉"（《九十年代》）；"天空太黑，灯光太鲜艳，我已经摸不着北"（《无能的力量》）。他的新歌《新鲜摇滚》最能代表他这种矛盾和痛苦："你还是不敢彻底地跟她说，因为你这个人还是太软弱。你曾经迅速地得到了她，你说这就是什么摇滚 ROCKN ROLL。可是现在你的激情已经过去，你已经不是那么单纯。"后者，也许崔健自身并不满足以前《一无所有》《一块红布》《花房姑娘》《让我在雪地上撒点儿野》等那种过于比兴和暗喻的方式，觉得这样的直白是一种变化，而且正适合如今赤裸裸比直白更实际实惠实用的时代，这便是他内心也是他音乐的一种选择方式。但我总觉得艺术还是有自身的规律，像《混子》唱的"反正不愁吃，我也反正不愁穿，反正实在没地住我就和父母一起住，白天出门忙活，晚上出门转悠，碰见熟人打招呼'怎么样？''咳，凑合！'"虽然还保持着崔健对时代和生活的敏感，多的却是表象的捕捉，已经缺少了崔健以前的概括力和张力。这一点，恰恰是崔健常常皱眉头的地方。

前几天，在中央电视台的旅游卫视频道看到崔健音乐会长达一个多小时的转播，有些意外。这大概是崔健第一次如此规模在电视上亮相。也许，会有许多人并不怎么留意，但它的意义，在宏大叙事的晚会歌曲充斥电视台的今天，不同寻常。

如今，这么多年过去了，在中国摇滚歌坛上，崔健这样的地位与意义，依然没有动摇，也没有人可以超越。

对于中国摇滚现状，崔健曾经做出他自己的一次次努力。但是，无论是丽江雪山还是宁夏贺兰山，或是在沈阳举办的摇滚节，可以说都是失败而归。那天，我碰见一位当年的摇滚歌手，他对我说，崔健虽然还要维持每场20万元的演出费，但是，都是热爱他的人在组织他的演出，其实大多都是赔钱的。

我想这种状况，崔健一定是知道的，因为那天我参加北京一次建筑论坛，他也参加了，并发言道：如今中国有三个最弱：一是中国足球，一是中国建筑，一是中国摇滚。可见，他是极其清醒的。这么多年过去了，并没有出现新的歌手超越他，他依然宝刀不老，顽强地挺立在摇滚歌坛上，足见他的寂寞、不甘和无奈。如今，真正的摇滚还是在民间，流行在场面上的，比如年轻的花儿乐队，商业色彩越来越重。

不过，以为中国摇滚不行了，大概是崔健绝对不能接受的。事实上，新的摇滚歌手如左小祖咒等，还是顽强却也艰难地生存着，并拥有着执著的歌迷。因此，当不止一次有人批评或误解他自己和中国的时候，他总是以犀利的语言给予回击。他曾经说过一段很有意思的话："因为你本身是蹲着的，但摇滚乐已经站起来了，尽管摇摇晃晃，它已经站起来，试图站起来，你只能蹲在角落里看着跟你平行的缺点。"这是对那些对自己对中国摇滚误解乃至批评者毫不留情的回击。他说得很准确形象，一如他的歌。

在电视中看到那么多的观众站着，和着他音乐的节拍，和他一起吟唱。那火爆热烈的情景，让我想起十来年前，在北京一个叫做"火山"的酒吧里，也是那么多人站着，听他一口气演唱了十几支曲子。在唱那支熟悉的《花房姑娘》，唱到"我就要回到老地方，我就要走老路上，只是我再也离不开你，哦——"的时候，本来应该唱"哦——姑娘！"他指着周围这些可爱的大学生临时改为："哦——学生！"当他反复再唱到"只是我再也离不开你，哦——"时，学生们一起高唱："崔健！"那情景真是和今天一样，让人感动而难忘。

如今，世事变迁，那座"火山"酒吧已经没有了，那群大学生已经老了。但是，崔健的歌声还在，只不过多了些风霜和时光沉淀的沧桑感。

我和鲍勃·迪伦

一

鲍勃·迪伦（Bob Dylan）属于上个世纪的60年代。

60年代，他20多岁，和美国一样年轻。

60年代，他抱着一把木吉他，唱着沙哑粗糙的民谣，从明尼苏达的矿区走来，并不高大茁壮的身影渐渐地在美国的背景中清晰起来。

60年代，虽然有西班牙王子胡安·卡洛斯和希腊公主的豪华婚礼，以及美国人诺曼·博劳克成功地培养出比原产量高三倍的高产小麦新品种这样能够让人高兴的好消息，但60年代是整个世界动荡的年代，短暂的好消息不能如方糖一样，稀释掉云层密布的灰暗而让它变甜。

60年代，是一个饥饿的年代，非洲的大饥荒，我国连续3年的人祸与自然灾害，估计全世界有1/3的人口肚子空空在挨饿，更有一笔因饥饿而死亡人数的天文数字。当时的美国总统肯尼迪和联合国秘书长吴丹一起号召全世界与饥饿作斗争。

60年代，是一个战争的年代，苏联进行核试验，美国恢复了地下核试验。两个超级大国军备竞赛，苏联要在古巴建立导弹基地的争执不断，核裁军的呼吁不灵。据统计：苏美两国拥有的核武器的爆炸力相当于世界人均3吨TNT的爆炸力。整个世界坐在随时可能爆炸的火山口上。

60年代，是一个运动的年代，整个世界此起彼伏，按下葫芦起来瓢，不仅中国搞了"文化大革命"，欧洲也是学潮不断，美国出现反种族歧视的示威运动，意大利出现工人罢工运动，拉美不少国家跟随卡斯特罗搞革命运动，骚乱更是野火烧不尽，春风吹又生。

60年代，是一个暗杀的年代，肯尼迪在达拉斯被暗杀；没过多久，马丁·路德·金在孟菲斯被暗杀。

60年代，是一个资本主义和社会主义意识形态矛盾冲突的年代。苏共二十二大召开后的非斯大林化。苏联武装占领布拉格。我们和苏联的珍宝岛战役。东西柏林之间的柏林墙的迤逦建立……

鲍勃·迪伦的歌声就是响彻在这样的60年代。

鲍勃·迪伦就像是上帝专门为60年代而创造的歌手一样，敏锐地感知着60年代的每一根神经。鲍勃·迪伦的诞生，宣布了50年代的结束，宣告了垮掉的一代和忧郁的布鲁斯、乡间民谣的50年代的结束。

60年代初，鲍勃·迪伦在进行他的巡回演出之前，特意到医院去看望他所崇拜的正在病危中的上一代民谣大师伍迪·格思里（Woody

Guthrie），然后踏上他自己新的旅程。这是新一代和老一代的告别仪式，意味着50年代真的无可奈何也别无反顾地结束了。

面对60年代所发生的这一切，鲍勃·迪伦用他嘶哑的嗓音唱出了他对于这个世界理性批判的态度和情怀。他以简朴疏朗又易学易唱的旋律、意象明朗且入木三分的歌词、沙哑深沉而强烈愤恨的情绪，站在60年代领头羊的位置上，充当着人民的代言人的角色。虽然，在60年代，他也唱过类如《来自北部乡村的女孩》那样爱情的歌曲，但他大部分唱的是那些激情洋溢的政治歌曲。听他那时的歌，总让我情不自禁地想起我们的《黄河大合唱》，他就像是站在那浩浩大合唱前面的慷慨激昂的领唱和领诵。

1961年，他唱出了《答案在风中飘》和《大雨将至》，那是民权和反战的战歌。

1962年，他唱出了《战争的主人》，那是针对古巴的导弹基地和核裁军的正义的发言。

1963年，他唱出了《上帝在我们这一边》，那是一首反战的圣歌。

1965年，他唱出了《像滚石一样》，那是在动荡的年代里漂泊无根、无家可归的一代人的命名……

在60年代，他还唱过一首叫做《他是我的一个朋友》的歌。我忘了他是在60年代的哪一年唱的了，只知道他是在芝加哥的街上，从一个叫做艾瓦拉·格雷的瞎子歌手学来的，他只是稍稍进行了改编，加上了简单的木吉他。那是一首原名叫做《矮子乔治》流行于美国南方监狱里的歌。（这是一首有名的歌，以前曾经被传奇的老民谣歌手"铅腹"唱过，"铅腹"的另一首《昨晚你睡在哪儿》后来曾经被"涅槃"乐队翻唱。）这首歌是为了纪念黑人乔治的。乔治仅仅因为偷了70美金就被抓进监狱，在监狱里他写了许多针对时弊的书信，惹恼了当局，竟被看守活活打死。鲍勃·迪伦愤怒而深情地把这首歌唱出了新的意义，他曾经一次以简单的木吉他伴奏清唱这首歌,一次用女声合唱做背景重新演绎,两次唱得都是那样情深意长感人肺腑。在解释他为什么要这样唱这首歌时,他说:"监狱看守实际是害怕乔治的,因为乔治太真实,他们被他凝重的感情所惊吓。"(2003年年底,重新听鲍勃·迪伦的这首歌,让我忍不住想起刚刚在哈尔滨发生的为了讨要工钱的58岁的农民工,钱没有讨回,被当场生生地砍断了手筋的事。我相信如果鲍勃·迪伦知道了,会为他唱一首新歌的。)

他是以深切的同情和呼喊民主自由和平的姿态,抨击着弥漫于60年代的种种强权、战争、种族歧视所造成的黑暗和腐朽。

在60年代,他是一代年轻人的精神领袖,是那个逝去的年代的难能可贵的理想主义的象征。

在60年代,鲍勃·迪伦和我们一样,就像是一个"愤青"。

对于如我这样也是和鲍勃·迪伦一样在60年代度过了整个青春期的人来说,听鲍勃·迪伦的歌没有什么隔膜,而是那样的亲切,水乳交融,肌肤相近。

60年代,在饥饿的边缘上挣扎的世界的1/3人口中,也有我们的一份。而我们却在一边饥肠辘辘时一边热血沸腾地写下这样的诗篇:"要把克里姆林宫的红星重新点亮,要把世界上2/3受苦受难的人民解放。"

60年代,在反战的斗争中,我们也不止一次跑到天安门广场集合,伸出了愤怒的臂膀,呼喊着和鲍勃·迪伦一样的心声,只是没有如他一样唱出"上帝在我们这一边",而是高喊着"正义在我们这一边!"

60年代,在那些如火如荼的政治岁月里,我们更是无比的投入。珍宝岛战役,就在我们插队的北大荒的乌苏里江上,离我近在咫尺。我们抱着随时上战场而决一死战的豪情壮志,聆听着那枪炮声的召唤。即使离得那样遥远的布拉格,我们站在北大荒的冰天雪地里,也愤怒谴责苏联的坦克车开进了布拉格的街头,并且蹲在白桦林的树墩旁写下诗的急就章。没有舞台和广场，就跑到村里食堂里，把吃饭的桌子椅子挪到一边腾出空地来站在那里慷慨激昂地朗诵。而在柏林墙建立的时候，我们正在挥舞铁锹，深挖洞，广积粮，大挖现在已经用来做商场和KTV包间的地下防空洞。

60年代，在"文化大革命"的运动中，我们更是和鲍勃·迪伦一样的鱼翔浅底鹰击长空，冲锋陷阵在第一线，一样的粪土当年万户侯，一样的自以为是，激进冒失，根本听不进父母的话，而把他们当成挡路堵道的保守派和保皇派。只不过，我们把鲍勃·迪伦唱的歌词都更为直白昂扬地挥洒在大字报上去激扬文字……

我们和鲍勃·迪伦是多么的相似。我们当然听得懂鲍勃·迪伦那时唱的"来吧，两院的议员，请注意这个警告，不要站在门口，不要堵住走道……外面有场战斗，打得异常激烈，马上震动你的窗，让你的墙壁嘎嘎直响。因为时代在变。来吧，父亲和母亲，全国的父亲和母亲，不要去批评你们不理解的事情，你们的儿子和女儿对你们的命令已经不听，你们的老路子越来越不灵……因为时代在变"。(《时代在变》) 我们也就对美国联邦调查局把鲍勃·迪伦列入红色共产党的黑名单不会奇怪。

60年代的鲍勃·迪伦和我们是同一代人，是同一类人。

60年代的鲍勃·迪伦相信音乐的力量，以为音乐可以救赎这个世界，就像是那时的我们以为可以解放世界上2/3受苦受难的人民。

60年代的鲍勃·迪伦出版他的专辑时把专辑的名字命名为《时代在变》。他相信时代在变，相信音乐能够使得时代改变。

我们重新再听鲍勃·迪伦60年代的歌，是在看一本发黄的黑白老相册，是在追忆似水年华，那是一代人逝去的壮丽的青春和梦想。

鲍勃·迪伦用他一如既往的喑哑的嗓音、朴素的木吉他，偶尔用他那天籁般的口琴，吟唱在我们的心中，回荡在逝去的风中。

二

90 年代的鲍勃·迪伦老了。

日子真是不抗混，岁月很快就催老了一代人。

90 年代的鲍勃·迪伦已经不再用木吉他而改用电吉他，其实，他早在 1965 年就用电吉他了，那时他遭到他的歌迷的反对和起哄，而现在人们已经早就习惯了他的电吉他。偶尔，他也会用"不插电"，也还用口琴伴奏，但那只是偶尔而已，如同雨季里偶尔打把伞出门，让雨滴在雨伞上敲响清脆的回音，唤回一点往昔湿漉漉的回忆。

如同退潮一样，潮水从沙滩上一点点消失，徒留下了青春的空贝壳和人去楼空的叹息。90 年代的鲍勃·迪伦变化非常的大，他不再充当社会和人民代言人的角色，他不再做正义和理想的化身，他开始重新审视自己，开始歌唱个人化的感情，他把曾经从伍迪·格思里学习并加以彻底改造的膨胀成氢气球一样扶摇直上云天的民谣，重新改造回到了地上，使它开始了一个新的轮回一样重新柔情荡漾起来。

他开始唱爱情，不过那爱情是回忆中的爱情："我不能等待，穿过午夜的街，周围都是人，空气在燃烧。我试图把事情想清楚，我不能再等待。我是你的男人，我试图重温过去甜蜜的爱……我想着你和所有我们可以漫步的地方。"（《不能等待》）

他一再把那种回忆中的爱情唱得格外凄婉，他似乎是生活在梦和永远不能忘记的回忆之中："星期天我去教堂，她正好从那里经过，我的爱需要那么久才能够消失。我在你身上找到了我的世界，但你的爱不能证明是真的，在冰冷的铁的界限里，我离城有 20 英里，芝加哥的冷风把我撕裂。现实总有太多的头绪，有些事情比想象的持续得更长，而有些事情你永远不可能忘记。"（《冰冷的铁环》）

他变得多愁善感起来，他似乎将过去自己的叱咤风云遗忘了，偏偏总是记起感情的失落和回忆中柔软易碎的部分，对世界充满疑问和迷惑。他一下子脆弱起来，他拣起了芝麻丢了西瓜。他像是走到了世界末日似的，悲天悯人地唱了起来："我顺着河流到达大海，我曾经到过这个充满谎言的底部，有时候我身上的负担似乎比我能够承受的还要多。天还没黑，但快了。我出生在这儿，还将死在这儿。我在移动，但我站在这儿没动。我身体的每一根神经那么苍白麻木。我想不起来到这儿来是想带走什么，甚至听不到祈祷者的呢喃。天还没黑，但快了……"（《天还没黑》）

既然天还没黑，为什么要这样忧心忡忡？我不知道他为什么变成了这样，和60年代的鲍勃·迪伦判然不同。我知道他的变化并不是始于90年代，早在70年代和80年代就已经有了这样变化的萌芽，他只是在90年代长成了这样枝叶婆娑的大树，而不再愿意成为坚硬的岩石和迎风飘扬的旗。

是因为90年代战争虽然还层出不断但毕竟不像是60年代那样紧张了？还是因为饥饿已经不再困扰地球了？或是意识形态的矛盾已经随着苏联和整个东欧社会主义的解体而不再那样剑拔弩张了？或是网络时代的到来让人类的感情越发虚拟化也越发物化和个人化了？这样的背景之下，需要的是迈克尔·杰克逊那样的奢靡和麦当娜那样的性感或席琳·迪翁那样我心依旧式的信誓旦旦爱的虚幻？已经不再需要鲍勃·迪伦的正义和激情、理想和信仰了？真的是快乐的猪已经胜过了思考的芦苇了？一代有一代的青春，一代有一代的偶像，一代有一代的歌唱。

如果从鲍勃·迪伦本身来说，是因为他出了一次车祸差点要了他的命，或是离了一次婚又差点要了他命，会是这样的命运的跌宕变化让他的音乐也随之颠簸起了动荡的曲线？

我不知道，我无法弄清究竟是什么原因让90年代的鲍勃·迪伦以这样的变化出现在我们的面前。

鲍勃·迪伦在接见《滚石》杂志的记者时这样说："当没有人把我当一回事时，正是我创作丰收的时候。你年纪大起来，将会变得更倾向家庭化……"

鲍勃·迪伦儿女情长起来了。

90年代，他真的唱了一首这样儿女情长的歌，是一首非常好听的歌，唱给他的母亲的，名字叫做《百万英里》："您带走了我真正怀念的一部分，我一直问自己像这样还能维持多久。你告诉我一个谎言，这没关系，妈妈。我正试图离您近一点，但我仍然离您有一万英里远。您带走了银您带走了金，您把我一个人留在冰冷里。我在那些无梦的睡眠里漂流，把所有的记忆抛进深渊，做了那么多根本不想做的事情。我正试图离您近一点，但我仍然离您有一万英里远。"

听这首歌，让我想起约翰·列侬那首同样唱妈妈的歌。同样对妈妈充满着一点怨恨，同样更充满着深深的爱和感人肺腑的回忆。更同样的是他们两人竟是如出一辙从社会的批判和介入的宏大叙事中回归到母亲的身旁。也许，当他们老的时候才发现母亲在这个变化多端而冷漠的世界上对于他们是多么重要，因为在这个世界上只有母亲才和他们拥有着唯一的血缘关系。

90年代的鲍勃·迪伦，像60年代崇拜伍迪·格思里一样开始崇拜海明威。他曾经这样说："海明威不喜欢形容词，他不需要去形容定义要说的事情，只是直截了当地说出来。我现在还做不到这一点，但我想要达到这个目标。"这是一个新的目标，和60年代鲍勃·迪伦的目标显然不一样，重视的是语言的表达而不是情绪和理想的宣泄，"一个男人要走多少路，才能被称为男人；一只白鸽要飞越多少海洋，才能够在沙漠入眠；炮弹还要发多少次，才会被永远禁止……"60年代像在《答案在风中飘》里唱过的这样发自思想深处的天问，似乎已经飘逝在遥远的风中，新的目标像风筝一样飘曳在新的风中。应该说，这个目标在《百万英里》这首歌里达到了。鲍勃·迪伦急流勇退了，从白浪滔天的大海回旋到了母亲环绕的清澈的小溪。

　　其实，我们在进入了90年代，和鲍勃·迪伦一样在变化着，只是我们自己不知不觉。岁月的轨迹刻在我们身上，不会像树木留下年轮一样的清晰。残酷的政治运动已经没有了，再提起来下一代人会感到陌生，如今已经被体育运动所取代，疯狂的球迷已经替代了当年对政治运动的迷恋，手机短信息和"伊妹儿"更是替代了当年的日记、情书里的悄悄话和大字报墨汁淋漓的揭发。饥饿是少数人的专利，高蛋白高脂肪高胆固醇和高甘油三酯已经让减肥成了世界性流行趋势。为了一个信仰一个理想而献身，成了愚蠢和傻帽儿的代名词，唯利是图已经不再羞怯，假冒伪劣已经畅行无阻，笑贫不笑娼已经深入人心，就是连内裤和安全套都要浮华地讲究名牌，绝对不再相信经过了岁月的磨洗蚌壳里会含有珍珠，而是早就心急气躁地打开蚌壳，就着掺了雪碧的红酒吃里面的蚌肉了。实用主义和犬儒主义发霉的青苔爬满我们的周围而我们自以为是环绕的绿围巾，我们跌入了烂泥塘却以为是舒舒服服的席梦思软床，就实在是见多不怪了。

　　和60年代曾经的青春年少意气风发相比，我们已经变得面目皆非，我们的心已经如同搓脚石一样千疮百孔。我们怎么可以要求一起进入90年代的鲍勃·迪伦没有变化呢？鲍勃·迪伦是我们的一面镜子，照见了他，同时也就照见了我们自己。我们不是和他一样吗，忽然到这个时候渴望真情起来了，因为这个世界上真情已经越来越如恐龙一样的稀少，而欺骗如同鲜花盛开遍布世界，让我们呼吸着它的毒气而以为是享受着芬芳，所以那一份遥远的真情才被我们自己珍贵起来。我们忽然梦想退缩到自己的躯壳里和母亲的怀抱里，自欺欺人以求抵挡用我们自己的手变坏和破坏了的世界。

　　我们和鲍勃·迪伦一样，可以改用电吉他，用电子和多媒体乃至龟缩在网络的虚拟中来和这个世界抗衡，却再也无法重新拾起那把木吉他了。木吉他和我们曾经读过的红宝书一起已经是落满了厚重的灰尘。

我们和鲍勃·迪伦一样，不再像滚石一样了，不再重返61号公路了，我们只是站在午夜的街上，看霓虹灯不眠地闪烁，看人群熙熙攘攘却过尽千帆皆不是，迷茫一片找不到自己的一个亲人。

鲍勃·迪伦1997年出版了他的新的专辑，取名叫做《时光不在心中》（*Time out of mind*）这让我想起了他在1963年出版的那张名字叫作《时代在变》（*The times the yare a-changing*）的专辑。同样是time一个词，他已经把它赋予不同的含义，60年代的鲍勃·迪伦把它称为"时代"，90年代的鲍勃·迪伦把它叫作"时光"了。

90年代的鲍勃·迪伦说："我从来没有写过一首政治歌曲，音乐救不了世界。"

90年代的世界，柏林墙倒下了。

三

如今每次听鲍勃·迪伦，常常不时地让我想起21年前的一件往事。那年春天，我在德国住了将近一个月的时间，一天闲来无事，一家中国餐馆的老板开车带我到郊外一家非常大的超市，那里的东西很便宜。那天，超市里正卖处理的各种CD唱盘，只要几个马克一张，真是便宜得几乎等于白给，因为在唱片店里，一张CD最少也卖上百马克。我忍不住便宜的诱惑，随手买了几张。那时，我还没有现在的音响，但那时我正想买一个音响，而且我想在德国待的这一个月里省下的钱大概可以买一个不错的音响了。因此，虽然那时我对音乐特别是摇滚乐一无所知，那些英文和德文也不大认识，但就像是挑水果看模样俊俏一样只管看着封套印的好看就买下了。像是还没有房子，就先忙着结婚了，有点超前。

没有想到，那里面竟有一张是鲍勃·迪伦的《鲍勃·迪伦的档案》（*Documents of Bob Dylan*）。一共有 7 首歌，其中第一首就是《大雨将至》（*A heard rain's gonna fall*）。绿色的底色中，年轻的鲍勃·迪伦抱着木吉他对着麦克在唱歌。它跟随我 10 多年，常常在听，却是在几年前才知道他就是鲍勃·迪伦。

也许，我和鲍勃·迪伦有点缘分。

不知道是鲍勃·迪伦的时候，听这张唱盘，尤其是听《大雨将至》，也许是望文生义，总让我想起下雨的日子。你淋着雨，他走了过来，不是为了递给你一把遮雨的伞，而是和你一起淋在雨中，弹着吉他，喃喃自语，和你一样淋湿了头发和衣服，雨水打湿了他的吉他和他的歌，他就那么陪伴你唱着。

知道了就是鲍勃·迪伦以后，依然是这种感觉。总觉得鲍勃·迪伦不居高临下，而是很亲切，很平易近人，就像是蹲在地铁出站口拉着二胡的老人，或像是站在过街天桥上旁若无人唱着歌的盲人，有点衣衫褴褛的样子，有点世事沧桑的意思，有点看破春秋演绎的眼神。也许，这种感觉有些奇怪，和鲍勃·迪伦本人完全不搭界。但那种感觉是那样的真实，那样的和鲍勃·迪伦合二为一。

有时，想起他出现在格莱美奖、金球奖和奥斯卡奖颁奖晚会上的样子，当听到他的名字，所有到场的观众欢腾的情景，让我感到有些奇怪。因为并不是所有的摇滚歌手都能够赢得如此值得骄傲的荣誉，他得到了。难道他不应该得到吗？约翰·列侬去世了，世界上只剩下他从 60 年代唱到上一个世纪之末又接着唱到新世纪的到来。（2001 年，他出版了新的专辑《爱与偷》。）本来今年 2010 年，他的全球巡演可以来中国的，可恶的演出公司的中介唯利是图的天价演出费，阻挡了他来中国，让我丧失了现场聆听他的机会。只要想一想，他和摇滚一起跨越了一个世纪；想一想 60 多岁的鲍勃·迪伦却依然坚持现场演唱，世界上哪一个歌手能够赶得上他？他让我相信，他的脸如核桃皮一样坚硬而皱纹纵横，里面的仁儿肯定是软的，是香的。

　　有的歌手只是和你萍水相逢，他的歌只是一杯酒，喝掉了也就喝掉了，消失在助兴的气氛里和你脸上暂时涌起的酡颜上。有的歌手是你走到哪儿，他都会跟你到哪儿的，他是你一生的朋友，从青春陪伴你到苍老。他的歌声就是你随时迸发的感情，说着你想说的话，走着你正在走着的路。

　　鲍勃·迪伦就是这样的歌手。我庆幸我遇到了他。

原载《海燕·都市美文》2010年第6期

赫塔·米勒：带手绢的作家

林贤治

————————

　　有谁，在思想言论受到严密监控的国家里，甘愿选择写作为业？当政治寡头集团用民主的泡沫把一个专制国家掩盖起来，对外吹嘘如何稳定团结富足美好的时候，有谁敢于充当国家公敌，手持小小笔杆，试图戳破弥天的谎言？当一切已成历史，谁还坚持咬住黑暗的尾巴，竭力将罪恶拖曳到世人面前，接受正义的判决？

　　赫塔·米勒。

　　米勒出生于罗马尼亚西部巴纳特地区的尼茨基村。这是一个德裔聚居地。据说她在公开场合并未说过她是罗马尼亚人，或者德国人，而是自称为巴纳特人。显然，她对作为异乡人、边缘人的身份是敏感的。二战结束后，罗马尼亚置于共产党管治之下，巴纳特的日耳曼等少数民族，长期遭受种族主义政策的歧视和迫害。米勒的父亲在二战时曾经做过党卫军军官，母亲在二战后随同地区的大批青壮年被强迫驱往苏联劳动营，共达5年之久。这样的家庭，在极权统治下，注定走不出恐惧和屈辱的阴影。

在大学期间，米勒学习日耳曼文学和罗马尼亚文学，并开始练习写作。由于她同几位德裔青年，其中包括后来成为她的丈夫的瓦格纳一起组成文学小团体"巴纳特行动小组"，从此，秘密警察盯上了她。

她毕业后在一家制造厂任翻译。第三年，国安局找上门来，要她当"线人"，遭到她的拒绝。她说："我没有干这种事情的德性！"她为此付出的代价太大了，不但失去了工作，而且深为国安局制造的关于她是"告密者"的谣言所伤。她没有当众做出解释的权利，于是，她在绝望中拿起了笔。

对米勒来说，写作就是证词。

在很长的时间里，她找不到职业，身无分文，债台高筑，甚至每天晚上不知道吃饭该买什么充饥。其实，对于一个活在精神世界里的人来说，物质的匮缺还不是致命的威胁。她的命运已经完全攥紧在国安局的手心里了。她一直被监视，被监听，不断地被骚扰，甚至制造交通事故，绑架，提审，踢打，种种心理战术，使得她根本无法忍受。她感觉到，真实的情况不会为人所知，居家时，每样东西都爬满阴影，跟踪无孔不入。这种情况一直延至被驱逐移民为止。

2009年7月，米勒在《时代报》上发表文章，表达对罗马尼亚政治现状的看法，文中这样述说她往日在大街上被捕，并遭秘密审讯的情形：

在我去理发店的途中，一个警员护送我从一面薄薄的金属门走进居民礼堂的地窖。3名穿便服的男人坐在桌子前，其中身型细小、瘦骨嶙峋的是头子。他要求看我的身份证并且说："好了，你这婊子！我们又在这里碰面了！"我从没见过他。他说我与8个阿拉伯学生发生关系，以换取紧身衣和化妆品。但我根本不认识阿拉伯学生。当我这样告诉他，他回答说："如果我们要找的话，我们可以找到20位阿拉伯学生作证。你看，那样足够开一场大型的审讯。"他反复把我的身份证扔到地上，我弯腰去捡拾，这样大约有三四十次，当我的动作渐渐变得缓慢，他瞄准我的背部一脚踢过来。从桌子尽头的门口背后，我听见女人尖叫的声音，也许那是录音带发出虐刑或强奸的声音，我希望吧。然后我被迫吞下8只煮得烂熟的鸡蛋和加了盐的青葱。我被迫跪了下来。那个瘦骨嶙峋的男人打开金属门，把我的身份证扔出去又从后面踢了我一脚。我一头跌进灌木丛后的草堆里，接着向下呕吐。我没有犹豫，拾起身份证立即飞跑回家。在街上被拉走比传召更恐怖。没有人会知道你在哪里，你会就此消失，无法再露面，或者像他们早前所威胁的，你会被拉入河里，变成一具溺死的尸体，而死因是自杀。

在一个被监控的国家里，米勒，她想到了自杀。在一篇题为《黑夜由墨水造就》的访谈里，她说她为自杀与否的问题想过很长时间。她说："我根本不想死，但是我也真的再也忍受不下去了。我曾经非常想活下去，但我完全不能按照自己的意愿活着，因为再也没有属于自己的安宁了。"

对米勒来说，写作就是在恐惧中寻求内心的安宁。

1987年，她移居德国，可是并没有从梦魇中解放出来，依然生活在早已离开的"独裁者"的领地之内。在柏林20年，自由而喧闹的大街对于她显得那么陌生。她坦承道："对我而言，最压迫、最令我难以忘怀的经历，便是生活在独裁时期罗马尼亚的那段时间。生活在数百里外的德国，无法抹去我过往的记忆。"她不绝地诉说着缘于极权、压迫、恐惧的生活经历，她的主题一直没有改变，致使德国人认为，尽管她身在德国，尽管她的母语是德语，她仍然是罗马尼亚人。

对米勒来说，写作就是对抗遗忘。

在德国，甚至整个西方世界，以米勒这种块根般深入地下的写作状态，不可能为更多的人们所知，所以，当瑞典学院宣布将2009年度的诺贝尔文学奖授予她的时候，会引起一片惊诧。获奖的理由，恰恰是人们所忽略的，因为她孤独；她"以诗歌的凝练和散文的坦直，展现出无家可归者的景象"。

在罗马尼亚，她出版短篇小说集《低地》，这部处女作遭到审查机关的疯狂删减，像"箱子"这样的词也不能保留，因为容易令人联想到"逃亡"。两年后，她只好将全稿偷运到德国出版。《低地》透过小孩的眼睛，揭开罗马尼亚乡村的真实面貌。其中，农民的残忍，政权的暴虐，都是以她的成长经历为依据的。她又发表了《沉重的探戈》《今天，如果我不想见面》《男人是世上的大野鸡》等小说，所叙都是秘密警察、逃亡、移民、死亡，专制政体下的日常生活：强迫性，压抑，荒诞，绝望。

到了西柏林以后，她发表《赤足二月》，小说交织着战火和死亡的阴影，纳粹党卫队的形象活跃其间，作者以隐晦的形式把过去和未来联结起来，表达了个人对极权与暴力的恐惧。她接着出版小说《单腿旅人》，写一位年轻女性在国外流亡的过程，表现一种情感危机，以及对故土的怀恋。1992年，她发表《狐狸那时便是猎手》，以诗性的语言描述专制镇压的恐怖。《心兽》讲述的是四位大学生的遭遇，他们在极权统治下，找不到继续活下去的理由，或者自杀，或者被谋杀，但始终弄不清两者之间的界限，死亡本身始终不曾透露死亡的过程。最有名的，是2009年8月出版的新作《呼吸钟摆》。这是一部关于劳动营的书，是她同奥斯卡·帕斯提奥等人一起寻访当年苏联的劳动营之后写作的。故事写的是二战结束时，在战争中曾与纳粹政权合作过的德国人在斯大林统治时期所受到的非人对待。在劳动营里，个人的命运为偶然所掌控，个人毫无价值可言，生命可以被随意剥夺。在法兰克福书展上，当作者谈到《呼吸钟摆》的原型，她的母亲在劳动营中的惨况时，几度哽咽落泪。

至今为止，中国大陆只翻译了米勒的三个短篇，台湾翻译了她的《心兽》（《风中绿李》），如此介绍是相当寒碜的。但是，即便如此，仍然可以从中读到这位被誉为"独裁统治日常生活的女编年史作者"为我们编织的似曾相识的生活：被剥夺，被控制，被侮辱，被孤立，以及贯穿其间的无所不在的恐惧感。

恐惧来自孤独。无家可归的孤独。米勒告诉我们，即便"独裁者"暴尸街头，整个制度覆亡日久，孤独仍然抓住每一个人。这就是专制的力量。极权社会里，没有人可以摆脱孤独，孤独是人们的一种普遍的生存状态。

所有关于米勒的文字，都把她描述为一位喜欢穿黑色衣裙的瘦小的女人。在如此柔弱的躯体之内，如何可能蕴藏那么大的能量，足以对抗比她强大千万倍的独裁者及其国家？那反抗的火焰如何可能维持那么长的时间，从来不曾熄灭过？2009年12月7日，米勒在瑞典学院演讲厅向我们揭开了其中的秘密：她带有手绢。

手绢与笔，是米勒身为弱者所持的武器。

"你有手绢吗？"

演讲这样开头。这个句子在整个演讲中被重复多遍。或许，米勒多年来就这样不断地提醒自己，而今，她又这样反复提醒她的听众，我们中的每一个人。

演讲中，米勒说到几个同手绢有关的故事。

第一个故事，发生在米勒拒绝国安局要她做"线人"的指令之后。工厂奉命把她用的厚厚的字典清扫到走廊的地板上，安排其他人员占据她的办公室，不准她进门，实际上在迫使她离职。为了证明自己不是谣言说的那种线人，而是上班一族，她只好在身上掏出手绢，小心铺平，然后坐在上面，把字典放在膝盖上，动手翻译那些液压机器的说明书。正如她所说，她成了个"楼梯玩笑"，她的办公室就是一块手绢。她说，她没有哭，她告诉自己，她必须坚强。她天天坚持这样做，直到几个星期过后被正式开除。

米勒痛恨国安局。大约因为这个机构最充分地体现了一个极权国家的本质，那种没有限界的暴力和阴谋；而且实际上，米勒也经受了它的最残暴最无耻的威胁。我们看到，除了写作，米勒很少像其他知识分子那样，对公共事务作公开表态。然而，只要事关国安局，就会看到她迅速介入的身影。2008年，柏林罗马尼亚文化学院邀请两位曾为罗马尼亚国安局效力的学者作家与会，她立即发表公开信表示反对。在东西德笔会筹备合并时，鉴于东德一些作家与国安局有染，既不认罪，也不解释，她便决然退出德国笔会。她发表文章，对国安局在齐奥塞斯库政权倒台后，仍然以新的方式继续存在感到愤慨，指出40％前秘密警察仍然留在今日的国家情报部门工作，而旧日的秘密档案也仍然留在他们手中。她还指出，今日的罗马尼亚貌似改革开放，但仍与旧政权妥协，而大部分罗马尼亚人都装作失忆，或已然失忆，这是她不能容忍的。此外，她还为争取罗马尼亚当局公开她的所有秘密档案而付诸行动。

米勒的手绢，有国安局留下的她的泪痕和血渍，她用它包扎伤口。

还有一个故事，是米勒同帕斯提奥谈话打算写他的劳动营生活时，帕斯提奥告诉她的。帕斯提奥饿得半死，乞丐般去敲一位俄罗斯老人的门。老妈妈让进屋里，给他喝了热汤，看见他连鼻尖都滴下汤汁时递给他一块白手绢，一块从来不曾用过的手绢。老妈妈说，这是祝你们好运，你和我的儿子，愿你们很快能回家。她的儿子和帕斯提奥同年，也像他一样，在远离家乡的另一个劳动营里。米勒描述说，手绢有格子花纹，用丝绒精心刺绣了字母和花朵，是至美的事物，对眼前的乞丐来说，又是充满矛盾的事物：一方面绢布中深藏温暖，另一方面又以精致的刺绣，像一把尺子丈量出了他堕落底层远离文明的深度。对老妈妈来说，帕斯提奥也是一种矛盾交织的事物：一个被世界抛到她屋子里来的乞丐，又是失落在世界某处的一个孩子。帕斯提奥在这位老妈妈赠送的手绢中，既感受到欣慰，又承受到一种做人的过高的要求。

帕斯提奥一直把手绢珍藏在他的行李箱中，犹如一个双重儿子的双重母亲的圣物遗骨或舍利子。这条白手绢，既给他希望，也给了他恐惧。因为他知道，一个人，一旦失去希望和恐惧，就是行尸走肉。

米勒说道："自从我听到这个故事，我就一直问我自己：'你有手绢吗'这个问题是否到处都有效？它是否在冰冻与解冻之间的雪光闪耀中也能向整个世界展开？它是否也能跨越千山万水，跨越每一条边界？"

米勒的演讲是以手绢结束的。她最后说："我希望我能为所有那些被剥夺了尊严的人说一句话——一句话包含着手绢这个词。或者问这个问题：'你有手绢吗？'"

整个演讲，从开始到结束，米勒都用了同样一句话："你有手绢吗？"

手绢是微末之物，在米勒的眼中是如此伟大。她说："对我们来说，家里没有其他东西像手绢那么重要，包括我们自己。"在米勒的作品中，就多次出现手绢，或者类似手绢的布块，各种代替物。手绢的用处，确如米勒所说的无处不在，譬如擤鼻子，擦干血泪和污垢，它作条状可以包扎伤口，咬住可以抑制哭泣；湿手绢可以治疗头痛发烧，罩在头上可以抵挡烈日暴雨；打个结可以帮助记忆，绕在手上可以拎起重物；在站台前可以挥别亲友，还可以将它盖在死者脸上，成为安息之所。手绢在米勒这里，代表母爱、亲情、友谊；它是工作，是劳动，是抵抗，是保护，是疗救；它是一个人的尊严、羞耻、同情、慰藉，它把生活中及内心里最不相干的东西联结到了一起。

关于写作，米勒说，她并没有什么任务可言，只是写和她自己有关的事情，或者可以说是个人一直承载的伤痕。因此，她需要手绢。

获奖后，米勒在记者会上说她自己是所有独裁政权的目击者，就是说，她的文学世界是广大的，并不限于极权统治下的罗马尼亚。她说："你可以将纳粹政权、集中营、军事独裁和在一些极权国家的宗教独裁计算在内。很多人都遭到他们迫害，许多生命都给毁掉了。"她觉得自己是为被迫害而死的朋友，以及一切死于暴政的生命而活的。这样，她便需要许许多多手绢。

由于米勒随时带着手绢，永远带着手绢，她的作品也就具有如手绢般平静的风格。血、泪，激情和理性，都包藏在里面。这是生活自身的风格。身为女性，米勒清楚地知道，任何政治的重压都必将返回生活，人不能不过日常生活。所以，米勒描写的最沉重、最险恶的政治，都是日常生活，在手绢中依次展开。

——"你有手绢吗？"

我们的作家有旗帜，有钢铁，有裸露的床单，还有"变戏法的手巾"。就是没有手绢。

原载《随笔》2010年第1期

文人的风节

李国文

　　去年，嘉德秋拍，傅山草书《为毓青词丈作诗》手卷，以近五千万元拍出，创他书画作品在拍卖市场的最高价。

　　近两年社会游资颇多，连大蒜、生姜，都可以囤积居奇，古人书画的收藏，自然更是生财之道。但傅山拍品较之其他名家，价格落差之大，颇出乎意外。一位行家笑我，藏家敢掏半个亿，这是相当相当不错的出手了。他告诉我，再早两年，张学良收藏过的《傅山各体书册》，只售四百万，日本藏家的《傅山草书杜甫五律一首》，才售三百万。此公无奈地耸肩，并非大家不识货，而是市场不认。他还打趣地解释，就譬如你们作家，说自己写得多么多么好，读者不买账，最后送到造纸厂化浆，道理是同样的。

　　看来，市场这只手着实厉害，你认为好的，卖不出好的价钱；你认为差的，却成藏家的香饽饽。此公不禁感慨，市场之上下其手，操纵涨落，其中之猫腻、内幕、搞鬼、圈套，妈妈的，简直就是一个黑社会。然后他又诡秘地说，有时，拍卖师一锤定音，性价比的背离，荒腔走板到惨不忍睹的地步，也是近年来见怪不怪的事情。因为这是一个炒作的年代，既然金可以炒，股可以炒，汇可以炒，房可以炒，那么作家、作品为什么不能炒？艺术家、艺术品为什么不能炒？炒不炒由我，信不信由你，你愿意上当受骗，我有什么办法？

所以，在文学创作这个领域里，没名者想出名，得炒；有名者想出大名，更得炒。炒，压倒一切；炒，决定一切。于是，真真假假，假假真真，半真半假，似真似假，文坛成了一锅糊涂糨子。在这锅杂碎汤里，那些炒得甚嚣尘上的文学大师，未必就是大师，说不定有赝品、伪币之嫌疑；那些炒得即将永恒的不朽杰作，未必就是杰作，说不定有山寨、水货之可能。

他认为，当下文学市场的超度萎缩，说到根子上，就是炒得过头，而失去了最起码的诚信而造成的。

一番交谈以后，我与这位其实也是炒家的朋友，分手道别。但是，想来想去，无论怎么炒，炒到天翻地覆，炒到乌烟瘴气，与艺术品本身的价值无关，与艺术家本人的资质更无关。因为物理学的物质不灭定律，是炒不掉的。到最后，尘埃落定，东西还是那东西，物件还是那物件，该什么还是什么，该多少还是多少。最近，齐白石的最大尺幅作品《松柏高立图·篆书四言联》，拍到四亿巨价；随之，元代王蒙的《稚川移居图》，也是以四亿多成交，成为新闻。大概没有一个人会认为四亿的齐白石，四亿多的王蒙，在艺术成就上要高出五千万的傅山十倍。因为，哄抬、造势、吹捧、鼓惑；弄虚、作假、包装、抛光，这些在文学界屡试不爽的营销手段，在书画界，在收藏界，也是行之有效的。因为那个领域里一手数钱，一手验货，直接交易，赤裸买卖，容易滋生更多的骗子，其伎俩，其把戏，其阴谋，其花招，说不定更加王八蛋呢！

然而，市场行情的走高走低，人心世态的忽冷忽热，都无法影响中国书法史对傅山"清初第一写家"的评价。

　　我对于这位山西名贤，十分敬仰，一直视他为中国最有风节的文人。像这样高节苦行的大师，过去就不多，现在则尤其地少，所以弥足珍贵。第一，他在明朝活了三十八年，在清朝活了四十年，到七十八岁他仙逝的那天，始终认为自己是大明王朝之民。硬挺着熬四十年政治高压岁月而不变节，即使被抬着进了北京，就是不进平则门，宁死也不为爱新觉罗的清朝效劳。第二，作为医生，作为书画家，他应该很有钱，当下中国，除奸商外，这两个职业最是金不换，肥得流油的好工作。可是他老人家心存悲悯，为人看病，多不收费，再加之清高，卖字鬻画，极不肯干，放着钱不要，为此，他无法不穷。可他萧然物外，安贫乐道，拒绝金钱社会，宁愿在乡下住窑洞，日出而作，日入而歇，过一辈子拮据日子，着实令人钦服。第三，他二十七岁，妻室去世，给他留下一个儿子。白天推辆车子，带着孩子，走州过县，看病卖药，晚间秉烛夜读，钻研求知，课儿读书，琅琅不绝。数十年间，孑然一身，养儿抚孙，再未娶妇，其坚守不渝的贞一感情，难能可贵，父代母职，尤为感人。据秦瀛《己未词科录》载："傅山，字青主，亦字公之佗。太原高士，能为古赋，尝卖药四方，其子眉挽车，晚憩逆旅，辄课读史、汉、庄、骚诸书，诘旦成诵乃行。祁县戴枫仲选《晋四家诗》，父子居其二。"

　　这样完整的人格，这样高尚的境界，这样澄峻的品德，这样坚贞的风节，能不令人为之高山仰止吗？

　　应该说，一时的坚持，容易，一生的坚持，就难之又难了。因为坚持的对面，为动摇，古往今来，所有的知识分子，无一不在这两者之间徘徊，而颇费周章。像傅山这种日复一日，年复一年，始终不变坚持，从未动摇分毫，真是何其了得？对于今天活着的那些"名利现实主义"者，那些"权势现实主义"者来说，也许并不以为傅山的坚持，具有多大意义。然而，中国历史上那些"留取丹心照汗青"的光辉篇章，正是由这些敢于坚持，并且坚持到底的人写出来的。假如大家都贼尖贼滑地求名利，谋权势，置国家、民族、社稷、江山于不顾，视理想、远景、奋斗、追求为虚无，那么中国早就成为人间鬼蜮了。

傅山（1607—1684），初名鼎臣，字青竹，改字青主。他的两句诗，"既是为山平不得，我来添尔一峰青"，也寓示出他的抱负。辞书上称他为忻州人，但丁宝铨为其《霜红龛集》的书序中，则说："傅青主先生别字啬庐，学者称之为啬庐先生，山西太原人。"这位山西名儒，国学大师，赡博多才，造诣精深，凡书法、诗赋、金石、绘画、经史、音韵、佛道、医术，无所不涉，有"学海"之誉。梁启超将他与顾炎武、黄宗羲、王夫之、李颙、颜元并称为"清初六大师"，在《清代学术概论》中，特别指出傅山"其学大河以北莫能及者"。所以，清朝顺、康年间，作为明末遗民的代表人物傅山，其声誉，其影响，超出山西，直逼京畿，远及江南，辐射全国。人望之高，堪称一时之盛。

他还是一个奇人，习文，习医，还习武，慷慨任侠，仗义直行。其师袁继咸为阉党陷害，傅山振臂一呼，全省生员，联袂随之赴京，散发传单，伏阙抗诉，时年三十一岁的傅山，曾经是一位意气风发的学生运动领袖。明亡，参加抗清武装起义，被捕入狱，坐牢数年，"抗词不屈，绝粒九日"。经营救出狱，遂隐居不出，以居士自称。"归谢人事，坐一室，左右图书，徜徉其中。终年不出，亦不事生产，家素饶以此中落。四方贤大夫足相错于门，或遗之钱，则怫然怒，必力绝之。虽疏水不继，而啸咏自如。"（刘绍攽）

西方哲人说过，鸡飞得再高，翻不出院墙，鹰飞得再低，志远在蓝天。真正的大师，自得人心，那些伪大师，不过装腔作势，故作高深而已，只要一翘辫子，撒手人寰，那些招摇撞骗的徒子徒孙，不是作鸟兽散，就是作鸡鸭斗，这都是近年来历历在目的闹剧。傅山虽身居土窑，但名士臻集，从与大师来往的精英人物看，他是当时公认的思想文化界重磅人物，自无疑问。与他同声共气的顾炎武、孙奇逢、阎尔梅、李中馥都专程来到山西，与他探讨学问；与他学问相当的李因笃、阎若璩、屈大均、朱彝尊也与他友情笃密，时有往还；而朝夕奉教，切磋学艺的戴廷栻、王显祚、张天斗等辈，俱是一时人俊。他像具有强大吸力的磁场，无论他在祁县、汾阳、平定，还是太原，喜欢喝苦酒，饮苦茶的青主先生，总是不寂寞，"谈笑皆鸿儒"，是肯定的；"往来无白丁"，则未必了，因为四乡八邻登门求医者，则是些普通老百姓了。他拒绝大清王朝，拒绝官绅世界，但并不是拘泥于一个狭隘圈子里的小我文人，相当地平民化，大众化，或许这就是傅山大师的魅力了。

傅山的这幅草书手卷，虽然只拍出五千万，自是十分遗憾。然而，大家并不十分了然他在中国书法史上的学术地位，刘绍攽《傅先生山传》里，称他"书法宗王右军，得其神似。赵秋谷推为当代第一。时人宝贵，得片纸争相购。先生亦自爱惜，不易为人写，不得已多为狂草，非所好也，惟太原段帖乃其得意之笔。母丧，贵官致赙，作数行谢，贵者曰：'此一字千金也，吾求之三年矣！'其宝重如此"。郭鈜《征君傅先生传》中说得更为给力，认为他"奇才绝世，酷嗜学，博极群书，时称学海。为文豪放，与时眼多不合，诗词皆慷慨苍凉之调，不作软媚语。最善临池，草楷篆隶，俱造绝顶。笔如铁画，不摹古，不逢时，随笔所至，或正或侧，或巨或细，或断或续，无不苍劲自异，画更古雅绝伦"。他的书法，在当时视为珍品，"盈尺绵两，片字溢金"，士林名流咸以能家藏一纸傅书为荣。因为他的书法成就，并不局限于纵笔挥洒之中，而是砚池凹墨之外。他主张字如其人，字中见人，人直字正，写字即是做人的书法哲学，这种书法即人的精神，使他在书坛傲立数百年，为人宗奉。

他的一首《作字示儿孙》五言古诗，其后之附言，可以视为他书法理论的总枢。

"贫道二十岁左右，于先世所传晋唐楷书法，无所不临，而不能略肖。得赵孟頫《香光诗》真迹，爱其圆转流丽，遂临之，不数过而遂欲乱真。此无他，即如人学正人君子，只觉觚棱难近。降而与匪人游，神情不觉其日亲日密而无尔我者，然也，行大薄其为人，痛恶其书，浅俗如徐偃王之无骨，始复宗先人四五世所学之鲁公，而苦为之，然腕杂矣，不能劲瘦挺拗如先人矣。比之匪人，不亦伤乎！不知董太史何所见，而遂称孟頫为五百年中所无，贫道乃今大解，乃今大不解，写此诗仍用赵态，令儿孙辈知之，勿复犯此，是作人一着。然又须知，赵却是用心于王右军者，只缘学问不正，遂流软美一途，心手之不可欺也。如此危哉危哉，尔辈慎之毫厘，千里何莫非然。"（《霜红龛集》第四卷）

赵松雪，即赵孟頫，大书画家，大文学家，但也是历史上一个有争议的人物。

作为宋太祖赵匡胤十一世孙的皇裔身份的他，居然经受不了诱惑，坚持不了节操，至正年间北上降元，为集贤直学士，官至翰林院学士承旨，遂成为历史所不齿的一个变节文人。全祖望在《阳曲傅先生事略》中，也谈到这个话题："先生工书，自大小隶以下，无不精。兼工画，尝自论其书曰，弱冠学晋唐人楷法，皆不能肖。一得赵松雪香光墨迹，爱其流转圆丽，稍临之遂乱真矣！既乃愧之曰，是如学正人君子，每觉觚棱难近，降与匪人游，不觉其日亲。"

董其昌称赵孟頫的书法，"五百年中所无"，一位数百年难得一现的书法家，为什么却不能被傅山所认同呢？

这就是中国人的文化烙印了，在中国全部历史上，凡正朔的汉民族王朝，被非汉民族武力政权推翻，在改朝换代的拉锯过程中，中国人所流的鲜血，所砍的头颅，总是最为骇人的，所付出的代价，所付出的牺牲，总是最为惨重的，人民所受的痛苦，百姓所遭的磨难，也总是最为熬煎的。明清鼎革，宋元易代，是具有同样性质的时代背景。在这样一个血腥岁月里，做人之难，可想而知，而坚持不变，则为尤其的难。所以，傅山特别反感赵孟頫，由"大薄其为人"，到"痛恶其书"，是可以理解的。

在讲究民族气节的中国社会里，在主张忠孝节义的儒学环境中，中国人所以特别痛恨汉奸、走狗、叛徒、卖国贼，以及二鬼子、皇协军、新民会、翻译官等败类，由于他们仗侵略者的淫威，所施加于同胞的恶行，其残忍，其歹毒，往往超过其主子。这也是当下那些为周作人抬轿子的先生们，嘴上花言巧语，心里不住打鼓的缘故，究竟，民意是不可违的，民心是不可逆的。其实，汪精卫的旧诗，写得不弱于周作人的散文，好像至今还没有一位冒大不韪者，敢于出版汪的《双照楼诗集》。这种文化烙印，在中国人心目中，像基因一样不能磨灭。甚至连赵孟頫自己，背叛国族，为元朝效劳，也认为是大不耻，而后悔不已。可周作人，却是甘心为虎作伥的丑类，这也是那些涂脂抹粉者，难于自圆其说，不敢明目张胆的缘故。

倡人格即字格说的傅山，始终不宽恕赵的失节行为。古稀之年作《秉烛》诗，仍以"赵厮"称赵孟頫，以"管卑"称赵孟頫之妻管仲姬。在他看来，赵是不该降元，也不能降元的。公元1279年，陆秀夫背负宋朝最后一个皇帝跳海以后，宋虽然灭亡，但被俘关押在北京的文天祥，仍坚决不降，到公元1283年（宋亡后4年）惨遭杀害；拒绝降元被拘在北京的谢枋得，矢志不仕，到公元1289年（宋亡后10年）绝食而死，那么，公元1286年（宋亡后7年）赵孟頫就来不及地变节，跑到北京来屈身事虏。做着元朝的官，拿着元朝的饷，向忽必烈摇尾乞怜，傅山不禁要问，对你祖先的赵宋王朝，对刚被杀头的文天祥，和犹在绝食的谢枋得，情何以堪？

其实，写字即做人的道理，唐人柳公权也曾有过类似的说法。"穆宗政僻，尝问公权笔何尽善，对曰：'用笔在心，心正则笔正。'"见诸

《旧唐书》的这段记载，为什么不如从傅山嘴里说出来产生强烈的震撼呢？就是因为改朝换代大屠杀的背景，唤起了人们心灵中的这种"节文化"烙印，《清史稿》称："甲申后，山改黄冠装，衣朱衣，居土穴，以养母。"自号朱衣道人，这个朱，即是朱明王朝的朱，四十年，特立独行的他，始终坚持明末遗民的身份，铁骨铮铮。至死，也遗嘱殓以道装，不改衣冠。这个始终视自己为朱明王朝之人，对清政权，当他能够进行抵制着，抵抗着的时候，则坚决抑制之，抵抗之。当无法抑制，抵抗以后，也采取不合作、不对话的态度。哪怕坐大牢，濒死境，也不变初衷。

这位在精神上绝不媚世的大师，在书法上也倡导："宁拙毋巧，宁丑毋媚，宁支离毋轻滑，宁直率毋安排，足以回临池既倒之狂澜矣。"这"四宁四毋"，一直到今天，仍旧是书法界奉为圭臬的戒律。

有人这样诠释：

"宁可追求古拙，而不能在意华巧，力臻骨格遒劲，而不必软美宜人，达到大巧若拙、含而不露的艺术境界；

"宁可写得丑些，甚或粗头陋服，也不能存有取悦于人的奴颜婢膝之态，努力寻求的应该是内在的精神之美；

"宁可松散参差、崩崖老树，不可轻佻油滑、邀好世俗。自然萧疏之趣，远胜浅薄浮浪。朴实无华，最是天然本色；

"宁可信笔而下，直抒胸臆，无需畏首畏尾，顾虑重重。更不要描眉画鬓，装点修饰，有搔首弄姿，俗不可耐之嫌。"

《清史稿》以为傅山书法之"四宁四毋"，并不局限于写字，"人谓此言非止言书也"，此语诚然，然而推展延伸来讲，作文，也应该是同样的道理。按傅山的原意，做事，做人，做天下大小一切生计，何尝不是如此呢？赵孟頫的书法，在有过同样身经两朝而坚贞不变的傅山眼里，好是自然的了，但"只缘学问不正，遂流软美一途"。

何谓"软美"？说白了就是一个媚字。一媚，放下身段媚世，二媚，低下脑袋媚俗，三媚，弯下腰杆媚上，此乃中国文人最经不起考验的致命伤。有的人媚其一，有的人媚其二，有的人媚其三，有的人一二三皆媚，那可真是一个完蛋货了。为了巴结，为了攀附，为了欲望，为了野心，很多文人那情不自禁的媚，才教人丧气败兴。有什么办法呢？文人之强项，是文章写得好，但文人之弱项，是骨头相当软。惟其文章写得好，名利之心重，惟其骨头软，弯腰屈背，卑躬折膝，趋炎附势，蝇营狗苟，便无所不用其极。所以像傅山这样从无一丝一毫媚气的硬骨头，还真是难寻难觅。试想，当康熙皇帝将一纸敦请为内阁中书的任命状，塞到这位老先生手中，他居然掉头不顾，敬谢不敏而去，你在这个世界上，能找到第二个吗？要换一个人，譬若你我，面对如此宠遇，还不赶快三跪九叩，五体投地，山呼万岁，皇恩浩荡啊！也许你不会，但我会。在当右派的二十多年里，我对那些非要在你脑袋上撒尿的人，那些狗屁不是却有权力踢你一脚的人，也曾磕头如捣蒜地礼拜过的，那么，我有多大胆量，敢不感激康熙皇帝这大面子？居然不尿他，难道我想找死吗？

现在已经弄不清楚玄烨心血来潮，搞这次博学鸿词，其背后的真实意图是什么了。但可以肯定，那几年里，因撤藩而引发的与吴三桂的军事较量，正处于胜负未定之时，焦头烂额之际，前线吃力，后方空虚，上层意见分歧，下民谣诼纷纭。康熙不傻，文人中的明末遗民，未必是他公开的反对派，但体制外的生存方式，决定了他们很容易成为持异议的不同政见分子。虽然清政府以异族入侵，统治偌大中国，患有很严重的意识形态恐惧症，是自然而然的。但为了巩固政权，不得不对这些与大清王朝基本上离心离德的汉族文人采取退让政策。

读《清通鉴》，当吴三桂一下子占领了半壁河山，在湖南衡州称帝时，有一个耐人寻味的细节，恐怕是玄烨突发奇想的起因。吴三桂既然登基称帝，总得做做样子，必须有人劝进才是。而这篇劝进的文章，按历来规矩，执笔者必为当代大儒。而大文人王夫之鼎革以后，不愿改明代衣冠，正好躲在湘西蛮峒避难。现在吴举起反清大旗，理应与王是同一条壕堑里的战友，遂将撰写《劝进表》的任务委托于他。没想到，船山先生断然拒绝，拂袖而去。康熙的特务系统肯定会将此情报，如实报告，康熙恍然大悟、这些中国文人固然眷恋前朝，但还是知道什么叫"大势所趋"。于是，压根儿还是为了防着这班仍有号召力的遗民捣乱，硬的一手，文字狱大开杀戒，软的一手，就是赎买政策登场，要给老哥儿们一把甜枣吃了。遂有这次博学鸿词的"超女式"的海选，以及不咎既往，一律纳入体制内，一律拿饷吃公粮的科举直通车。

由此可见，中国养作家，可是有着很久远的历史呢！

据《清实录》，康熙十七年（公元 1678 年）三月乙未（二十三日），"谕吏部：自古一代之兴，必有博学鸿儒，振起文运，阐发经史，润色词章，以备顾问著作之选……"这也就是次年，即康熙十八年（公元 1679 年）三月丙申（初一日）在体仁殿开考的博学鸿词科，又称己未科的大开方便之门。科举，是中国选拔文官的制度，一般分乡试、省试、京试，最后才是殿试的层层把关。这一次，康熙谕旨，"在京三品以上及科道官员，在外督抚、布按，各举所知，朕将亲试录用"。只要各部提名，地方举荐，直接就到北京参加殿试。于是，将近二百位在当时中国算得上出类拔萃的顶尖文人，一网打尽，统统被康熙纳入彀中。这其中百分之八九十，媚字当头，屁颠屁颠地上京赶考来了，但也有那么不多的七八个人，硬是不买账，抬着不来打着来，小鞭子赶着抽着，不得不来，不敢不来。这其中，为首的就是山西傅山。

这年，他七十二岁，他说，我老了，地方官员说，不死就得去。他又说，我病了，地方官员说，抬着也得去。

因为点着名举荐他的，为给事中李宗孔、刘沛先，这两位京城官员，职务不高，权力很大，胳膊拧不过大腿，只好上路。老先生这把老骨头，从太原到北京，居然没有颠零碎了，有三种说法，地方官员说，我是用软轿抬其进京的，公安人员说，我是派"役夫舁其床而行"的，但我宁愿相信其子傅眉所述，他赶着一头毛驴，驮着干粮，他的儿子和他的侄子抬着老爷子，当然就呵护备至了。翻山越岭，出娘子关，然后，一马平川，来到京都。远远望见平子门（山西文献都如此写，想系口音之讹，其实就是平则门，即崇文门），老爷子发话，再也不能往前走了，若再前进一步，我就死给他们看。

这年的三月初一，紫禁城里，各路文士齐聚，好不得意，中国人其实好哄，中国文人尤其容易满足，天子门生，多荣耀，多体面的四个字，就把他们统统拿下，无不服服帖帖，从大明一百八十度转向大清。考前的预备会，主考官传达康熙的原话，更是大气也不敢出地洗耳恭听："汝等俱系荐举人员，有才学的，原不应考试。但是考试愈显你们才学，所以皇上十分敬重，特赐汝宴。凡是会试殿试馆试，状元庶吉士俱没有的，汝等要晓皇上德意。"然后，"宣讫，命起赴体仁阁，开设高桌五十张，每张设四高椅，光禄寺设馔十二色，皆大碗高攒，相传给值四百金。先赐茶二通，时果四色，后用馒首卷子红绫饼汤各二套，白米饭各一大盂，又赐茶讫，复就试"。（秦瀛《己未词科录》）

大家一边品尝御宴，一边私下议论，这顿馒头花卷烙饼的饭，是否值四百金时，才发现绝对应该坐在主桌上的傅山，文坛大佬，经学宗师，书画名流，医界高手，竟然不见踪影。在座的官方人士，当然知道已经在崇文门外圆教寺落脚多时的傅山，其绝无转圜余地的三不政策：一是决不进城，二是决不赴宴，三是决不参考，要杀要剐，悉听君便。为此，他绝食七日，粒米不进，以示其断然不肯从命的强硬。

时年二十多岁的玄烨，雄才大略说不上，年轻有为是肯定的，听人汇报了老西子傅山的"三不"之后，这位总操盘手莞尔一笑，我原本就认为大可不必考试的嘛，既然如此，不考就不考吧，功名还是可以给的，甚至还可以给得高些，那就为中书舍人吧！话声一落，聆此圣音的大臣冯溥、魏象枢之流，也都喊万岁了。中书舍人，虽无实权，名位却不低，相当于国务院的副秘书长，是享受部级或副部级待遇的高干，冯、魏二人也都艳羡不已。退朝以后，连忙坐轿来到崇文门外圆教寺，向躺在榻上病得够呛的傅山贺喜，同时要挟着这位老爷子起驾进宫，叩谢皇上的大恩大德。

来者可是宰执之类的朝廷高官，骑从甚众，那班张龙赵虎之辈，一看主子眼色，不由分说，立刻架起傅山，直奔紫禁城。进得午门，才将他放下，这位大师定睛一看，登时傻了，这不是当年为学生运动领袖时，率一众生员，在这里伏阙申诉，击鼓鸣冤之地吗？城，还是当年的城，门，还是那时的门，但江山易色，物是人非，风景依旧，衣冠不同，睹此伤心地，往事涌心头，人老了，泪少了，可傅山却禁不住簌然热泪，滚滚而下。他想起他的崇祯皇帝，想起他的大明王朝，想起他的家园故国，想起他的文章盛世，老迈体弱的他，哪经得住如此触景生情的巨大刺激，双腿一软，竟坐倒在丹墀之下。

冯溥还伸出手去拉他起来，要到午门里的体仁殿磕头致意。魏象枢止住了他，连声说道：行了，行了，意思到了，意思到了。你没看老先生已经倒在地下，就等于谢主隆恩了。好吧好吧，将傅山交给他儿孙，两人径直到宫里，向康熙邀功买好去了。

据《年谱》："次日遽归，大学士以下皆出城送之，先生叹曰：'自今以还，其脱然无累哉？'既而又曰：'使后世妄以刘因辈贤我，且死不瞑目矣！'闻者咋舌。"刘因，文人，与赵孟頫同样，仕于元朝，而后退隐，忽必烈二次征召，疾辞不就，但却得到受封翰林的恩典。但傅山自始至终认为自己，生为大明之人，死为大明之鬼，与刘因、赵孟頫两截失节之人，有着本质上的区隔，是不可同日而语的。因此，他的这番话，很让那些由明而清的新贵们，觉得相当刺耳。可是想到连当今圣上都由他三分，也就不敢发作了。

"自京师归，大中丞以下，咸造庐请谒，先生自称曰民。或曰，君非舍人乎？不应也。阳曲令奉部文，与悬'凤阁蒲轮'匾，却之。"

虽然，他的书法作品未能在拍卖会上得到赏识，然而，这样一位坚持到逝世，整整七十八年来分毫不变，一身正气，毫无媚颜，挺直身子做他自己的傅山，你要是有机会到山西，到太原，尤其到晋祠，你会确确实实感觉到他随时随地的存在。

人们如此记住这位有风节的文人，或许就是所谓的不朽了。

原载《父子自由谈》2011年第4期

二十世纪书坛三杰

老 城

————

　　艺术与人，人们说得已经太多了。绕过那些残枝败叶，或者拨开那些沉积之物，也许会发现新的生命正在孕育之中。历史告诉我们，有些人生前轰轰烈烈，身后则一片萧然矣；或可看到，人已经远去，他们的艺术却焕发新的生机，越来越被后人所珍重，声名不随人去而去。大浪淘沙，而巨人则耸立在我们面前，这便是历史的公正。清代阮伯元、包慎伯、康南海的出现，使得金石学有了标志性建构。尤其康有为南海先生的《广义舟双楫》问世，于书学则是扬碑抑帖。专论书法，虽被后人讥评为"单橹"，却是体系完备的碑学论著。毫无疑问，无论从实践到理论，金石学的兴起在扭转千多年帖学独霸而柔美过之的局面，对馆阁体、台阁体书法带来的负面影响也起到了平抑作用。但同时，矫枉过正，书学也有了新的白虎堂——书法的扭曲变怪、尖利冷峭也给书学带来了新的课题。独尊碑学在经历了漫长的喧嚣之后，渐趋平静。如何汲取碑学健康的营养而避免误入新的白虎堂，如何继承千多年积淀下来的帖学文化，从而再开面目，则是20世纪书家绕不过去的一座山。慎重之下，我选择了沙孟海。20世纪的书坛，必将受到金石学流风余韵的影响，这三位也不例外。他们终究成为书学史不可磨灭的人物，是不是还有更为深刻的原因呢？

瘦蛟出海挐虚空——沙孟海

公元1992年10月10日10时10分，著名书法史学家、书法家沙孟海先生在浙江省医院与世长辞。在农历则为九月十五日，岁在壬申，属猴，按照中国传统的计算方法，终年九十三岁。在前一年，他还作七言联一副云：到处溪山如旧识；此间风物属诗人。书法稳健，气势宏大，没有任何衰老的迹象。而这前一年的年初，所书摩崖"海滨邹鲁"四个大字，一反沙翁过去出锋的戛然而止，亦无浓墨干擦的效应，一派温润中带有无可争议的斩钉截铁，仿佛古佛的尊严与慈善而恩泽人间。如果不属年款与年岁，被误认为是壮汉正当年所书也不稀奇。即以如此的状态，何以说走就走，给国人以猝不及防。尤其他身边的人不能释怀，书界也不免为之惋叹：一代书坛泰斗，就这样走了啊！

惋叹之余，也该欣慰，毕竟，九十三岁，也是寿星级人物了。

寿星沙翁是一个富有传奇色彩的人物，即以他的生平经历，不要说长寿，就是能活过来也是奇迹。那场暴风骤雨让很多大人物不能释怀，甚至把所有的罪过都推到全国的孩子们身上。和很多人不一样，他没有过多的交代与冤屈告诉世人，我们对他在那场暴风骤雨中如何逃生所知甚少。只知道，让他痛惜不已的是，从上世纪20年代到60年代四十年所积累的日记付之一炬，烧了。自己不烧的话，恐怕也得遭到别人查抄而毁灭，到那时候，毁灭的不仅仅是日记了。

我所说的沙翁生平经历，可在《浙江省文史资料选辑》1988年10月第三十八辑里找到确切的信息——沙孟海著《〈武岭蒋氏宗谱〉纂修始末》一文，详细记录了沙翁在国民政府工作二十年，前后三年为蒋瑞元介石修撰宗谱的历史。态度和蔼，既无一贬词，也无一赞词，中性运笔，以成可靠的叙述。而这一期间，多与主人公接触……我想，我对此事的叙述到此为妙。我的兴趣在书法史学文化——我进一步想，沙翁是否与我要写的另一位主人公相遇并有交往呢？这个叱咤风云书名早已远播的人谓谁？三原于右任也。

遗憾！没有两位书学巨人交往的任何记录。在沙翁三年为蒋氏修宗谱期间，右老正以七十岁高龄参选副总统，得四百九十三票居第四位落选而继续担任监察院院长。以教育部秘书的身份与部长见面不是没有可能，但是，若是平起平坐讨论书学，可能性就不大了。尽管书学这一课题不因为职位高就高，也不因为职位低就低，还是让我们后人得用文章把他们联系在一起。然而，又非一点信息也没有，沙翁所自述《书学师承交游姓氏》一文，说"三原于伯循右任，服膺，北碑大字高手"，他是对右老赞誉有加。我们以当时的时间邀请林散之老人，林老正在乡间野老中，安徽省聘顾问而不就，又于芜湖旧货摊购得吕留良虫蛀砚台一方，喜极之余，继之以长诗。沙翁与林老也没有机会切磋书学，各自游荡在未卜的前程之中。

沙翁是个没有政治热情的人——以他的位置，不要说处心积虑往上爬，就是积累的资本，也足以让他步入青云。然而，到了仍旧是秘书的身份，二十年如一日的没有升迁。他对史学的亲昵，他对文字的不可分割，他对书法的密切，从懂事起就显现出了良好天才。关于天才，以我宽泛的理解，人人都有天才，只是表现方面不同而已。有的人一辈子蹉跎，怀才不遇状；有的人却如鱼得水，干什么什么成，即被冠之以天才。何也？扬长避短是也！发现自己的天才，比生努更为重要。我们常常说业精于勤，这又是何等的误导。即以沙翁论，其于政未必不勤。然而，他在那方面没有天才，所以随遇而安。但是，对书法表现出来的天赋，则是从小就显露出来了。和历史上海瑞、李叔同、欧阳修、欧阳询那些著名的人物一样，沙翁也是早年丧父。我不知道这是否给男孩子以暗示，要靠自己，靠自己的努力才可以生存，靠山是没有了。支撑家、家族的人物就是你了，你若想成人，就得自己去干。你若想成为人物，你就得知道自己的天才所在，你知道自己的天才所在之后，就用上那句话了——业精于勤。

沙翁出生在浙江省鄞县沙河村一个中医之家，这鄞县可以遥望舟山群岛，与宁波相近，亦可向西遥望书法圣地——绍兴兰亭。虽为乡间，却不闭塞。尤其与奉化相去不远，可以让用他的人视为乡谊。先考虽然远去，却给他留下了《集王书圣教序》，据先生自己说，临习五六年，一无进展。为藏拙起见，继承父亲所好，写篆书，小小的年纪便有了名气。因为我喜欢吴昌硕，早就知道他们间的师生关系，我就想马上了解这方面的信息。

吴昌硕的书法，虽被讥评为乱头粗服，但是，缶公字法的笔笔认真不苟且，却是因了长期在石鼓文上下功夫所致。看沙翁的书法则不是，那是一些东涂西抹的东西，他的条幅横批，甚是不认真。你只有认真地阅读，才知道写的是些什么，才明白他如何的运笔，如何结构。如果你想临习，却总是没有效果，其实，他是运用了国画的着墨方法——叠加法。写字讲究不描，用叠加法若是不当的话，有可能产生描字之虞，而沙翁的叠加法，则是不留痕迹的，这就是沙翁的创造。其实，笔画重叠，在任何一种字体都是不可避免，横竖交叉，撇捺交叉，都会使笔墨重叠造成叠加。我们已经习惯了这重叠，然而，若是不相干的不用重叠的笔画重叠的话，则是叠加了，我想沙翁是故意的。如果没有目睹过沙翁写字，看着他的书法临习的话，那是永远也没有沙翁书法状态的。吴昌硕的门生众多，一看他们的书法，便知师承缶公，而沙孟海则完全不是那个状态。书学史告诉我们，无论是西天取经、东土朝圣，还是南方取火、北方移冰，最终还是要实现自我的中心，那便是张扬个性的艺术理想与艺术理念。那么，这张扬个性的艺术理想或者说艺术理念是如何形成的呢？

书法有法，也有技艺，但绝不是靠法靠技艺就可以称之为书法艺术。称之为书法并不难，难在称之为书法艺术。学谁像谁固然难并且可以成家，更难的则在于学谁不像谁，那才是气象。技艺是不能没有的，书法的法是不能放弃的。如果没有技艺，没有法，则是自由体了。有人在自由体上下了一辈子功夫，终究是连书法的大门也没有进去；相反，还有芸芸众多的书法家，家是可以称之了，却一辈子在技艺、书法的法上下功夫。技艺纯熟、法度也森严，就是格调不高，没有内涵。这样空泛地说下去，等于弯弯绕了。我们回到沙孟海沙翁那里，寻找书法艺术，寻找书法艺术的格调。

"就是除技法之外必须有一门学问做基础，或是文学，或是哲学，或是史学传记，或是金石考古……充分了解字体书体原委变迁，博取约守……凡百学问，贵在'转益多师'……要有大志，常言道'抗志希古'……"这是 1980 年 6 月沙翁在北京治病期间给刘江先生的信。其实，沙翁说了三个问题，即书家要有学问，是学问家——转益多师——抗志希古。如果真的如沙翁所说都做到了，不是大书法家那还能是什么。

青年沙翁是幸运的，缶公亲授其法，目睹缶公这样的一代大家挥毫，这与仅仅读帖临帖还不是一码事，这种幸运又有几人能遇到呢！古人讲名师出高徒，可能就是这个道理。假如你遇到的是个平庸之辈，只知道大家都知道的一些诸如"取法乎上"一类的道理，自己悟性又非那么高，走上歧途积习就难改了。庸师勿授业啊！沙翁评价吴昌硕时说："赵之谦作篆，不主故常，随时有新意出来；吴先生作篆，也不主故常，也随时有新意出来。可是赵之谦的新意，专以侧媚取势，所以无当大雅；吴先生极力避免这种'捧心龋齿'的状态，把三代钟鼎文字的体势，杂糅其间，所以比赵之谦高明多了。"

如果我们今人说出这番话来，或许不算什么。历史已经走过了一个阶段，许多书学史上曾经争论不休的问题，比如《兰亭序》的真伪，不用再争论，业已水落石出。须知沙翁在说这番话的时候是公元1928年，沙翁二十九岁，作《近三百年的书学》一文。吴昌硕于前一年去世，虽然可以说"作古了"可还算不得古人。而赵之谦的名声随着扬碑抑帖之风炽，捧势正浓。说他的当代人已经超越了前人，没有点胆识是做不到的。我们今天重习此话，你就不得不佩服沙翁的眼光了。

古人讲究诸般学问的才、学、识。我所说的书法不仅仅是技艺的积累与磨砺，即书法是一门学问，这所谓的学问，是看个体的才学识了。然则，才是什么、学是什么、识又是什么？诸般的高下决定着你可以达到的艺术程度。

我们在何绍基的书法里，可以看到颜真卿书法的影子；在刘墉的书法里，可以看到钟繇的气体；在王铎的书法里，可以看到米芾的体势。按照这个思路下去，我们可以想见沙孟海与吴昌硕的书法一定相去不远了，或可说，最得缶公笔势的、最像缶公书法的，莫过于沙翁了。可是，事情就不是那样。在沙翁的书法里，你连缶公的影子也找不到。原因何在？即沙翁怎么学吴字呢？既然是师承关系，既然沙翁常常说吴与他的书学关系是"亲炙"，怎么就没有影子呢？"吴字出名后，都以邓字为不足学，怕犯赵之谦的老毛病，一个个去写吴字……"然而，那所谓的学，一样的犯赵撝叔习邓完白之疾，这是一般书家没有注意到的。个中奥秘，只有体会到了书法乃是书学的人才能够有这识见的。沙翁很少称书法这个词，他说到书法的一系列的学问时，必以书学相称。这是准确地把握了书法与书学的关系才能做到的，也与一般书家拉开了距离。

以我浅陋的认识，学吴昌硕的后来人所以难以超越缶公，就外形来说，最为重要的就是不知道缶公的所有其他书体都有石鼓文的笔力，或者说知道了也没有办法摆脱缶公的影响。吴昌硕的字有接近于大麻的成分，你可以理解为有吸力，也可以理解为会让人上瘾，更可以理解为习气，不独缶公，任何一位书法大家都会有。我不是说学吴昌硕都得精通大篆、小篆，都得是篆书大家，但是，对篆书笔力一无体会，学吴昌硕等于闭眼捉鼠。如果这个说法大体能够通顺的话，我想，沙孟海就更有资格成为吴昌硕第二了。他早年专习篆书，又在二十五到二十八岁间多多受到"亲炙"，这是多么的得天独厚啊！可是没有，他既没有成为吴昌硕第二，也没有吴昌硕的习气，更没有吴昌硕书法的影子。然而，他又是缶公的嫡传弟子，多得缶公的"耳提面命"，怎么就没有影子呢？

是啊，他胸襟更开豁，眼界更扩大。于是"我从此特别注意气魄，注意骨法用笔，注意章法变化，自觉进步不少"。从此"转益多师"，临遍天下碑帖，只要喜欢的，必定下功夫，无论真伪说。据沙翁自己讲，他的进取，在于"穷源竟流"——所谓穷源：无论碑还是帖，那些碑帖体势从哪里来，这些"古人"又从他们的"古人"那里吸取了哪些精华；所谓竟流：亦无论碑帖，"对后世带来了怎样的影响，哪一家继承得最好"。以此修正那所谓的弯路，提高识见的能力，岂不乐哉！如此说来，书法当然是书学，那书学岂止是"拂丝操缦"的笔画张弛，岂止是技艺的演进，岂止是法度的森严。

嵇康在《幽愤诗》中说："抗心希古。任其所尚。托好老庄。贱物贵身。志在守朴。养素全真。"志节高尚，则再以古代的贤人为榜样。沙翁说："不但要赶上老一辈，胜过老一辈，还要与古代名家争先后。"他显然注意到了二三十年代上海滩轰动一时的书家，"技法上未始不好，后来声名寂然，便是缺少学问基础之故"。

手中有数种《中国书法史》，几乎没有什么用途。看了这本，不必再看别的，因为都是资料汇编。说是著，其实说编著更合适。如果通读过历代书学著作（很容易通读，不多），那么，一本书法史没有也没有什么遗憾。对比之下，沙孟海的《中国书法史图录》（上、下册，上海人民美术出版社1991年7月版）则是不可或缺的。署名处曰编著，其实真的是著作。缩写之史全而有见地，数语明了。粗略算下来，也不过一万多字。近得新近出版的朱关田先生编选《沙孟海论艺》中收录文字部分，甚是欣慰。如果和朱关田先生或者出版社商量一下，书名为《沙孟海书学》更贴切。虽然有印学文章，印学亦然在书学的大范畴之中。论艺就大多了，虽然书学、印学也是论艺的一种，但是，除了大书学之外，并没有其他艺术门类掺杂其中。

我查阅了沙更世先生整理的《沙孟海年表》，似乎沙翁在六十岁前后也没有退休。倒是七十七岁调至浙江省博物馆，八十岁当选为西泠印社第四任社长……可见，在承担的工作中认真干点事情，不一定会影响创作。或者正相反，沙翁在整理文史中，或可得到了学问的扎实与深厚。他将自己的一生浸淫在书学中未想自拔，有豪迈之诗云："百岁古来稀，九十不足奇，八十大有为，七十正得时，六十花甲只是小兄弟。"

成为书坛的佼佼者，与古代名家争先后，壮心不已，人们多注意了沙翁八十一岁《与刘江书》。激励后学，自然是沙翁导师的职责所在。但是，尊碑抑帖对碑的无限夸大，即是另一种误导。这误导持续的时间虽然比馆阁体、台阁体恶劣影响的时间短，但是，流风席卷，那白虎堂的深度与宽度，一点也不小。公元1932年，沙翁三十三岁，其《与吴公阜书》，说的就是碑学的致命缺陷——"近代书人，或寝馈于大小爨龙门造像，终身弗能自拔。执柔翰以拟利锥，其难可想。二爨龙门，非不可参法，要在心知其意，勿徒效其皮相。"二十世纪的书坛，正逐晚清碑学的风波，沙翁的深刻含义并没有引起注意。所以，其后参加国际书学研讨会，又多次发表文章，阐述碑版的写手与刻手问题。千辛万苦写成刀痕齐切收笔，无论怎样的努力，也成病态。理解沙翁的，莫过于启功先生，"平生学笔不学刀"。沙翁之为二十世纪令人瞩目的书家，与他高瞻远瞩的识见分不开，而他的识见，则来自于他的学养。

　　沙翁以写大字被誉为"海内榜书，沙翁第一"。据说为杭州灵隐寺书"大雄宝殿"四字，每字四尺见方，用三支植笔捆在一起挥成，自言"牛耕"。此作落款在暴风骤雨中被误毁，三十年后以沙孟海落款复书的"大雄宝殿"，与原来所书又非一个境界，与沙翁"振迅天真"一起，再次告诉了世人，海内榜书沙翁第一的名不虚传。所谓的才学识，是无分先后的。这是个循序渐进的过程，谁把握了其中的节奏，谁就会有心得而成为佼佼者。

　　这佼佼者得益于西子湖畔的滋养，温润之气扑面而来，尽管他们的形态不同。他们用不同的书学形态，为西子湖畔抹上了浓重的色彩。苏东坡太守的苏堤，白香山的白堤；吴昌硕、黄宾虹成了西子湖畔的文化象征。甚至是苏小小的宁可死也要留给后人的青春气息，也不免让苟且者掉下几抹汗滴。沙翁在其间，无疑是得天独厚。在沙翁的性格中，一定会有克己复礼般的自我勤勉因素，然而，他的内心深处也不免要坚持他的人生理想。外部环境与内心世界发生冲突时，只要不危及总体的格局，他都会在不变中应对万变。我想，这是沙翁之所以长寿的内在因素，也是他躲过本难躲过的灾难之所在。实际上，沙翁的性格中有北方人的豪迈，其内心深处是个倔老头。他的豪迈之气没有成为粗粝的外相，即是地缘文化赐给他的滋养。纵观沙翁的书法，莫不如此。我手中有两个版本沙翁所书陆游学书诗的两句，其八十九岁所书，还带有沈曾植方笔翻转，到了九十一岁所书，则多是沙翁自己用笔的圆方之间了。见过录像资料，是写全文的，则一派清雅。书法这东西，得讲法度，又不受其所制。一切都在虚实之间，真可谓"瘦蛟出海挐虚空"。虚空又是如何挐呢？蛟龙与猛虎各异，老蔓与新藤殊然，不求于一律也。

老蔓缠松饱霜雪——林散之

公元1937年，这是让所有中国人耿耿于怀的年度，7月，北京和天津相继失守，11月上海沦陷，12月13日南京失守。侵略者显示了所有的屠杀技能，让中国人经历了空前的灾难，种下了仇恨的种子。何以东瀛这样的弹丸之国，竟可以到这里大肆砍杀，这是让我们不能不永远警惕的。

同年同月的乌江镇，飞机大肆轰炸，到处是炸弹爆炸的惨剧。慌张归家的林散之躲在江家棉花行，一颗二尺长的炸弹穿过房顶，落在厅堂。闭眼等死的林老并没有听到爆炸的声音——鬼子的炸弹也有臭子。逃回江上草堂的家中，才有了大难不死的侥幸，这年林老四十岁。

江上草堂——这是个多么浪漫的名字啊！

三十二年后的冬季，战争气氛由于国防部长的一号命令，骤然紧张。尽管这一年的元旦前夕，第三颗氢弹爆炸成功，南京长江大桥全线通车，再到我们这里乱杀乱砍我们就不客气了，然而，国民还是相信，侵略者一定会变着花样的。对于战争会随时威胁我们，国人深信不疑。

林老以七十二岁高龄被疏散，回到久违了的江上草堂。

"云是备战争，老弱齐迁避"，林老被迫再次回到江上草堂，他曾经意外地躲过了炸弹爆炸的地方。"地随江北冷，人自江南瘦"，归来的林老，会不会想起苏轼的《黄州寒食诗》呢！不得而知。然则，诗句"风雪今归来，山中茅屋漏"，也着实与"小屋如泥舟……破灶烧湿苇"的情景相似。

意外地躲过炸弹，也意外地经历了生死之劫。其时已经是1970年的2月，农历则是春节前夕，林老到乌江镇洗澡。是否经过了棉花行，是否想起了那颗没有爆炸的炸弹使得他逃过了劫难，事无记载。气雾弥漫，林老跌入滚水锅中，被人救起，血肉模糊……写到这里，让人很是难受。往下再写，心情已经惶然，揪心以至空旷。没有必要做详尽的叙述，那样会很残忍。林昌庚先生所著《林散之》一书，为记录那段历史，有真切的描述。

这意外是太意外了。林老居然活了过来，还奇迹般地将主要执笔的拇指食指中指分开，然则，"劫后归来身半残"，无名指和小指粘连在一起，并且向内勾着，则无可再恢复了。

林老自幼灾难重重，幼年就左耳失聪。听到的声音比别人少比别人小，又天性顽皮，状异恒人，被呼为"五呆"，颇有痴呆的景象。林老生于江苏省江浦县江家坂，祖籍安徽省和县。所以，他的所有活动都与江苏、安徽难舍难分。历史的巧合，沙翁十四岁丧父，林老十五岁失怙……我想，我对林老的生平叙述到此为止的好。因为林昌庚先生的著作为可靠的记录，重复不过来。

这一意外的劫难让他的亲人备受煎熬，林老自己也深受折磨。既然我们在说书学的问题，当然不会停滞在这里不能自拔。即以书法执笔而论，悬腕可以不悬肘，但悬肘必得悬腕。不然，胳膊肘子悬翘起来，而腕部在宣纸上，动作奇怪不说，也难以操作。书家向来讲究中锋运笔，据说何绍基为了达到持续的中锋运行，似乎还要回腕。这个动作很不舒服，回腕回到什么程度，是九十度还是四十五度，则没有准确的记载。后人评论说："何绍基执笔十分独特，如老猿抱树，回腕高悬，几乎完全违反人的生理自然姿态，但因此而通身力到，极锥沙蚀木之妙。"

何绍基回腕执笔，书法不可避免地在横画里要有弓的趋向。即以行书《论画语》为例，通幅观感看上去如柳絮正旺，飘飘洒洒，尤其撇画，或者还有竖画，从右上向左下飘过去，狼烟四起，却趣味浓厚。林老被烫伤愈后，仍坚持中锋运笔，有双钩之称。但是，仔细观察两幅照片，则并无一定。九十一岁写字照片，双钩无疑，且有回腕动作；《生天成佛》为绝笔，九十二岁照片，则为单钩。林老的晚年书法——即劫难后的书法，通篇并无柳絮的感觉。以拙目观之，行草比何绍基高明。即以舒同论，亦整饬何绍基而开舒体之风。

须知何绍基行草是以颜真卿奠基的，无可否认，林散之亦以颜真卿奠基。那么，颜真卿用笔又从何而来？据沙孟海说，多来自汉隶。如果这个说法大致能够成立的话，我们小考一下何绍基与林散之的隶书——何绍基的隶书《临衡方碑》；林散之的隶书《临西陕颂》。何书从汉简中得到启示，起笔回锋而收笔一般随它而去，即起笔粗而收笔细。比之原作，已活泼了许多，基本自运了。林散之将《西陕颂》整饬，基本忠实原作无建树。相比之下，隶书不如何绍基。既然说到颜真卿，就不得不说楷书。何绍基楷书《邓君墓志铭》，一派颜体模样而活泼自然；林散之楷书《四友斋论书》是六十年代所作，即碑帖结合的典范之作。收在《二十世纪书法经典·林散之卷》里的书孟浩然《春晓》，则以行书笔意作楷，横画起笔落笔均有回锋，带有汉简的意味，不输给何绍基。

近来学书者，往往不明就里，照葫芦画瓢学模样。有学林散之的，上手就是童稚趣味，须知林老不是故意弄成那个样子的。就生理讲，林老遭难痊愈后，关节活动已经难以灵活，使转——包括绞转吃力，而"草乖使转，几不能成字"。抛却使转，如何作得草书，林老必定要有办法解决这个问题。执笔写字，最忌讳如同鸡啄米刨食状，然则，笔到纸面处呆傻不动，也成问题。但是，林老不能够急速运笔以成风驰电掣状，他得根据他的状况实现他的艺术理念。如果我们不细分的话，将用墨也放入用笔之中，就进一层了。林老用墨据说是浓得很，这浓墨又难以运行，即蘸水调和使之自如。故此，林老的行书或者草书，就有了干擦，有了浓淡的反复无常。如果你想亦步亦趋地学林老，总不至于也烫成五指粘连再开刀分开执笔必要的前三指吧！假如神枪手已眇一目，恰巧左眼，谁也不会为了当神枪手故意弄瞎一只眼。每个人都有自己的生理特征，每个人都有自己的知识学术结构，又审美的趣味随着地缘文化的特征而形成，那是要审慎对待的，善待别人很难，善待自己又谈何容易。

用笔不仅仅是执笔。现在执笔无定式已经为广布之说，似乎没有讨论的必要。林散之最服膺何绍基用笔，据桑作楷先生《沙锥深处悟真诠——论林散之先生书法的用笔》一文，就记录着林老说何绍基："清代何绍基善用笔，字写得比别人黑，黑就是笔力。"可见，林老学何绍基，并非在字形，而是笔力。林老秉承古代大家之正侧、藏露、强弱、缓急、提按、方圆、收放、虚实、连贯等用笔法之外，根据自身的生理状态，还运用了很多方法。桑作楷先生是受到过林老亲炙的，他总结说林老还有"冲、铺、抛、切、擦、裹、塞、断"等笔法。观林老书法作品，特别是草书，浓淡干湿、俯仰拿捏、虚实出入、疏密布白、急徐运笔，在谨守草书约定俗成的规范的同时，笔到处无不自运而无古人的外形痕迹。林老草书的确有独特的味道，若仅仅论用墨用笔，与康南海相去不远，不过，康南海写的是行书。感官不同处则在于，康南海书法如古木长了些许新芽，而林老则是哗啦啦秋风萧瑟却纸面干净。

收在《二十世纪书法经典·林散之卷》里的《论书绝句十三首》，可视为林老的代表作。即以愚意，观赏草书，最怕笔画多，还怕到处画圆圈。草书本来是简而快，如果草书的笔画比行书还要多，那作品就先输了一筹；牵丝连带固然是草书无可避免的行笔过程，如果在这个过程中到处画圆圈，也令人厌烦。诗句"能于同处求不同，唯不求同斯大雄……立德立功各殊途，打破藩篱是丈夫"可视为林老抗心希古的肺腑之言，世人可晓得否！

林老在一个漫长的时间里，一直默默无闻，世间并没有几个知道有个叫林散之的人。林老初名林以霖，简化为林霖。自幼喜爱诗词，年轻时即作《古棠三痴生吟稿》，印章即"三痴生"，痴情于书画诗词。在林老的一生中，有三位恩师，初师范培开，再师张栗庵，后师著名书画家黄宾虹。前两位虽未享誉海内，却功底深厚，而黄宾虹则是名副其实的大家了。"林散之"即张栗庵先师取"散木山房之意"谐"三痴"而命名之。我倒觉得，如果林老以"三痴生"用之始终，亦未为不可也。但是，林老"散之左耳"简称散耳，为晚年所用。

然而，这并没有给林带来巨大的名声，一直到公元1972年，林老已经七十五岁，距意外劫难也过去了两年多——意外又来了，为庆祝中日恢复邦交，《人民中国》发表了林散之草书。"东方欲晓，莫道君行早。踏遍青山人未老，风景这边独好。"是啊！是林老有意选择这首诗吗？当然是有意选择，但未必是要自鸣。

世间往往就是那样，巧合无处不在。江上草堂——这必然浪漫的名字，又蕴含多少偶然。那颗炸弹落下来，林老在看见那炸弹的时候，还注意到了它的尺寸大小。闭眼等死，炸弹却没有爆炸；洗澡是多么惬意的事情啊！"沧浪之水清兮，可以濯我缨；沧浪之水浊兮，可以濯我足。"意外又发生了，几乎置之死地；林老出院后，再次被逼回到江上草堂，却是酒香不怕巷子深了，发表了草书。远来的和尚会念经？灯下黑？这只能看个人的理解了。日本"和尚"带来的不是炸弹，而是"草圣遗法在此翁"，让林散之有了"当代草圣"的美誉。不过，林老十分清醒，认为时名不足取，他说："评价一个人的艺术成就，要等他死后三百年才能定案。"

林老拖着半残的身躯，将那话放在了时间的天平上，让那些到处找小报记者鼓吹自己是大师巨匠的书家显得轻如鸿毛。时间的天平渐渐失衡，那些当代的大师巨匠们，看上去总有神汉的感觉。真的是大师走了，来了巨匠。

其实，在远来的"和尚"没有来之前，胡小石、因《兰亭序》的真伪跟郭沫若打过笔墨官司的高二适两先生就对林老的书法称赞不已。高二适（公元1903—1977年）诗书俱佳，胡小石（公元1888—1962年），为学者，并非要专门造诣书画。还有一位即女书法家萧娴，康有为嫡传弟子，书法亦与南海先生相去不远。与林老一起，构成了"金陵四老"之说，求雨山已经一派书法圣地的景象。

非常难得的是，《二十世纪书法经典·林散之卷》有林老的自序。在这套丛书中，这序言就格外珍贵。他的珍贵在于，听听其言，善莫大焉。我们更有理由相信，书中所选书法作品，是经过林老或者家人过目认可的，保证全是真品而无代笔临仿之虞。

林老浸淫于诗词书画中不能自拔，虽然也曾一度当过江浦县的副县长，那不过是个插曲而已。秉承先代学子的一贯信念，成为学人——无论书画，读万卷书走万里路始终是不可动摇的，林老亦如是。壮游名山大川，还有《漫游小记》刊诸枣梨。文风可靠，文字简约，内容丰富，美文美事，是不多见的。我更注意到了林老的变法之说："变者为形质，不变者为真理……变者生之机，不变者死之途。"书法的"面目各殊，精神亦因之而别。其始有法，而终无法，无法即变也。无法而不离于法，又一变也……颐养之深，酝酿之久，而始成功"。这集成了历代大家的意见而解之，自是森然有序。变法是书法的要务，古今都在想办法。章草书法固然古色古香，有高古的美誉，也保留了隶书特有笔意。很多书家在章草上下了巨大的功夫，然而收效甚微。甚至去掉了古色古香部分，专拣外部特征而发扬，等于是学了圣人的短处。王蘧常对此颇有收获，他的章草就保持了古意而自有面目。王献之不满意章草之法，虽然没有说"未能宏逸"的根本原因，却是有深刻体会的。"今穷伪略之理，极草纵之致……大人宜改体。"如此疑似伪托类的辑录，并不一定真的是王献之所说，但是，离二王的变法以成新的面目相去不远。林老摸索了将近一个世纪，总结出了变与不变的辩证关系，变在何处，不变处又在于何方。然而，这又不是突兀的事情，"由递变而非突变，突变则败矣"，是为林老最为惊人之语，解者自解，不解者亦无必要与之讨论。

林老一生，即可引陆放翁"老蔓缠松饱霜雪"之句来总结。在现当代对草书有真知的书家并不多，林老是其中那不多中的杰出者。他的草书，在黑白之间腾挪，在坚实与虚空之间挪移，老蔓也好，老松也好，在那霜雪似包裹又难以包裹的状态中，自然转换，显得老辣与冷厉。林老书名大震后，索字者盈门，"如此追偿老命休"——"何处能寻避债台"是林老晚年的自我写照。真不知道这人是出名好还是不出名好，世间追逐名利而不得者，也可以借此安慰一下吧！公元1989年12月6日8时，林老在南京鼓楼医院溘然长逝，终年九十二岁。林老最后的日子，从容给儿女们留下"我要走了"那句话，用尽了平生之力写下"生天成佛"已成绝笔。面对一生的论定，连手也不用挥一挥，就走了。那一份从容与恬淡，没有对人生的参透，没有对艺术无怨无悔的深邃理解，是断然难以有那种充分的准备，让很多人为之艳羡。离开人世，不是谁都有从容的机会，不是谁都能够如此的淡定。老人身后竟是那般热闹，购买他的书法集子已经很难，谁又会想到呢！

谁为拂袖虬髯——于右任

公元1964年11月10日晚8时8分，美髯公于伯循右任老在台北荣民总医院逝世，按照中国传统纪年，享年八十六岁。三个月前，右老住进医院，缠绵病榻。两年前，写下《望大陆》诗一首，冥冥中为他的后事作准备。与其说是诗的遗嘱，不如说是他晚年最难以忘怀的事情——故土。思念之情浓烈，诗思气度排山倒海。

右老出生在因境内有孟侯原、丰原、白鹿原而得名的陕西省三原县城河道巷，公元为1879年4月11日，在农历则为己卯，属兔，亦为大清光绪五年。其生母是甘肃静宁县人，逃荒至陕西，嫁给于文宝。右老不满两岁，生母即撒手人寰，临终前将右老托付他的伯母房氏。房氏娘家人口众多，还算有个照应。实际上，右老是在准姥姥家或者说准舅舅家成长的，直至十一岁回三原念书。望子成龙是每个母亲的希冀，给我印象最深的是房氏教育后代的独门绝技——据《于右任传》说，右老偶有过失或有荒废学业的迹象，伯母都会郁郁寡欢，并不责备，迫使右老让伯母高兴起来而发愤。多年以后，右老作《牧羊儿自述》还不能忘记他实际的母亲："爱护之心和严正之气，至今梦寐中犹时时遇之。"

诗人注定了要面对世间的很多悖论与变数——诗思的喷涌，诗情的凝结，都在这悖论与变数中得到有效的催化，成为诗人而言志，无论多么得志与不得志，都会出现与原来志向相左的结局。"写字是为最快乐的事"，然而，他又不能总是快乐。

这篇小文是在说书法家于右任。我们很快会发现，右老与众多的书法家不同。书法家多爱诗，大多也会作诗，不会作诗也可以抄诗。比如，我们篇首所引的《望大陆》，是右老自作诗并有书法传世，为国人所熟悉，并感念之。怀念故土，所谓落叶归根，是游子生前的强烈愿望。然而，右老之怀念故土，又非仅仅是一己之私情——怀念故乡。以诗人、书法家概括于右任，似乎简单了些。那么，他的精神内核到底是什么呢？其实并不复杂，他给大人物写过一副楹联："计利当计天下利，求名应求万世名"，构成了他一生的追求目标。

热衷于政治而又以书法名世不肯让人，在颜真卿后恐怕要推于右任了。颜真卿祖籍山东琅琊，后迁居京兆万年县。于右任所居三原与京兆相去不远，可算作老乡了。他的这位唐朝老乡一心想建功立业，一心想辅佐君王。到了举家无粥可食靠乞米度日的时候，也没有忘了守政，多次遭贬谪外放而忠心可鉴。于右任晚年凄凉，据说很穷，连镶牙的钱也没有，菜金往往也要"告贷"维持。即以如此的经济状况，还写下了《望大陆》诗一首，真的不可思议，也是他一生从政难以想象的。更为悖论的是，他所追求的终极目标，何以又让他远离故土，不得不以诗的形式怀念之。这哪里是他的初衷呢！

我们不得不将目光回到半个多世纪前，那个牧羊少年，为世人称之为西北奇才的于伯循——预谋刺杀慈禧太后。于右任进西安陕西中学堂，是为公元1900年，岁在庚子，鼠年，右老仅仅二十二岁。慈禧太后与光绪皇帝逃到西安，即选择陕西中学堂驻跸。善于讲究排场的慈禧太后在慌不择路狼狈困境中依然铺排，让这个青年很是恼怒。他认为国家如此狼狈不堪，刺杀了慈禧让光绪皇帝变法就可以救国。于是，给当时的巡抚岑春煊写了一封信，要求岑巡抚"手刃西太后"。若不是同学王麟生苦劝，历史将会是另一个面目。而这公元的1900年，三岁的林散之老人患中耳炎致使微聋并遗疾终生；沙孟海则刚刚出生。日本国河井荃庐手拿橄榄枝执弟子礼拜谒五十七岁的吴昌硕。四十三岁的康南海有为先生逃到新加坡，住槟榔屿总督府躲避缉拿。

列强横冲，国亦羸弱，如何救中国？这恐怕是清末有志之士凝结起来的当务之急。

在于右任的性格中，千回百转悱恻迂回，那不是他。做什么都要明目张胆，都要大张旗鼓，都要赤裸裸。他的思想形成，与他的诗分不开。尽管他作了很多反清的诗，也许因为懂诗的人少，或者说二十几岁的右老太不知名，没有给他带来什么麻烦。反倒是一张相片儿，让他成了清政府的通缉犯——右老脱去上衣，披头散发光着膀子右手提着一把刀。三原县令据此与《半哭半笑楼诗草》一起，密报陕甘总督：于右任是革命党，削去举人并缉捕归案。

其时，右老年纪轻轻，已经是商州中学堂的监督了。光绪三十年，春闱会试在开封。右老等于是"进京赶考"，密报业已得到批准。批复的电文几经转折，到了三原，右老已经到了开封。待到缉捕人员到了开封，右老已经扮作司炉，到了汉口又乘轮前往上海，到得南京潜行登岸，遥拜孝陵。诗《孝陵》一首曰："虎口余生亦自矜，天留铁汉卜将兴。短衣散发三千里，亡命南来哭孝陵。"

上海，这个洋人最早集聚的地方，右老受到新思维的影响在所难免。经人介绍，化名刘学裕进入震旦学院学习。这是右老人生的转折点，因为他认识了我国早期的教育家马相伯先生，并且成为亦师亦友的至交。马相伯于1902年创办震旦学院，开学一年多之后，因法国教会势力干预学校教务，篡夺校政，以于右任为首的绝大部分同学愤然退学。之后马相伯创办复旦公学，为监督，于右任为马相伯的书记兼授国文。"复旦"二字则出自《尚书大传·虞夏传》，据记载，舜将禅让给禹时，卿云聚，俊义集，百工相和而歌卿云。帝乃倡之曰："卿云烂兮，纠缦缦兮。日月光华，且复旦兮。"由震旦到复旦，右老也从学生到了老师，于右任成了现代中国最早的教育家。

公元1906年，于右任二十八岁，即东渡日本到达东京，11月13日与孙中山晤谈，并正式加入同盟会，我们可以看作这是于右任职业政治家的发端。其后创办《神州》《民呼》《民立》《民吁》诸报；成为孙中山时期的中华民国交通次长，又做靖国军总司令，再参选副总统而为监察院院长……一个职业政治家的身份就确定了。刘昌平先生在《于右任传》那本书的序言里，言功勋、言办报、言教育、言诗文，就是不言书法，传记的作者许有成先生亦有详尽的描述，构成了一个职业政治家的丰满形象。我就常常想一个问题：于右任是大才者。这所谓的大才，不是他为职业政治家的缘故，是站在书法家于右任这方面看的。书法这东西是不是需要专业，就是一生什么也不干，或者说什么也干不了，就要伺候笔墨。一个人的学问与才能，在书法上的作用究竟有多大。断言书法不能职业化专门化，当然有更多的例子，比如书圣王羲之、比如宗师颜真卿、巨匠赵孟、领军尚意书法的苏轼等等。但是，专业书家也并不是没有，而现在的趋势是，书法的专业化已经成为主体格局。

讨论这些问题，需要专文，我们现在来试着剖析右老的书法艺术。

纵观右老书法，可粗略分为两个部分：以大字魏碑体为首的行书和以小草为基础的草书。细分的话，还可以将《标准草书》从小草中分割开来。因为《标准草书》与右老形成自己风格的草书还不是一码事：共收集了东汉末起到清代一百五十四位书家的字迹作为母体的一千零二十七个字，以千字文内容为书写对象。这里有王羲之二百二十三字、释怀素一百三十六字，其余各家不超过一百字。在草书传统中，有集《王羲之草书诀》，此本即根据古帖《草诀歌》影印；还有一本为明代韩道亨著《草诀百韵歌》，书写内容与《草书诀》略有差别。清代王世镗《稿诀集字》条分缕析，又有楷书释文，也为书界所熟知。

那么，右老到底要干什么呢？"其结构之巧拙，使用之难易，关乎民族之前途者至切……求制作之便利，尽文化之功能，节省全体国民之时间，发扬全族传统之利器。"原来右老的初衷，是要实用，等于是要普及草书。这与右老"计利当计天下利，求名应求万世名"的理念相一致，右老的理念贯穿他的一生。公元1932年，右老五十四岁，即发起创立了标准草书社。公元1936年，《标准草书》由上海汉文正楷书局出版，正式与读者见面，之后共修订了九次。手中有一本，为上海书店出版，可以窥见右老于草书所下功夫之全貌。关于草书，粗略分之，为章草、今草、狂草。右老喜欢草书，对此所下的功夫，非一般草书家所能比拟。他学草书，每日仅记一字，两三年间，可以执笔。

草书普及，这太难了。在汉语使用现行拉丁化拼音方案之前，还有一套拼音法，像是文字的部首，已经记不得几个了。即使普及汉语使之全民精通，也是件难事，何况是普及草书。有个文化学者据此说，于右任的《标准草书》想普及草书只是个人良好的初衷，言外之意是《标准草书》没有什么价值。即以我"没有书法中人涉书法之深"的理解，于右任功莫大焉。无论张芝、张旭、怀素也好，王羲之、王铎也罢，他们的草书形态各异，然而，读了释文就会明白，草书还是有它的内在规范的。当然，草书普及是不可能的，就是专门的草书家，所作草书，若是基本笔画都能够基本符合草书规范，已经不错了，何况书法之外的人乎！

右老形成自己风格的草书，与历史上所有的草书家都有区别，即能省的笔画，一定会省略，又不会让你读他的草书一脸的茫然。即使是偶有看不明白之处，仔细分辨，也会有原来如此的恍然大悟。右老草书的举重若轻，来自他对草书的烂熟于心。学者若是不慎察而蹈其皮相临摹，一定会出现散漫之疾，是学于书不得不察的。

右老又是碑学大师，收集碑石众多，所收碑石中，东汉蔡邕所书丹《喜平石径》尤其珍贵。毫无疑问，右老的另一种书法形态是行、楷书，即是魏碑体书法部分。魏碑刻石，以《龙门二十品》被世人奉为圭臬。碑学兴盛的年代，一窝蜂地学刀痕，写的字歪歪扭扭，仿佛扛着泰山般沉重。尤其捺脚，写得像是只伸出来没有洗干净的脚丫子一般。诚如沙翁所说，"以柔软的毛笔去摹习方俊的刀痕"，显然弊端多多。据沙孟海考订，即以狂炒的《龙门二十品》而言，写手高而刻手也高的并不多，大多是写得好而刻得不好或者写得不好刻得也不好，甚至根本没有书丹直接刻石，乱凿一通，如何便通通叫好。

右老之魏碑功底，可在1927年撰文书丹的《佩兰女士墓志铭》看到端倪。整饬大方，并非仅仅临摹魏碑，甚至还带有赵孟頫的温柔敦厚。尤其是右老的大字楹榜，写得落落大方，历史上如此潇洒的魏碑，恐怕只有右老了。他将魏碑行书化，又糅合了楷书的意趣，真的是碑帖结合了，让那些嚷着自己的书法是碑帖结合的书家，不免显得假惺惺而辛苦万状。如果我们不带任何偏见，以赵之谦和于右任类似的书法作比较，从外部特征就可以看到，赵之谦写魏碑辛辛苦苦，于右任写魏碑举重若轻，这就是我们称赞于右任的非理论化的原因所在。

不要误会，以为我贬斥赵之谦而抬高于右任。赵之谦有一幅楷书曰："不读五千卷书者，无得入此室。"尽管他说这是受别人之嘱书的，谦虚地说仅仅可以粘壁，并非自我标许，我们还是认为这里肯定有银子。可见，成为赵之谦也非易事，他是有学问的，也非可等闲视之。在碑学上，我对赵之谦碑学的高明处择机会另行文。在此小文中，我欣赏邱振中教授对赵之谦的评价："赵之谦对笔法的驾驭能力是不能否认的……过于强烈的创作意识几乎使一位有才华的艺术家完全变成一位匠人，而他真正的艺术才能却只有在远离艺术的场合中展现。"

这个观点颇合我意。其实还不仅仅是赵之谦，其他书家也多有此等状况。即以书学史论，传世高古之法书，也莫不是如此。我在其他文章中也说过类似的话，就是"非书法的故意"。但是，从案上观到壁上观，毕竟是趋势。再乞米的话用无线电话了，想得到颜真卿们的乞米帖已经是非分之想了。

那么，到底为什么呢？为什么会出现这样的形态呢？来路不一样，赵之谦崇尚碑学而不能自拔，于右任崇尚碑学而可以从另一面看待它，即参照帖学，与历代非魏碑大家相比较而又避免再度孱弱。更为其他碑学家不能到处，则在于右老曾经作标准草书。他没有误入碑学的白虎堂，是他在碑学的庭院里转悠了很久，爱之，察之，收集之，考之，辨之，再予以化解之。其实所谓碑学，我们通常意义上指的是北碑，或者具体到魏碑。依我愚目看，若是辛辛苦苦分辨写手高低，千辛万苦从刀痕中寻找毛笔的运动，还不如直接到李邕的《麓山寺碑》里查看呢！虽然欧阳永叔说邕书未必独然，可是毕竟然也！这是另一个话题。右老之重视北碑，还不仅仅为了书法，拯救文物为民族效力，是其"匹夫有责"式的信念。即以前文所说的《熹平石径》，花费银两几千。只此一项，即为功德无量，何况，右老收集颇丰呢！

于右任成为书法大师，到底归于他的天赋，还是勤勉？还是他的学问，抑或是不凡的生命轨迹？我在另一篇文章中曾经说，总觉得唐以后的书法缺了点什么，邱教授说是那点匠气。这很难有统一的说法。台湾的于大成先生说长锋羊毫不能使用，使用了长锋羊毫书法会很糟糕。可是，林散之就用长锋羊毫写出了那等字。而沙孟海则一般用短锋，在书写的过程中，笔锋烂叽叽四处开叉，依然义无反顾地写下去，写出了浑然法书。而于右任则是在黑白分明的两极挥洒，标准草书或者归结到他的草书，与北碑行书创作肯定不是一样的用笔，在他那里并没有水火不相容。这就是右老的过人之处，也是他让我们不能忘怀的所在。

美髯公于伯循右任老给我们留下了一片广阔的天地，他重重地挥一挥手走了。苍松翠柏环绕，高山之巅，一位巨人在望大陆。何时我们能够看到，他的灵柩在礼炮五声中起航，与他的发妻合葬于三原。起码现在，我们能够做的是，瞻仰右老的书作的同时，在心中响起那隆隆的炮声：一则为功勋，一则为教育，一则为新闻，一则为诗文，一则为书法。中华赤子于右任还没有安息，他的情深意切的诗所言之志还在飘荡，终究会有一天，我们在晚风中低回惋唱：右老你回来了，伏惟尚飨！尚飨！

书法菩提

张晓林

灯影下的篆书

徐铉的篆书，据说如果放在灯下观看，就会发现每一笔画的中间，有一缕铁丝一般的浓墨，绝不偏侧，后世的徐氏书法研究者们，把徐铉的篆书称之为"铁骨篆法"。

先前，我很少涉猎篆书，对此说颇有疑惑，以为是故作深奥之谈。近来展阅徐铉《篆书千字文残卷》墨迹，刹那间与这一说法产生了共鸣。千字文残卷笔笔中锋，绝少偏锋、侧锋用笔。然其结体曲欹变幻莫测，天趣盎然，却又终没有半分的姿媚之态，傲骨铮铮。徐铉的篆书妙参造化之理了。

徐铉是南唐旧臣，随南唐末代君主李煜一起来到了汴京，被授予一个散骑常侍的闲官。初来汴京的日子，徐铉感到一切都不习惯。眼看冬天快到了，他仍然穿着江南的服装。这种服装挎宽衽深，穿在身上大老远看上去非常儒雅，走起路来给人一种衣带当风的感觉，潇洒极了。但是，这种衣服冬天里却抵御不住京城寒风的侵袭。

有同僚劝他："买件棉衣套进去吧。"

徐铉仰起他那冻得发乌的额头，很坚决地说："不!"

飘雪的日子，徐铉就穿着他那宽大的江南服饰，瘦骨嶙峋的双手藏匿在深深的袍袖里，似乎让人感到在喳喳作响。他那三缕花白的长须随着雪花飘拂，成为冬天汴京街头独特的风景。

同僚们看着他的背影，满眼的困惑和茫然，那瘦削细长的身影让他们内心充满忧虑。

来到汴京以后，徐铉的朋友很少了，这让他感到孤独。有一天，他南唐时的老朋友谢岳突然到家里来拜访他，令他惊喜异常。落座闲谈时才知道，这个已经70多岁的老朋友正在卢氏县做主簿。主簿一职虽说是个可怜的小官，老朋友谢岳已经很满足，不高的俸禄够养活家小的了。

现在却遇到了麻烦，按实际年龄，谢岳该退休了。可退休之后怎么办? 拿什么来养家糊口! 好在当初申报年龄的时候，他少报了几岁。也就是说，按吏部的档案年龄，他还可以再干上几年，有了这几年，他就砸住了家底，不至于退休后全家人跟着他挨饿了。

徐铉再三唏嘘，说："愿谢公渡过难关。"

谢岳迟疑一下，说出了自己的忧虑。吏部对我们这些从南边过来的官员一定不放心，底下会做一些调查。调查也并不可怕，因为很少有人知道我的实际年龄了。我最担心的就是老朋友你啊，你最摸我的底细!

徐铉看着老朋友，忽然有些心酸。不是国破，大家怎么会落到这个境地。他说："我能为老朋友做点什么呢?"

谢岳离开座席，朝徐铉深深地行了个礼，说："一家老小的性命都系徐常侍身上了。"

徐铉慌忙答礼，说："你我不必如此，有事但凭吩咐。"

谢岳说："也很简单，等吏部找你问起我的年龄时，你只推说不清楚就行了。"

徐铉的脸色凝重起来，说话的口气也变了。他说："我明明知道你的实际年龄，怎么能说谎来欺骗上苍呢？"

谢岳满脸蜡黄，喃喃自语道："看来我是白跑这一趟了。"接着，又哀求徐铉，"你真的就不能帮老朋友这一次吗？"

徐铉很无奈，说："我不会撒谎。"

谢岳绝望地向徐铉告辞，临出门时犹后悔地说："我就知道来也是白来。"

果然，吏部的官员隔一日就找到了徐铉，向他了解谢岳年龄一事。徐铉据实说了。谢岳很快被罢免了卢氏县主簿职务。过一阵子，卢氏县有官员来京城公干，徐铉向他打听谢岳的近况。那官员叹一声，说："死了。前些日去山里采摘野果充饥，结果饿死在半道上了。"徐铉听了这一消息，在汴京的街头默默站立良久。那个时候，他的头顶有成群的乌鸦飞过。

很长的一段日子，徐铉都在拷问自己："这是我的错吗？"随即，他自己回答道："不，我没有错。"恰在徐铉反复纠缠这个问题的时候，一场更大的灾难已逼近了他。

自来汴京后，徐铉再也没见过南唐后主李煜。夜深人静的时候，他总是怀恋在江南与李煜吟诗作画的日子，想见一见李煜的念头一天比一天强烈。但他知道，能见一面昔日的主人，几等于痴人说梦。

忽然有一天，宋太宗召见了他。宋太宗脸上挂满笑容，拉家常一般地问他："北来后见过李煜吗？"

"没有。罪臣不敢私下见违命侯。"

"应该见见。朕今天下旨让你去见故人。"

走出朝堂，徐铉竟抑制不住内心的狂喜，不禁仰天长叹，上苍厚爱我啊！他家也没回，就直奔李煜府上。李煜怎么也没有想到，昔日旧臣竟会来探望自己，慌忙迎上前来，执住徐铉的手，一时泪流满面，哽咽不能言语。

徐铉也泪眼模糊，面前的风流故主，虽说才40余岁，眼角已爬满皱纹，面朝他的右鬓更是白发点点了。

许久，李煜止住了哽咽，叹道："悔不该当初啊！"

徐铉沉默。

李煜让仆人拿过一页纸来，递给徐铉，说："这是我新填的《虞美人》词，亡国后的感触尽在其中了。"徐铉看过这首词，一丝恐惧笼罩了他。

隔日，宋太宗再次召见徐铉，他面带威严地问："故人相见都谈了些什么？"徐铉一下愣住了，刹那间他明白了一切，额头上豆大的汗珠纷纷滚落。

李煜死了，据说是被一种只有宫廷里才有的毒药毒死的。慢慢地，人们私下传言，李煜的死，徐铉是真正的凶手。

又一年的冬天到来了。徐铉被贬邠州已经两年。邠州的雪要比汴京的雪更为砭人骨髓，徐铉依旧穿着江南的服饰。有同僚劝他："邠州的冬天是要穿皮袄的啊。"徐铉仰起他冻得乌青的脸，依然坚硬地说："不！"

邠州的雪白得刺眼，徐铉走在寂寥的大街上。如今他已经很老了，头发胡须全白了。这一天，有一个玄衣老者朝他打招呼说："这里太冷了，跟着我走吧。"徐铉叹了口气，说："是啊，真的太冷了。"说完话，他就跟在玄衣老者的身后，走了。

徐铉走进了历史。

论琴帖

钱穆父的书法墨迹，今天能见到的，包括《致知郡工部尺牍》《书识语尺牍》在内，应是寥寥无几了。以致研究北宋书法的理论家们，几乎无一例外地把他给忘却，这让人感到遗憾，因为北宋一个时期的许多书法家，有的后来成为书法史上的重要人物甚至巨匠的，都或多或少与他扯上一些关系。

米芾和黄庭坚是"宋四家"里的人物，中国书法因他们而灿烂了许多。然而，在黄、米的书法面临突围的关键时期，是钱穆父及时点拨了他们，才使得他们顺利地攀上了书法艺术的巅峰。

时隔多年，黄庭坚依然不能忘记元祐初年的那次宝梵寺之游。那是一个初春的黄昏，苏轼、钱穆父、黄庭坚吃过斋饭，都来了雅兴，在寺院的东厢房挥毫赋诗。黄庭坚写了几张草书，其中两三张写的是苏轼新作的小诗。黄庭坚很虔诚地向苏轼请教笔墨的得失，苏轼微笑着，一连串地说："好，好，鲁直草书当世无人能比。"

钱穆父在一旁咳了一声，接过苏轼的话头，他说："鲁直的草书写俗了。"

黄庭坚大感突兀，因为他向来把"俗"列为书法最大的敌人，以往都是他批评王某某的书法俗了、李某某的书法俗了。别人批评他的书法俗，这对他来说还是第一次，猛一下子有些接受不了。他不禁问："哪一点俗了？"

钱穆父微笑，说："不是哪一点哪一画俗了的事。"他忽然问黄庭坚："你一定没有看过怀素草书真迹吧？"

黄庭坚默然。因为给钱穆父说准了，他还真的没有见过怀素的草书墨迹。可他心里到底有挥之不去的疑惑：自己自负的草书怎么会俗呢？

若干年后，黄庭坚被贬涪陵，在一个姓石的乡绅家里第一次见到了怀素的草书真迹《自叙帖》。一见之下，黄庭坚对自己草书原有的自信犹如疾风中的破屋几乎坍塌。他这才打内心深处佩服钱穆父对于书法的见解和他那绝尘脱俗的品格。他知道，是钱穆父把他从书法的歧途上拉了回来，使他避免了在书法错误的泥沼里越陷越深。

黄庭坚寄宿在石姓乡绅家里，废寝忘食地临摹《自叙帖》，几乎到了入魔的境地。等他自认为已深得草书真谛，抑制不住狂喜修书答谢钱穆父的时候，他得到消息，钱穆父已经过世了。

有关钱穆父与米芾书法上的渊源，后人多有提及，情节和黄庭坚大相类似，在此不多赘言。只是有一个小小的细节，颇能说明钱穆父对米芾书法的引导，辑录于下。米芾四十岁以前，以集古字为能事，所摹前人法帖几能乱真。据考王羲之的《大道帖》、王献之的《中秋帖》《鹅群帖》等即为米芾临写。米芾也常常以此为自豪。有一次，米芾去拜访钱穆父，谈论到自己的书法，不由得面露自得之色。

钱穆父及时给他泼了一瓢冷水。钱穆父说："你书法里都是别人的东西，要有自己的东西才行！"

米芾立即感到如醍醐灌顶，额头有大颗的汗珠滴落。自此，米芾书风大变。

黄、米这两个北宋书坛的巨匠，都这么相似地接受过钱穆父的指点，钱穆父在书法上的修为与参悟，就不需要花费笔墨去渲染了。

早些年，钱穆父任开封府尹时，曾向欧阳修请教书法之事。那一天，欧阳修在书房接见了钱穆父，叫家仆沏一壶蔡襄送来的小龙团招待他。钱穆父说："年轻的时候学书法，极普通的笔，极普通的纸，觉得技法掌握得很快，也感到很有情趣和快乐；现在练习书法，笔是徐堰笔，墨是李廷珪墨，全都是佳制，但觉得在书艺上总是裹足不前，达不到心中所期望的境界。"欧阳修斟上茶，茶的清香很快充溢了书房。欧阳修说："今天不谈书法。"欧阳修又说："我想给你讲个故事。"

于是，欧阳修就给钱穆父讲了一个关于琴的故事。

欧阳修说："我做夷陵令的时候，朋友送我一张琴，那是一张普通的琴。政事之余，携着这张琴，去青山绿水间，弹琴以遣兴。琴虽普通，但琴音清越，超尘脱俗，其乐趣无穷。"

欧阳修啜了一口茶，接着说："后来，我到京城做了舍人，得了第二张琴。这是一张粤琴，和第一张比，名贵多了。隔几年，我做了学士，得到了一张雷琴，这可是盛唐四川造琴名家雷氏的作品，属琴中珍品。说也怪，得到粤琴的时候，还有一点弹琴的兴趣，但已经找不到弹第一张琴时的快乐了。到了第三张琴，虽说珍贵无比，可一点弹琴的兴致都没有了。"

钱穆父很奇怪，问："什么原因呢？"

欧阳修低叹一声，说："问题就在这里。"

钱穆父告别的时候，欧阳修已把刚才的话抄录下来。他对钱穆父说："送你吧，或许有点用处。"

回到府上，钱穆父再三展读欧阳修所送的《论琴帖》。慢慢地，思绪的窗户透进了阳光。欧阳修看似论琴，其实是在论人啊！官越做的大，名利场也就越大，诱惑也就多起来。心静不下来了！乐在于心，心中无乐了，琴再好，又怎么能弹出快乐呢？

钱穆父忽然大悟了。书法何尝不是如此！琴法即书法，书法即琴法，自然界万物一理啊。

仁者之心

清早起来，范希文搬一个小木板凳，去院子里的那棵槐树下弹琴。槐花已经开了，一串一串挂满枝头。坐在槐树下，槐花的清香让人陶醉。这样的心境，最适合弹琴。

琴声在槐花间穿越。槐花和着琴的旋律开始舞蹈。这个时间，范希文的妻子李氏开始下厨做饭。李氏对这支曲子再熟悉不过了，这些年来，她都是听着这支曲子做早饭的。这是一支名叫《履霜》的曲子，是她手把手教给丈夫的。范希文只会弹这一支曲子，再教他，他说，会弹一曲《履霜》就行了，会那么多干什么？李氏就打趣他，我看干脆叫你"范履霜"吧。

李氏是大户人家的女儿，世代书香门第。这样的一个女人，也是打心底敬佩范希文的，在她看来，能遇到这样的丈夫，也不知是几辈子修来的福分。

刚过门的那些日子，她的婆婆，脸上皱纹多得像几张重叠的蛛网，常常向她谈起范希文小时候的事，每逢谈到儿子，婆婆满脸的皱纹就一下子舒展开来。

婆婆说，希文进京赶考前，家里穷得揭不开锅，为给家里节省点口粮，他就住进了淄州长白山下的一座寺院里。和他一起住的还有个姓刘的秀才。每天黄昏，等僧人们都消停下来，他们就开始在一口铁锅里煮米，这些米粗糙无比，咽下去刮得喉咙疼。煮好一锅米，倒进瓦盆里面，算是第二天的三顿饭了。过一夜，瓦盆里的米凝结成了一块，希文他们用刀把米切成六块，吃的时候各捞出一块儿用开水泡着吃。

每当婆婆说到这儿，李氏都要插话问一句："他们不吃菜吗？"

婆婆瘪瘪嘴，慈祥地看着媳妇，说："有时吃有时不吃。全凭老天爷了，春夏季，去山上寻些野葱，七八根，十几根，就着下饭。十冬腊月，雪封住了寺门，就倒上小半瓯的醋汁，加上一小勺盐……"婆婆开始用衣襟揉眼，"这种日子，希文一过就是3年呐！"

婆婆心疼儿子。在李氏看来，这3年未必不是好事，也许因了那3年，范希文养成了一个好习惯。每天睡觉前，都要盘算一下今天花了多少钱，这些钱花在了哪些地方，到底该不该花，如果这些钱都花在了刀刃上，他就会把双手搭在已经有点发福的小肚子上，美美地睡上一觉。否则，一夜将不能入眠。第二天一定把昨天不该花的那点钱省回来才心安。

女人嘛，总爱想一些鸡毛蒜皮的小事，其实，希文不是个斤斤计较的人，他的心胸大着呢。李氏很清楚地记得，在苏州的时候，他们得到了一块宅基地，一个堪舆大师看后私下对范希文说："世代当出卿相。"希文笑笑，说："若果真如此，我不敢一家独享，应为天下人所共有。"于是，就把这块地捐出建了苏州府学。

想到这儿，李氏为丈夫自豪起来。

李氏在想着这些事的时候，范希文一曲《履霜》弹完了。他收了琴。他要简单吃点早餐，然后到朝堂去面见仁宗皇帝。一想起要见仁宗皇帝，范希文的心里就有些堵得慌。前两天西京光化军发生了一件大事，在如何处理这件事上，他与枢密副使富弼的意见简直是水火不容，争吵得脸都红了。今天就是要到仁宗皇帝那里来见个结果的。

平日里，他和富弼相处得很融洽，富弼像对待长者一样地尊重他，帮了他不少的忙。范希文还记得那件事。有一次，他给人写了一篇墓志铭，写好后让富弼看，看后富弼也没说什么。等把墓志铭装进信封，就要寄走了，富弼忽然说："还是让师鲁看一看吧。"第二天他专程拜访了师鲁，师鲁看过，说："你怎么把知州称作太守了？当今没有这一官职啊，你一定为了悦俗才这样叫的吧。"

希文诺诺。

师鲁又说："希文名重一时，文章定会流传后世，你一句与实际不相符合的话，必定会遭到后世人的质疑与争论，将有无数人为你这句话考据论证，喋喋不休，付出惨重代价。写文章不能不慎重啊！"

师鲁就是尹洙，当朝文章大家，与希文亦师亦友。

事后希文想想，当时富弼应是也看出了这一问题的，他不点破，却让师鲁指出来，这是对自己的尊重啊。

但希文也深知富弼的脾气，犟得很，他认准的事，八匹骡子去拉，他也不会轻易回头。

这年暮春的一个上午。范希文和富弼一同站在了仁宗面前。仁宗问："光化知军弃城逃跑一事如何处置，二位爱卿可商议好了？"富弼率先往前迈了一步，口气决绝地说："应按军法处置，斩了他！"仁宗看了看范希文。范希文不慌不忙地向仁宗行了君臣之礼，然后说道："光化城既没有城郭，也没有兵卒，强盗来势凶猛，光化知军不逃匿躲藏，他又能如何呢？望陛下从轻发落。"仁宗沉思了一下，说："准范爱卿的奏。"

走出朝堂，富弼的火气还没消。范公太宽容犯罪了，这让陛下如何治国！他第一次对范希文说出不恭敬的话："参政是想修炼成佛的啊！"范希文笑笑："我只是个普通人，不想成佛。但我的话有道理，等到政事院再给你细讲。"

富弼显得愈发不高兴。

到政事院，二人坐下来，范希文从容地问："你希望把皇上教唆成一个暴君吗？"停了停，他放缓了语气："陛下还年轻，我们岂能动不动就教他杀人，等他杀得手滑了，不但我们做大臣的常会有杀身之虞，天下百姓也会因此遭殃啊！"

富弼猛然惊醒，额头的汗珠纷纷滚落。

范仲淹，字希文，书法方正清劲，通脱儒雅，一如其人。

书法之谜

秦观和蔡京二人的书法如果放在一起，就会让人感到几分惊异，尺幅之间，不论是手札还是长卷，都隐隐让人感到有一种百思不得其解的东西在字里行间飘荡。

秦观是个多愁善感的人。年轻的时候，崇拜过一阵子柳永。那一阵子，他的词都带有一股子柳永的味道。他曾填《满庭芳》词："销魂，当此际，香囊暗解，罗带轻分。"苏轼看到了，撇撇嘴。下次见面，用略带揶揄的口吻说："真才子啊，都撵上柳七了。"

秦观不敢承认，甚至脸上还露出了害羞的神情。他低着眉辩解："再不济，我也不会学柳永啊！"

可他骨子里是个才情奔放的人，一不留神，又写出了很柳永的词句："小楼连苑横空，下窥绣毂雕鞍骤。"喝酒的时候，苏轼倒没再挖苦他，只是不以为然地说："写一个人骑马从楼前经过，用得了13个字吗？"

秦观的脸红了。在他心里，苏轼就是一尊神。

黄山谷有"题诗未有惊人句，会唤谪仙苏二来"的句子，秦观很是不满，他向苏轼抱怨："把先生喊作苏二，大似相薄。"

苏轼看着秦观，笑笑，什么也没说。

绍圣年间，在苏轼的举荐下，秦观出任黄本校勘一职，这是个很有些身份的文官了。他在京城也有了一处小院子，在汴京东华门的堆垛场。他的隔壁，是户部尚书钱穆父。这一年春上，秦观穷得连买米的钱都没有了，锅揭不开了。他妻子徐氏哀求他向钱穆父借点钱来，秦观不肯。秦观面子上接受不了。徐氏说："你不去，我就去瓦肆卖唱去。"被逼到这个份儿上，秦观也没有去找钱穆父借钱，他给钱穆父写了一首诗："三年京国鬓如丝，又见新花发故枝；日典春衣非为酒，家贫食粥已多时。"

钱穆父读了诗，让人很快送了两石米过来。然后，他低低地叹了一声。

苏轼离世后，秦观的词愈发的凄黯柔婉了。如《虞美人》："为君沈醉又何妨，只怕酒醒时候、断人肠。"让人读后掩面唏嘘。

再说蔡京。

有一点可以肯定，蔡京不是个诗人，也算不上半个词家。究其一生，也就写了二三首小诗，填过数首小词而已。后人考证，其中还多为伪作。

但蔡京是大手笔。用戏台上的话说，是大奸臣。用今天民间的话说，是大腐败分子。左说右说，离不开一个"大"字。

有一个外地来汴京的暴发户，买了一个女人做妾。那个女人自称是蔡京府上包子厨房里的人。一天，暴发户对女人说："今个做顿包子，让我享受享受太师的待遇。"女人很不好意思地说："我不会。"暴发户一下子愣住了，继而变了脸色："你既然是包子厨中人，怎么不会做包子？"女人说："在包子厨房里，我单干一件事，就是切葱丝。"

暴发户忽然觉得自己矮了下去。

早些年，蔡京在翰林院做承旨的时候，丞相是章惇。章丞相是个豪迈傲物的人，平时在府上接待宾客，不管是王公大臣，还是文人雅士，多是穿道家服装，唯独蔡京来访，他才换上朝服迎接。家人问他个中缘故，章惇沉思良久，说："鲁公不容冒犯。"

蔡京做了丞相以后，气势更加凌人，与早年相比，还多出了些霸道和冷漠。有一年，户部去皇陵祭祀的费用不够了，户部的官员去找蔡京，蔡京冷着脸不说一句话，户部的官员很尴尬。眼看祭祀的日子越来越近了，他们硬着头皮又去见蔡京，蔡京淡淡地说："不慌。"过几天，蔡京招来汴京的大盐商们，告诉他们盐税将要增加，如果他们先把积蓄拿出来买契税，将不在增加之列。没几天，户部的难题就解决了。

蔡京做得最惊鬼神的一件事，是亲手策划了元祐党人碑事件，包括司马光、苏轼等诸多北宋名臣在内的 309 人受到株连。死去的掘坟鞭尸，活着的或降职，或贬谪。一时满天腥风血雨，大宋朝的江山摇摇欲坠了。

还说二人的书法。秦观的书法代表作当为收藏在台北"故宫博物院"里的《摩诘辋川图跋》，整幅作品如枯藤绕树，又如铁锥画沙，有颜真卿之遗韵，有项羽拔山之气概。而蔡京的书法，从形质上看劲健矫捷，但其神韵却委婉飘逸，尺幅之间散发着恬淡的诗意。

书法界自古有书如其人一说，宋代此风尤盛。观秦观、蔡京书法，却恰恰与书家性情相反，这又让人弄不明白了。有时候，书法是说不清的，艺术也是说不清的。

原载《东京文学》2013年第4期

八大山人二记

陈世旭

────────

其 一

八大山人，一个王孙，一个和尚，一个疯子，一个画家，一个众说纷纭的人，一个难以确认的人，一个扑朔诡谲的传奇，一个挑战智力的难题。350年来，他留给我们的是一个极模糊又极清晰、极卑微又极伟岸的身影。

高小之前，父亲每到假日就拉扯着我去寻访地方名胜，这里有过唐朝的滕王阁和绳金塔，那里有过清朝的府学和衙门之类。我们家当时在南昌东湖，父亲最遗憾的是找不到此间在明代有过的一座将军府的哪怕最细微的一点痕迹。这遗憾并非因为对权贵的艳羡，而是因为对一位伟大艺术家的神往。那位伟大艺术家有一个古怪的名字，叫"八大山人"。他的上十辈祖先是安徽人，而我们家的祖上也在安徽。这让我对这个古怪的名字有了一种天然的亲近感。在传说中，八大山人就出生在那座府第。好在，郊外有一座道院，有后人模仿他的字画的遗迹，父亲说，等我稍长大些，就带我去寻访。

行伍出身的父亲闲时主要做四件事：练国术，作古体诗，写毛笔字，牵着我的手四处转悠。我心里很崇拜他，没想到他心里也有崇拜的人。

八大山人最早就这样进入我的世界。我也就这样永远地记住了一个永远会被人记住的古怪的名字。

第一次走进那座道院，是在30年之后。那时候，我刚刚走过下乡谋生的漫长道路，当初喜欢打拳作诗写字的父亲已是风烛残年，别说牵着我的手四处转悠了，一天的大部分时间，都在床上静卧。

我只能独自去寻找我崇拜的人崇拜的古老偶像。

青石板散落在泥土路上，花岗石桥横过长长的荷塘，远远就看见父亲说过的那座掩映在绿荫下的道院了。

白色高墙环抱着几进暗淡老屋，青砖灰瓦，门庭斑驳。郊游的红男绿女神色茫然。幽僻中但见鸟去鸟来，花落花开。

曾经的道院，已与道无关，更从来与八大山人无关。之所以发生以讹传讹的传说，也许是善意的寄托。而今这里展览着一些不知名画家的画作，其中包括几件八大山人书画的浮浅摹本。

高仿复制的《个山小像》站立在空寂的中堂。内敛的中国文化精神气贯长虹，看上去却似是柔弱。没有庞然的骨架，没有贲张的血脉，没有鼓胀的肌肉，竹笠下是一双忧郁迷离的眼睛，干枯瘦小的身子包裹在贮满寒气的长衫中，足蹬笠鞋刚刚停住蹒跚的步履。

天空晴朗。风自远方吹向远方。一个人举着不灭的灯盏，引领我走向远逝的凄风苦雨。那样的凄风苦雨吹打了他的一生，制造了数不清的哀伤和愤懑、惊恐和疲惫。树叶摇动，似乎在帮我找回当初的影子和标本以及纯粹的表情。

明亮的肃穆中，历史与现实绵绵更替。风卷起澎湃的潮汐，执着直刺云天。人生苍穹的流星，耀眼划过，长长的划痕，凝固了数百年的沧桑。

心是一处让逝者活着并为之加冕的地方。一个时代被摆上虔诚的祭坛，经受岁月的默读。

家国巨变成为贯穿这位逝者一生的无尽之痛。他在战栗和挣扎的孤恨中走过自己凄楚哀怨的人生。或避祸深山，或遁入空门，竟至在自我压抑中疯狂，自渎自谑，睥睨着一个在他看来面目全非的世界。他最终逃遁于艺术。用了数以百计的名号掩盖自己，以"八大山人"作结，并联缀如草书的"哭之笑之"。他挥笔以当歌，泼墨以当泣，在书画中找到生命激情的喷发口，进入脱出苦海的天竺国。他似乎超然世外，却对人生体察入微。他以避世姿态度过了80年的漫长岁月，把对人生的悲伤和超越，用奇绝的、自成一格的方式，给予了最为充分的传达。在他创造的怪异夸张的形象背后，既有基于现实的愤懑锋芒，又有超越时空的苍茫空灵。他的书、画、诗、跋、号、印隐晦曲折地表现出对不堪回首的故国山河的"不忘熟处"，使之在出神入化的笔墨中复归。内涵丰富，意蕴莫测，引发无穷的想象，也留下无穷的悬疑。甚至他的癫疾也给他的艺术染上了神秘诡异的独特色彩。他以豪迈沉郁的气格，简朴雄浑的笔墨，开拓中国写意画的全新面目而前无古人，获得至圣地位。作为特定历史条件下的产物，他的艺术有着跨越时空的力量，其画风远被数百年，影响至巨。300多年过去，"八大山人"这个名字广为世界所认知并且推崇。1985年，联合国教科文组织宣布"八大山人"为中国十大文化艺术名人之一，并以太空星座命名。

沿着历史的辙印，同遥远而又近在咫尺的灵魂对话。一地浅草，叮咛杂沓的脚步保持肃然。小桥流水人家不再，枯藤老树昏鸦不再，冰凉的血痕发黄的故事，在记忆的时空搁浅或者沉没。无形的火焰照彻隔世的寒骨，渐行渐远的呓语噙满泪水。翰墨中的血液和文字，潮水般倾泻。摇曳的草木，拨动飞扬的思绪。

古木参天，他也许就在树下冥想残山剩水、枯柳孤鸟、江汀野凫，挥洒旷世绝作，散与市井顽童老妪，换为果腹炊饼。

曾几何时，命运收回了锦衣玉食的繁华，雍容的胭脂顷刻褪色，苍白了面容。一个从广厦华屋走出的王孙等待的本是一场完满的落日。没有板荡时世，他就不会沦落于江湖，混迹于贩夫走卒、引车卖浆者流，也就不会平添给后世如此厚重的色彩。

太阳升起的时候，深院布满紫色的影子，一个耄耋野老被草率埋葬不知去向，生命在死亡中成为悠久的话题。

没有哪一处黄土能容纳一个旷世的天才。他的嶙峋的头颅，从云端俯瞰。在后人的仰望中，他将比他的遗骸存在得更久长，逃逸了腐朽，获得莫大的荣耀，传至深远。

经历无数跌宕的圣者在空中凝神沉思。贵胄的骨骼是他的结构，身心的磨难让他永生。他从东方古老的黑暗中站起，踏破了历史的经纬。历史有多么痛苦，他就有多么痛苦；历史有多少伤口，他就流了多少心血。

凭吊者仰面追寻远去的足迹。一切只能留给岁月去咀嚼。躺下的并不意味死亡，正如站着的并不意味活着。

一个圣者的死去，幻出生命流线炫目的光亮。一个瘦小的身影投向更大的背景，那该是一个民族艺术的精魂。

历史高筑起累累债务，压低后人的头颅，让思想湍急的河流以及所有的喧嚣在此立定。

他太显赫太巍峨，无数自命不凡的画匠只能以渺小的萤火点缀在他脚下。人们的问题只能是：有什么高度能超过这个人已经到达的高度？有什么深刻能参透这个人已经到达的深刻？世间又有什么荣华，足以换回曾经的风雨如晦无怨无悔？百孔千疮颠沛流离，跌跌撞撞疯疯癫癫，却以无比的厚重，压紧了历史的卷帙，不被野风吹散。

一边是人格的高峻，一边是艺术的隽永。岁月的不尽轮回和光阴的不停流逝，都不会让他完全死亡，他生命的大部分将躲过死神，在风中站立，在明与暗中站立，在时钟的齿轮上站立。

其 二

中国画以象形字奠定基础，传说的伏羲画卦、仓颉造字，当是书画的源头。文与画在当初并无歧异。两千多年前的战国帛画，之前的原始岩画和彩陶画，奠定了后世中国画以线为主要造型手段的基础。

两汉和魏晋南北朝时期，社会由稳定统一到分裂，变化急剧。域外文化输入，与本土文化发生撞击及融合，绘画以宗教绘画为主。山水画、花鸟画在此时萌芽，始有绘画理论和品评标准。

隋唐时期社会经济、文化高度繁荣，绘画随之全面繁荣。山水画、花鸟画已发展成熟，宗教画达到了顶峰，并出现了世俗化倾向；人物画以表现贵族生活为主，并出现了具有时代特征的人物造型。

五代两宋又进一步成熟和更加繁荣，人物画转入描绘世俗生活，宗教画渐趋衰退，山水画、花鸟画跃居画坛主流。而文人画的出现及其在后世的发展，极大地丰富了中国画的创作观念和表现方法。

自唐宋以来，画家们师古与创新的探索一直延续。元、明、清三代，水墨山水和写意花鸟得到突出发展，文人画和风俗画成为主流。明代画坛沿着元代已呈现的变化继续演变发展，文人画和风俗画蔚成风气，并形成诸多流派；山水、花鸟题材流行，人物画衰微；水墨技法不断创新，进一步丰富了笔墨表现能力；创作宗旨更强调抒写主观情趣，追求笔情墨韵。

元、明、清绘画不断有新的高峰出现，形成了宋以后的辉煌。中国画在北、南宋及元初时代，临摹、刻画人物、画禽兽楼台花木，与写实主义相近，自从学士派和文人专重写意，不尚肖物这种风气初倡于元末的倪云林和黄公望，再倡于明代的文徵明和沈周。到了清朝的"四王"更加以强调。

明末清初的社会剧变，给中国书画史带来了意外的收获，出现了一大批崇尚艺术的伟大画家及其名垂千古的伟大作品。八大山人正处在这个特殊的历史时期，他的一生，创作了数以千计的书画作品，他以大笔水墨写意画著称的绘画为中心，对于书法、诗跋、篆刻也都有极高的造诣，取得了卓越成就。他作为皇族后裔，造就了他抒发倔强的不言之意的精练纵恣的笔墨和飘逸冷峻的画风。他将真情实感融入笔墨，将强悍的个体人格直接外化于丹青，天才独运地用绘画形式表现自己痛苦人生的复杂情感，突破前人窠臼，使陷于僵局的文人画焕然鲜活，撼人心魄远胜于此前的中国画。以其卓越的实践才能、独特的艺术风格，成为中国文人画的最高峰、中国画现代化的开山鼻祖、中国美术史开创一代宗风的宗师。他在让自己的灵魂从艺术中得到安慰和解脱的同时，把中国书画艺术推到了一个空前的高度。

300多年来，八大山人的书画艺术，从以石涛为代表的一大批艺术家们的推崇开始，至清中叶，扬州八怪在学习与借鉴八大山人艺术后所形成的别样风格，构建起中国画的一个新生代的承续系列。使得这些后来者们在美术史上占有不可忽视的地位，而郑板桥"八大山人名满天下"的总结，更让后来的艺术家对八大山人及其作品顶礼膜拜。站在模糊远处的八大山人，让几百年后的大师想要做他的仆人甚至"走狗"。

齐白石在一幅画的题字中说：

青藤、雪个、大涤子之画，能横涂纵抹，余心极服之。恨不生前三百年，或为诸君磨墨理纸，诸君不纳，余于门之外饿而不去，亦快事也。

又有诗:

青藤（徐渭）雪个（八大山人）远凡胎，
缶老（吴昌硕）当年别有才。
我愿九泉为走狗，
三家门下转轮来。

八大山人书画的艺术品质穿越时空，始终是后人在艺术探索上的一盏明灯。他的大写意，严整而奔放，后人能学其一二即可有所造诣。清代的"扬州八怪"，近现代的吴昌硕、齐白石、张大千、潘天寿等巨匠，均皆如此。这种光芒四射的影响，一直延续到晚清。赵之谦、任伯年、吴昌硕、齐白石等秉承八大山人艺术思想、方法的艺术家赫然崛起。进入20世纪，齐白石、林风眠等一大批追随者，又无不各自师八大山人心、师八大山人道，在承接八大山人超越时空的艺术观念并得以开示后，各自成家，形成了另一个享誉世界的近代中国绘画群体。

中国画"画分三科"，人物、花鸟、山水，概括了宇宙和人生的三个方面：人物画所表现的是人类社会，人与人的关系；山水画所表现的是人与自然的关系，将人与自然融为一体；花鸟画则是表现大自然的各种生命，与人和谐相处。三者之合构成了宇宙的整体，相得益彰。这是由艺术升华的哲学思考，是艺术之为艺术的真谛所在。欣赏中国画，先要了解画家的胸襟意象。画家把自然万物的特色，先储于心，再形于手，不以"肖形"为佳，而以"通意"为主。一山一水、一树一石、一台一亭，皆可代表画家的意境。

中国书画艺术的伟大性，只有站在整个人类艺术史的坐标系来科学地观测时，才能清楚地认识到。八大山人的艺术世界，是一片属于人类审美智慧巅峰的绝妙风景。中国画历史中皇炎炎其巨灵者，首推八大山人，将他置诸世界艺术史，亦卓然而称伟大。对于习惯了西方审美而对中国画的理解停留于形而下的古董欣赏阶段的人，当他驻足并发现代表东方最高文化修养和艺术水准的中国画时，那种视觉的震撼和心灵的感动，那种深层智慧的领会、反思与启发，无疑是难以形容的。

八大山人襟怀浩落，慷慨啸歌，爱憎分明。他从不屈服于权势的精神，历来为人们赞赏与称颂。他饱受世态炎凉、人情冷暖，孤僻忧伤，离群索居。难以解脱的情怀无处倾诉与宣泄，只能付诸笔墨。其生命的独特悲怆在书画里任性释放，其灵魂的孤绝历程在书画中曲折传达。进入他的艺术世界，就如同走进一个超越理性思维之外的怪异世界，神奇而微妙，平凡而伟大，笔墨多变，寓意深刻，笔触中放射出极灿烂的异彩：其诗文奇奥幽涩，书法遒健秀润，绘画精妙奇特；他依靠心性的真善，揭示自然的大美，阐发艺术的本质；他传统而现代，极古而极新，他的或悲或喜的生命信号照亮了广阔的天际，受到世人由衷的崇敬。

对八大山人艺术全面而透彻的研究和思考，从根本上改变了西方人对中国画的简单化理解。20世纪以来，尤其是上世纪50年代以后，八大山人在世界范围内赢得了一片赞誉，"八大山人学"蓬勃兴起。随着时间的推移，这位艺术巨匠、画坛泰斗，日益受到世人的瞩目与推崇。海外的书画界，把八大山人与音乐之魔贝多芬、绘画之魔毕加索相提并论，称之为"东方艺术之魔"。无论这在多大程度上是一种事实，有一点是毋庸置疑的，那就是，经由八大山人以及由他所代表的中国绘画艺术所表现出的智慧的高超和优越，是无与伦比的。

我们说八大山人是一个谜，并不等于说他是不可捉摸的。"美"是一切艺术家必须遵守的终极原则。循着这样的理路，我们就完全可以廓清八大山人的人生履历与艺术行踪。

八大山人一生以主要的精力从事书画艺术，他留传于世的风格鲜明的书画作品，清晰地凸现着一位艺术天才的真正面目及其伟大灵魂。这就是为什么人们对于八大山人思想与艺术成就研究的歧见，少于其生平名号的争论。

设非其人，绝无其艺。八大山人是纯粹艺术的先行者，他几乎是完整地将自己的生命意识和人格精神注入了书画艺术，或者说，书画艺术就是他生命的本身。没有八大山人的才情、学识、际遇、功力，尤其是没有八大山人的人格，就没有八大山人强烈的艺术个性、非凡的艺术创造及其彪炳千秋的书画。八大山人的艺术世界是一个特异的审美空间，认识它需要的不只是眼睛，还有心灵的观照；八大山人精神的象征性、艺术的表现性、造型的抽象性等外在形式的后面，是一个非凡的完整的人。走近他，我们就会明白什么是社会、什么是自然、什么是艺术、什么是艺术家、什么是人类旷古永恒的追求。

"古者富贵而名磨灭，不可胜记，惟倜傥非常之人称焉。"（《报任安书》）司马迁之言，用来形容八大山人，一样适当。

因了八大山人，有人诘问：如今，技巧替代了精神，艺术家大都痴迷于"术"，而忽略了"道"，我们还能再找到一个能够为天人境界隐遁苦修的艺术家吗？还有多少现代画家能以这样的笔墨简练、画意高古、千里江山收诸寸纸、生命与天地同寿与日月争光的强健给我们以如此的震撼？有识之士慨叹"返视流辈，以艺事为名利薮，以学问为敲门砖，则不禁触目惊心，慨大道之将亡。但愿虽不能望代有巨匠，亦不致茫茫众生尽入魔道"。

诚哉斯言！

八大山人是一座不可翻越的高山。人类的灵智，一旦聚于一人之身，则他所达到的高度一定是空前绝后的，其后数百年、数十代人也难以逾越。历史上遭遇家国之不幸如八大山人者多了去了，在中国古代画家中，人生经历像八大山人这样凄惨的人也并不少见，但是不是具备把它外化为生命本体悲剧的色彩和线条的能力，就是另一个问题了。

"学者如牛毛，成者如麟角。"（《北史·文苑传序》）美术史上只能出现一个八大山人！

"烟涛微茫信难求。"（李白《梦游天姥吟留别》）伟大艺术和伟大艺术家产生的道路是多么渺茫，因而是多么珍贵。

长期以来，人们之所以如此艰难却又不弃不舍地追寻这位伟大艺术家飘忽孤绝的踪影，我相信是在物欲横流、人格沦丧的时世中，想要呼唤：

八大山人，魂兮归来！

"八大山人"是个说不完的话题。

八大山人早已死了。八大山人会一直活着。

原载《上海文学》2013年第9期

黑衣僧远去

——走近肖斯塔科维奇

肖复兴

———

一

捷杰耶夫又来了。他已经走马灯似的来北京四次。这一次来京的两场音乐会，他带来的是久违的肖斯塔科维奇（D. Shostakovich，1906—1975）。这是我很期待的。

说是久违，因为以前对于我们中国人而言，听的、知道的更多是民族乐派，特别是柴可夫斯基，老柴以后，则是拉赫玛尼诺夫和斯特拉文斯基。关于肖斯塔科维奇的专场音乐会，是比较少的。

对于肖斯塔科维奇，以前，我曾经有过误解。因为他的《第七交响曲》太有名了，只要一提起肖斯塔科维奇，准要说他的这个"第七"，说在德国战火包围之中的列宁格勒，只剩下1名指挥和15名乐手，仍然坚持演奏这支"第七"，极大地鼓舞了苏联人民反法西斯的士气，从而造成全世界的影响。这样的演出，确实别具色彩，使得这支"第七"不同凡响。所以，"第七"又叫作《列宁格勒交响曲》，被称之为"战争的史诗"。肖斯塔科维奇和他的"第七"，都被演绎成了传奇。

对于所谓音乐的史诗，我一向都抱有警惕，因为我会觉得它们延续的是贝多芬、瓦格纳的一套旧数，走的是宏大叙事的老路，音响效果多为轰轰烈烈，属于德彪西所批评的那种辉煌的"过去的尘土"。

两年前，我到美国小住，闲来无事，在图书馆里借来一套肖氏的弦乐四重奏的CD，共15首，拿回来一听，和我想象的肖氏不同，音乐极其丰富，旋律富有感情，非常打动我，并非宏大叙事。遂对他刮目相看，一下子燃起我对他的兴趣，又借来他的好几盘交响曲，包括"第七"，仔细听了后，方才发现自己的浅陋，也知道这个世界上充满了多少误解和隔膜。

坐在国家大剧院的音乐厅里，等待捷杰耶夫出场。这是我第一次在音乐厅里听肖氏。

我一直以为指挥家为音乐会选曲，最见其思想与艺术的造诣。每一次来北京，捷杰耶夫的选曲都不一样，都见独到的功力。有意思的是，这一次，他没有选肖氏最著名的第七《列宁格勒交响曲》，而是选择了肖氏的其他四部交响曲和两部钢琴协奏曲。其中四部交响曲，"第一"是肖氏18岁的作品，演绎着青春的心情，"第八"和"第九"是肖氏中期作品，也是当时备受批判和打击的作品，"第十五"是肖氏最后一部交响曲，这部交响曲之后4年，他便去世了。两个晚上，捷杰耶夫和马林斯基交响乐团，几乎带我走遍了肖氏坎坷的一生。这是一次难得的音乐会，特别是对我这样对肖氏音乐不甚了解的人来说，是最生动的补课。

两场音乐会，第二场来的人更多些，心里不禁暗想，北京的乐迷还是有水平的。最值得一听的，是"第八"和"第九"。相比刚刚听完不久的日本NHK交响乐团演奏成犹如穿着和服木屐而四平八稳的老柴，马林斯基乐团在捷杰耶夫的指挥下，更多起伏跌宕的层次和情感，整个乐队配合得风来雨从一般浑为一体，特别是弦乐中管乐的加入，或两者相反次第的加入，那样的熨帖，不着痕迹，缝若天衣，又水乳交融，风生水起。

当然，除了捷杰耶夫的指挥，还要感谢肖氏音乐本身的非凡功力。虽然，肖氏崇拜马勒，但比起马勒来更具现代性，特别是其配器，还有短笛、小号、单簧管突兀尖锐声音的横空出世，实在具有石破天惊的感觉。它让我听到的，更多是发自身心无以言说的痛苦，而不仅仅是司空见惯的那种表面的欢乐与悲伤。同他的前辈柴可夫斯基相比，更少了泪眼汪汪手帕浸湿的那种几乎滥情的感伤。

我尤其感动于"第八"，这是两天音乐会的压轴。第一乐章的弦乐，就让我震撼，那种揪动心弦的悲戚，不是揪着你的衣襟，执手相看泪眼的陈情诉说，而是天河捧土尚可塞，大风雨雪恨难裁，那般的深切，随着浪一样一阵阵涌过来的音乐，层层叠叠地压在心头，拂拭不去。最后，英国管的独白，其实也是肖氏自己的独白，无字诗一样摇曳，直至曲终天青，唯留下半江瑟瑟半江红。

第二乐章突兀出现的短笛，听得真让人惊心动魄，仿佛一道划过来的闪电，将你的心魂瞬间掠去。

第三乐章，长号和大提琴，木管和小提琴，还有小号、巴松和定音鼓，包括三角铁的撞击，此起彼伏，汇聚成的音响，撩人，又令人目不暇接。

第四乐章中那十一段的变奏，是我最期待的。弦乐，圆号、短笛、长笛，到最后单簧管的呻吟，此起彼伏，气息绵长不断。肖氏实在是太有才了，将各种乐器信手拈来于股掌之间，让它们各显其能，各尽其长，又彼此呼应，同气相投，相互辉映，交织成一天云锦霞光。

最后乐章，与"第十五"相似，也是在往返反复几次的铜管鼓钹之后渐渐地弱音收尾，所不同的是此前有一段大提琴如怨如慕吟唱般的倾诉，真的让人柔肠寸断，让人感到只有音乐才会拥有如此的穿透力，让你感受到来自心灵的痛苦，不是悲伤，不是眼泪，无法诉说时，呼天无门时，还有音乐可以帮助我们救赎。

想起当年斯大林时代对"第八"的批判，扣上的帽子是"反苏维埃和反革命的音乐"。在那个黑暗的年代，这顶帽子足以置人于死地。其原因便是在辉煌的"第七"之后，肖氏没有顺风扶摇而上作弄臣状，继续写"第七"这样庆功晚会上的作品。那么，肖氏为什么没有进一步唱响反法西斯胜利中对斯大林的赞歌，最好是出现颂歌式的独唱和大合唱，相反却要这样悲悲戚戚，最后非要选择渐渐消失的弱音，而不是以胜利的锣鼓一般的高潮结尾？当时，批判的一条理由便是"悲戚"，说肖氏"悲悲戚戚地站在了法西斯一边"。

音乐，在强权面前就是这样被肆意肢解和误读。曾经有人——至今在此次捷杰耶夫带来马林斯基交响乐团演出前的宣传，也是这样说，将肖氏的"第七""第八"和"第九"说成是"战争三部曲"。记得晚年的肖氏非常反感这种说法，他说："一切都归咎于战争，好像人们在战争期间才遭受折磨和杀害。"在谈到"第七"和"第八"时，他认为都属于自己的"安魂曲"。

这里牵扯到时代、政治和艺术之间的关系问题，但是，好多音乐总是可以超越时代和政治的，正如肖氏的交响乐，纵使我们对肖氏和他生存的那个时代一无所知，也并不妨碍我们欣赏他的音乐。我们会非常清晰地听出那里流淌出来的绝对不是欢乐和喜庆，而是痛苦和悲伤。我们可以非常明确地从中听出痛苦的深沉无比和无处不在。相比较而言，欢乐是一时的或者是暂时的，而痛苦和悲伤，特别是在黑暗的年代里，才会是长久的。肖氏的前辈屠格涅夫早就说过，"人生的痛苦多于欢乐，只有将一个个痛苦的花环编织一起，才可能编成了一个花环"。这是俄罗斯知识分子对人生与艺术认知由来已久的传统。这种人类共有的痛苦超越时空，是来自心灵的，而不是来自观念的。好的音乐总是能够从心灵到心灵，让我们共鸣，让我们在音乐中相逢。

二

为什么肖斯塔科维奇把人们一直认为的反法西斯战歌与史诗的"第七"，说成是自己的"安魂曲"？这是一个非常有意思的话题。也就是说，尽管"第七"有强烈的音响效果，但那并不是冒着敌人炮火的反抗的勇气和士气，而是另含机锋。那么，这另含的机锋是什么？

音乐不同于文字和绘画，它诉诸的是听觉，反馈的是心灵，看不见、摸不着，其多义性和歧义性从来就存在。同样一首乐曲，不同人听有不同的反应和感受，更是普遍存在的现象。问题是，作曲家自己在音乐中倾注的感情到底是什么？是不是和我们的主观想法与传统固定的史论相违背？这是值得探讨的。如果完全是背道而驰，而且介入了非艺术政治化的因素，则应该进行反思的是我们。因为是我们的主观意图强行嫁接在了作曲家的音乐上面，人家作曲家本意要在这棵树上结苹果的，我们非要人家结出西红柿来。

当年，小托尔斯泰曾经专门撰写文章，高度赞扬"第七"的战争史诗意义。小托尔斯泰是不是奉命而写，我不太清楚，但我知道为写这篇文章，他请来好几位音乐学家到他的别墅，为他讲解他并不怎么懂的音乐初级知识。小托尔斯泰的这篇文章为"第七"定型与定性起到了重要的作用，猜想应该和我们那个时期姚文元或梁效的文章一样一言九鼎吧。

肖氏对小托尔斯泰非常不以为然。对于那个时代的作家，肖氏有自己的好恶，他欣赏的是左琴科和阿赫玛托娃。他最讨厌的是表里不一极尽谄媚之态的马雅可夫斯基，他斥之为"忠心耿耿伺候斯大林的走卒",他认为马雅可夫斯基的最高道德标准是"权力"。因此,还在肖氏年轻的时候,在音乐厅的排练现场,第一次见到趾高气扬的马雅可夫斯基向自己伸出两个手指,他只伸出一个手指头回敬了这位当时正在沿着拍马奉迎的阶梯顺利往上爬的阶梯诗人。

这个小小的细节,很能说明肖氏的性格。他不是那种拍案而起、怒发冲冠的激愤之士,他自己说:"我不是好斗的人。"但他的心里有一本明细账,好恶明显,忠实于自己的内心感受与良心底线。对待音乐,则越发体现了这样一点,甚至更突兀了这样的一点。尽管当时,他也曾经为斯大林亲手抓的《攻克柏林》《难忘的1919》等多部电影配乐,并因此而多次获得过斯大林奖金。如此的名利双收,也让他颇受舆论的非议。他自己心里很清醒,他把这一类作品称之为"不体面的作品"。但他又拉出契诃夫替自己辩解:"契诃夫常说,除了揭发信,他什么都写,我和他的看法一样。我的观点很非贵族化。"

这非常体现了肖氏的性格的双面性,在强权下,他的软弱与抗争曲折的心理谱线。晚年的肖氏对此自省,在谈到他的老师格拉祖诺夫和他自己同样具有的软弱时,他说:"这是俄罗斯知识分子的通病,所有我们这些人的通病。"其实,这也可以说是世界上大多数知识分子特别是中国知识分子的通病。同时,他格外钦佩同处于那个时代的女钢琴家尤金娜,斯大林听了她演奏莫扎特的钢琴协奏曲后,派人送给她两万卢布,她给斯大林写了一封信:"谢谢你,我将日夜为你祈祷,求主原谅你在人民共和国面前犯下的大罪,主是仁慈的,他一定会原谅你。我把钱给了我所参加的教会。"

肖氏是把这些电影配乐当成自己在残酷现实生存的妥协手段,是把这些创作当成小品看待的。他宁愿牺牲它们,而保存自己最看重最珍惜最投入的,那便是他的交响乐。在世界范围内的音乐家,肖氏的交响乐,无论质量还是数量都是极其厚重的。因此,对待几乎众口一词的

"第七"几乎是盖棺定论的评价，他是非常在意的，他不满对"第七"的误读，无论是官方还是民间，他几乎都难以容忍。这一点充分体现了他性格中刚性的一面。按一般人的逻辑说，特别是像肖氏战前就受到《真理报》的点名批判，说他的音乐是"混乱的""形式主义的"，几乎判定了"死刑"。战争救赎了他，阴差阳错让"第七"成为他自己命运的转折。很多人会高兴不迭地顺竿往上爬呢，他自己却坚决不要这样的不实之誉。他说："'第七'成了我最受欢迎的作品，但是，我感到悲哀的是人们并非都理解它所表达的是什么。"

晚年，他更为明确地说："'第七'是战前设计的，所以，完全不能视为在希特勒进攻下的有感而发。"这样无可辩驳的话，对于认为"第七"是反法西斯的史诗，无疑是最有力的拨乱反正。

肖氏又说："侵犯的主题与希特勒的进攻无关。我在创作这个主题时，想到的是人类的另一些敌人。"那么，这另一些的敌人指的是谁？这个主题是什么？他说，希特勒是罪犯，斯大林也是，他对那些战前田园诗的回忆很反感，他始终对那些"被折磨、被枪决或饿死的人感到痛苦"。他说："等待枪决是一个折磨我一辈子的主题。"或许，今天听肖氏这样说，觉得有些危言耸听，但看到肖氏举出的一个事例——三百多名盲歌手参加官方组织的一次民歌歌手大会，只是因为没有唱斯大林的颂歌，而唱的是旧民歌，因此三百多名盲歌手全部被杀。我们就会明白残酷的现实，其实更惊心动魄。

所以，肖氏直言不讳："说'第七'的终曲是凯歌式的终曲，是荒唐话。"

所以，肖氏义正词严说："我的交响曲多数是墓碑。"

在具体谈到"第七"的音乐创作动机时，肖氏更是毫不留情地推翻了很多人听了"第七"之后自以为是的政治共鸣，他说："我是被大卫的《诗篇》深深打动而开始写'第七'交响曲。这首交响曲还表达了其他内容，但是《诗篇》是推动力。我开始写了，大卫对血有一些很精辟的议论，说上帝要为血而报仇，上帝没有忘记受害者的呼声。"这便越发明确了"第七"的音乐属性和政治属性，和法西斯并无关联，而是对斯大林高压统治下的那个残酷年代吟唱出的愤怒的哀曲。

重新来听"第七"，最好是听完"第七""第八"和"第十四""第十五"之后，再来听"第七"，会有多少人听出一些"安魂曲"的味道呢？此次捷杰耶夫率领马林斯基乐团来北京国家大剧院的演出，大剧院的节目单以及所有媒体的报道，延续的依旧是过去的宣传内容，而将肖氏自己真实的心情和言说，轻而易举地删去或遮蔽，将一阕融有血泪的沉重乐曲化为风花雪月和附庸风雅之作。

"安魂曲"，是安慰那些被害的人和自己的灵魂，而不是为领袖量身定做的赞美诗，哪怕是有意或曲意而制作的皇帝的新衣。肖氏曾经说过一句很有意思的话："交响乐很少是为订货而写的。"这话对于今天依然有意义，因为我们不仅是交响乐，还有很多艺术作品是津津乐道地为订货而写，无论这订货渠道来自权力还是来自资本。总之，在乐此不疲。

三

在所有俄罗斯作家中，肖氏最喜欢的是契诃夫。他把契诃夫所有的小说和剧本，连同契诃夫的笔记本和书信都读了又读。他认为"契诃夫是位非常富有音乐感的作家"。作家还有无"音乐感"之说，这是我第一次听说。音乐家和作家，总是能够从彼此的身上看到自己的影子，相互汲取营养。

肖氏晚年一直想把契诃夫的小说《黑衣僧》改编成一部歌剧。他不止一次感怀深切地说："我一定要写歌剧《黑衣僧》。可以说，这个题材摩擦着我结满老茧的灵魂。"特别是他所说的这个"结满老茧的灵魂"，可以想见《黑衣僧》对于晚年的肖氏的重要性，所产生的痛苦性，以及深刻的自省。可惜的是，肖氏临终前未能完成这部歌剧。这也成了一个肖氏之谜。

《黑衣僧》（汝龙翻译为《黑修士》，似乎不如《黑衣僧》好，黑修士可以理解为修士的肤色黑，缺少了黑衣的特指，而在小说里这位僧人来无影去无踪的幻影，黑衣飘飘无疑是平添许多气氛的），是契诃夫1873年写作的一部中篇小说。内容写一位叫柯甫陵的心理学硕士，到一位农艺学家乡间的园子里做客。在黑麦田里，忽然遇见了他曾经梦里见过的1000年前的黑衣僧。同时，他爱上了农艺学家的女儿达尼雅，并顺利和她结婚住回城里。婚后柯甫陵却因见到黑衣僧而疯了，不久和达尼雅离婚。达尼雅返回乡间，迎接她的却是父亡园毁，气急之下给柯甫陵写了一封谴责和诅咒他的信。此时，柯甫陵正在大他两岁的女友照顾陪伴下到南方养病的途中，住在一家旅馆里。看到并撕碎这封信后，柯甫陵倒地身亡，临死前想叫女友的名字救自己，呼喊出的却是达尼雅的名字。

可以看出，这部小说的情节并不复杂，但因为出现黑衣僧这样一个虚幻的角色，使得这部被爱情包裹的小说旨意远远超乎爱情，使得小说不完全属于写实，而增添了魔幻色彩。在谈论这部篇幅不太长的中篇小说时，契诃夫说这是一部"医学作品"，描写的是一个"患自大狂的青年人"。面对评论家蜂起的诸多评论，比如说主人公的崇高志向和现实的矛盾等，契诃夫表示：评论家们没有看懂他的小说。

那么，肖氏看懂了契诃夫的小说了吗？他执着地想将小说改编成歌剧，要表达的是什么样的情感和思想？能够和契诃夫相契合吗？还是要借契诃夫浇自己胸中的块垒？

如今，因为没有《黑衣僧》这部歌剧诞生，已经无法弄清楚肖氏的真实意图了。但是，我还是非常感兴趣，企图触摸到肖氏与契诃夫之间微妙的心理轨迹，以及音乐和文学之间的交织、交融和互为营养、互为镜像的蛛丝马迹。很多音乐家都曾经做过这样的工作，比如德彪西就曾经将梅特林克的《佩里亚斯和梅丽桑德》改编为歌剧，理查·施特劳斯曾经把塞万提斯的小说《堂·吉诃德》改编为管弦乐。文学从来都是音乐最好的朋友。肖氏一生，除了为他的学生弗莱施曼（过早战死在二战战场上）根据契诃夫的小说《罗特希尔德的小提琴》改编的歌剧写过配器之外，没有写过一部或一支关于契诃夫的音乐作品，成为遗憾。

做这样力不从心的工作，我想从这样两方面入手：一是小说中黑衣僧的形象以及对柯甫陵的影响，也就是说，为什么黑衣僧导致柯甫陵最后疯掉。

小说中，黑衣僧主要出现了这样几次：第一次，是柯甫陵清早刚刚想起关于黑衣僧的传说，晚上便在黑麦田里遇见了黑衣僧，但仅仅照了一面，对他点点头，向他亲切而狡猾地笑笑，就脚不沾地如烟一般飞似的闪去。这一次黑衣僧的出现，带有神秘感，也带有喜悦感，就是这一次黑衣僧飘然而去之后，柯甫陵向达尼雅示爱。

第二次，还是夜间，黑衣僧出现在园林旁的一棵松树后面。这一次，黑衣僧和柯甫陵交谈，谈的是关于人的永生和真理的永恒的话题。对柯甫陵影响至深的，是黑衣僧对他说的这样的话："你的全部的生活，都带着神的、天堂的烙印，你把它们献给合理而美好的事业。"以及"疯了是先知与诗人，健康是庸庸碌碌的凡夫俗子"的议论。这是黑衣僧最重要的一次出现，因为这一次黑衣僧的高谈阔论，直接影响柯甫陵命运的发展，即日后的疯，以及最后的死。

第三次，婚后的一天半夜，黑衣僧坐在为思想而蒙难的柯甫陵房间的圈椅上，继续和柯甫陵交谈。这一次，谈论的中心是幸福。醒来的达尼雅，看见柯甫陵在和一个空圈椅说话，发现他病了，疯了，开始带他看病。疯时幸福，健康却是庸庸碌碌，是上一次柯甫陵与黑衣僧见面谈话的延续和深入，是小说情节与哲学理念的互文和反照。

二是肖氏特别强调的契诃夫小说中出现的关于葡萄牙作曲家勃拉加（1834—1924）的那首有名的《少女的祈祷》。肖氏自己说，他每次听到这支乐曲的时候，都会热泪盈眶。他设想："《少女的祈祷》一定也感动了契诃夫。否则他不会那样描写它，那样深邃地描写它。"

在小说中，关于这支《少女的祈祷》，契诃夫描写过两次。一次在开头，黑衣僧第一次出现在小说里之前，傍晚，一些客人来达尼雅家做客，和达尼雅唱起了这支小夜曲，其中，达尼雅唱女高音。就是在这支曲子唱完之后，柯甫陵挽着达尼雅走到阳台上，对她讲起了黑衣僧的传说。然后，这天夜里，他便在黑麦田里遇见了黑衣僧。《少女的祈祷》和黑衣僧，就这样奇妙却有机地联系在了一起。也就是说，黑衣僧有了音乐的形象。

另一次，在小说的结尾。柯甫陵看完达尼雅那封诅咒的信后，撕碎信扔到窗外，信的碎片被风又吹回，落在窗台上。他走出房间，来到阳台上，忽然听见阳台下面一层有人在唱这支他非常熟悉的《少女的祈祷》。他觉得这支歌很神秘，是天神的和声，凡人听不懂，自己却忽然感到了早已忘却的欢乐。黑衣僧这一音乐形象，具有神秘的特质，而且和世俗与理想的欢乐相关。

这样的梳理，或许可以让我们多少接近一点肖氏对契诃夫这部小说钟情的原因和创作走向的思路。在我看来，第一方面，即黑衣僧的形象，透视了肖氏的思想。在专权统治的现实面前，对于肖氏音乐的误读，曾经是肖氏特别大的痛苦，他曾经说借助于文字来演绎自己的音乐，也许是不得已的法子。借助于契诃夫和契诃夫的黑衣僧这个完全虚幻的影子，来勾勒面对现实与真实却不能又不敢言说的思想和情境，便是肖氏选择黑衣僧的最好的最曲折的表达。在黑衣僧的对比下，让柯甫陵疯，让柯甫陵死，便具有极其残酷的悲剧性，是延续着肖氏自"第四"之后的交响曲特别是晚年创作一样的脉络，呼应着一样悲天悯人的回声。同时，小说最后让达尼雅和她的父亲曾经那么美丽的园林毁掉，便和契诃夫的《樱桃园》里的樱桃园一样，具有了象征的意象。为思想而蒙难，疯；庸庸碌碌地活，健康。健康，凡夫俗子；疯了，乃至最后死了，幸福。如此充满悖论的反差与反讽，是只有经历过那种残酷的高压政治的年代，才会体味得到的。这便是经过自省之后晚年的肖氏要表达的最痛苦的内心和最深沉的音乐。

肖氏自己透露过一点这样的信息。他说："我有一部作品以契诃夫的题材为基础，就是'第十五'交响曲。这不是《黑衣僧》的草稿，而是一个主题的变奏曲。'第十五'有许多地方与《黑衣僧》有关系。"在这部"第十五"交响曲中，即使我们找不到一点黑衣僧的影子，但总能够听得到一点自省和痛苦。那是属于契诃夫的，属于黑衣僧的，也是属于肖氏的。

我所说的第二方面，即《少女的祈祷》，关系着肖氏创作这部歌剧的音乐形象和旋律的基础乃至整部歌剧的走向。在谈这支乐曲的时候，契诃夫说它"有点神秘，充满优美的浪漫主义色彩"。肖氏说："我一定要在这部歌剧中用它。"他说自己边听这首歌边在脑海里清晰地映出了这部歌剧的样子。我猜想，一定是以这样的优美浪漫，映衬那几乎逼人致疯的痛苦；用这样的神秘深邃，映衬那黑衣僧的飘忽和肖氏内心的向往。

可惜，我们无法看到这部歌剧。我们只能从肖氏的"第十五"交响曲中隐约触摸一点影子，就像隐约看见消逝在黑麦田中的幻影黑衣僧一样。

黑衣僧远去。

肖斯塔科维奇远去。

原载《上海文学》2013年第5期

爱你，恨你，想你

李　舫

　　在岁月的年轮中，一年是一个太小的单位，很多事情可以被忽视，很多成长可以被忘记。可是，如果把我们生活的围城圈筑在电影这个世界，你会发现，生命的韧性恰恰在于不知不觉的生长，你会发现，在每一道年轮中，都有很多可圈可点的记忆，有很多不能遗漏的传奇。

　　说说2011年吧，一个普通又不普通的年轮在向未知和未来伸出触角。

　　在今天，我们还望得见这一年不远的背影，不用做太多的思考，我们就可以列出一份长长的名单：英国的《锅匠，裁缝，士兵，间谍》、法国的《杀戮》、比利时的《单车少年》、伊朗的《一次别离》、韩国的《熔炉》、巴西的《精英部队2：大敌当前》、美国的《点球成金》……可是，很多时候，我都在想，这一年，假如没有了《吾栖之肤》，那该是多么寂寞；这一年，假如没有了阿莫多瓦，那该少了多少故事。

　　阿莫多瓦，1951年9月24日出生于西班牙卡拉特拉瓦省卡尔泽达。这个贫穷的小村庄，使得阿莫多瓦很早就对真实世界及宗教价值产生疑惑与失望。当然，在他一系列作品中，我们看得到《烈女传》（1980）、《破碎的拥抱》（1982）、《斗牛士》（1986）、《欲望的法则》（1987）、《崩溃边缘的女人》（1988）、《捆着我，绑着我》（1989）、《高跟鞋》（1991）、《窗边的玫瑰》（1995）、《颤抖的欲望》（1997）、《我的母亲》（1999）、《对她说》（2002）、《不良教育》（2004）、《回归》（2006）……这是一串长长的名单，让我想起海德格尔说过的那句饶有趣味的话："人应该诗意地栖居在大地上。"

如果在欧洲的电影世界里，找到一位与昆汀·塔伦蒂诺一样对血腥和暴力具有特殊情感的导演，我以为，无出西班牙导演佩德罗·阿莫多瓦其右。如果在欧洲的电影世界里，找到一位用鲜艳的色彩表达后现代欲望和审美的导演，我以为，无出西班牙导演佩德罗·阿莫多瓦其右。如果在欧洲的电影世界里，找到一位以智慧完成充满刺激惊悚的狩猎游戏的导演，我以为，无出西班牙导演佩德罗·阿莫多瓦其右。

吾栖之肤，我居住的皮肤。

第一次，在悬崖绝壁一般的银幕面前，我感到了透骨的绝望。

从没有一部影片，让我回放数次也不厌倦。有这样一种奇妙的感觉，看阿莫多瓦的电影，就像看马蒂斯的绘画，浓烈明亮热烈的色彩背后，充斥着野兽一样的激情；每每看到罗伯特·莱杰德那压抑的绝望，我都会想到爱德华·蒙克那幅著名的《呐喊》，想到梵高画笔下的雷阿米疯人院、努能的公墓教堂、蒙马特山丘、塞纳河畔的餐馆、安格罗瓦桥以及因他而闻名后世的阿罗的黄房子——艺术家永远是人类精神的先知和代言，他们用他们的作品将一些我们熟视无睹的东西变成了现代人心中的象征性风景。马蒂斯、蒙克和梵高的悲喜剧是人类的悲喜剧，他们对生活阴冷一面和精神虚无的强调，恰是我们在自身的旋涡中的挣扎。

也许，没有人注意到，阿莫多瓦1989年拍摄的影片《捆着我，绑着我》的片头，曾经出现过一个留着爆炸头的男人，那是让人永生难忘的日子，他一闪而过却令我印象深刻，那桀骜不驯的怒发冲冠如同我少年心事的无言信使。很多年以后，我才知道，这个爆炸头，就是这部电影的导演——西班牙天才阿莫多瓦。那一年，他38岁，一头黑发卷曲，张扬，冷峻。

22年过去了，时间的大书翻到2011，阿莫多瓦的爆炸头已有了斑驳的白发。在这样的年纪，他拿出生平第一部惊悚片《吾栖之肤》，着实让很多人吃惊。如果说美国导演昆汀·塔伦蒂诺的电影是无限张扬的黑色美学的典范，毫无疑问，法国导演佩德罗·阿莫多瓦的电影则定义了另一种风格——平静低调的复仇、不动声色的冷漠、退隐幕后的暴力、爱恨纠结的情欲，在严肃而大胆的叙事表壳的下面，阿莫多瓦继续他最喜欢的话题——欲望、暴力、宗教，复杂的关系、冷静的克制，在琐碎的线索中逐一呈现。

《吾栖之肤》改编自法国小说家Thierry Jonquet的《狼蛛》，阿莫多瓦按照自己的风格对其进行了大量改编，这种改编让熟悉他的观众在影片中看到了熟悉的阿莫多瓦主题——身份的认知、角色的焦虑、心灵的背叛、性别的错位，用惊世骇俗的情节来推进那个他已经让我们熟悉得不能再熟悉的故事。

故事的背景是西班牙郊外一座华丽的别墅，这是外科整容医生罗伯特·莱杰德的家兼私人诊所，他和忠心老仆人、也是他母亲的玛丽莉娅居住于此。在过去的12年里，他的妻子与同母异父的弟弟由一见钟情到相携私奔，在一次交通事故中被烧伤，毁容之后选择了自杀，不久，他的女儿从母亲自杀的窗口跳楼而亡。

一桩桩人间惨剧彻底颠覆了罗伯特看似完美的生活，同时也将他的事业与研究推向了完全未知的领域。失妻丧女之痛让他痛不欲生，他萌生了一个念头，于是，就在这座别墅的某个神秘房间内，一个匪夷所思的实验拉开了帷幕。

影片中，班德拉斯饰演的外科医生为了纪念被烧伤后跳楼自杀的妻子，发明了一种可以帮助抵御任何攻击的"防护盾"——用猪的血清提炼的人造皮肤，并开始在真人身上进行实验。这个真人却是班德拉斯绑架来的青年男子文森特——自己的女儿无法经受母亲的自杀而患上了社交恐惧症，刚刚有所好转却在酒会上被一个青年男子强奸，因接踵而至的不幸疯癫的女儿离开人世，班德拉斯绑来强奸女儿的男子，将其囚禁起来，作为实验对象，开始了自己的复仇之旅。

然而具有讽刺意味的是，6年之后，这个男子变性为漂亮的女子薇拉，不仅拥有了最为完美的皮肤和精致的面容，更赢得了班德拉斯的信任和爱恋，在情欲交融后，班德拉斯被其杀死，薇拉终于回到自己母亲家中。

阿莫多瓦用复杂的人物关系编织了这样一个畸形的世界，每个人的心中都酝酿着风暴，巧妙的倒叙手法一步步将他所想展现的故事慢慢托出。当班德拉斯为绑架来的青年男子剃须刮胡时，我们才如梦惊醒：原来影片中那美丽动人、皮肤晶莹剔透的女主角就是这个可悲的强奸犯、变性人。同时，一次次突破道德底线、一步步冲突紧锣密鼓，让影片中的恐怖、紧张的氛围也从未消失，青年男子如动物般趴在地上喝水、手术刀割破喉咙的刹那、烧伤后的妻子跳楼后坠在女儿面前、小老虎与薇拉的爱欲纠缠……这种略带变态与疯狂的痛苦随着故事的发展在片中逐步蔓延开来。不能不提的是，西班牙音乐家伊格雷西亚斯为影片创作的配乐如同天籁，悠扬却略带忧伤的音乐，将冷酷而华美的杀戮演绎得美轮美奂。

《吾栖之肤》还有一个动听的中文译名《我那华丽的肌肤》，可是，相比之下，我更喜欢前者，它有着与阿莫多瓦相符的气质和感觉：命运和身份戏剧化的突变、不落俗套的性爱镜头、有着喜剧间离感的台词。

毫无疑问，阿莫多瓦试图展现的不是线形的叙事，而是立体交织的铺陈，整部影片就像一个有着华丽巴洛克风情的狩猎游戏，有趣，刺激，惊悚。它让我想起海德格尔曾经感慨的论断——人类的生存必须从属于大地、依赖于大地的情感。人类要接受大地的恩典，保护大地处处固有的秘密，这就是人类生存的诗意所在，也是人类与大地关系的诗意所在，更是人类未来命运的诗意所在。

阿莫多瓦，这些年几乎是好看的艺术片的代名词。古希腊神庙上有句刻了2000多年的朴素简单的话语："认识你自己。"阿莫多瓦想告诉我们的是，这是一个悖论。他是个同性恋，成长于贫寒的西班牙底层社会，很早就丧失了对真善美和人间真情以及上帝的信仰，他更相信人的欲望，相信"性""鲜血""暴力"才是驱动人类行为的源泉。他的影片几乎都色彩浓郁艳丽，充斥着西班牙式的激情和放纵，那是人类原始的欲望和冲动。

记得有一首歌，不知是谁唱过，歌词忧伤、缠绵："这座伤心城市，灯火依然迷离，你已不在附近，无声地离去。每一个夜里，思念依旧继续，遗憾留给回忆，忍受爱的孤寂。你在我的心里，留下多少谜题，这一场结束，我始料未及。等雨过天晴，爱似浓雾散去，我爱你恨你却想你。"

这就是阿莫多瓦给我们讲述的世界和世界中的情爱法则——爱你，恨你，想你。

原载《国家人文地理》2013年第5期

歌手和游击队员一样

张承志

————

和许多同龄人一样，我的往昔岁月也点缀着一串歌。

但不同的是，在我的音乐履历上，先是染上了异族胡语的歌曲底色，然后又添上了与一些职业歌手结交的故事。甚至在想入非非之际，独自阑入白虎堂，幻想过自己也写词谱曲怀抱吉他，陷入激烈宣泄的深渊。

一

至今时而被一股异样的情绪攫住，控制不住作歌的冲动。《恋阙与胡琴》《*Alder-tai urō*》（有名的小马），都是这种冲动的注脚。

记得还是在1985年到1988年之间，有一阵我不知怎么，陷入对作出一段蒙古歌的痴迷之中，似乎是想把玛拉沁夫《茫茫的草原》里的一段词改写成蒙语并且谱上曲。这件事悄悄地、在心在意地做了。有时在聚会上我唱过它，还用第一届全国短篇小说奖的奖金买的砖头录音机把它录下来，直到后来兴趣转移。

注意的焦点转移了，可其中的两句词一直没有忘：

Tanei hamharsen tergen-nemör
你那散了架的勒勒车的辙印
Tanei noqogasen aragal-in utā
你那点燃干牛粪的青烟

　　当然，如今我觉得人对歌的迷恋心理，不过是人性必需的渴求。我很快就不再做歌手梦，也不再对自己的"歌作"当回事了。但1984年我从日本带着吉他和全套的备用弦、调音叉、变调卡圈，甚至修理吉他的扳手回国时，由于异国体验更加强化了的蒙古草原的底层经历，不仅成了对文学，也成了对歌曲与歌手的感觉依据。

二

　　对20世纪日本的"民谣之神"（フォークの神様）冈林信康，我已经写了很多。甚至在我对日本的勾勒兼别辞的《敬重与惜别》一书中，他占了其中艺术的一章。

　　他是我结识过的著名职业歌手。不用说，对于刚刚从乌珠穆沁和北京大学毕业、渴望着世界知识与真正启蒙的1983年的我，冈林信康提供了比流行的欧美小说重要得多的艺术开眼。

　　后来我们成了密切交往的朋友，我去他的录音棚听半成品的制作，他来我寄居的板屋为我女儿唱歌。我渐渐熟悉了他的每一首歌，也渐渐懂得了他的每一点心思。必须牢记，那些与歌王共度的愉快时光无比珍贵，它不仅显示了一个艺术家素质中待人的好意，更反映了一个民族拥有的文化的善良。

　　他有若举例都会为难的、那么多的轰动曲。我在不同时期或者不同心境下，常久久倾听或身心投入地唱其中的某一些。不过，自从二十多年前他执着地向日本传统小调号子寻求出路以后，我似有觉察，侧耳倾听，逐渐发现了某种不易归纳也不便明说的信息。

这依然是一种东亚民族的底气不足。比起维吾尔等音乐民族，说到底，诸如中国日本的文化中，本质里缺乏音乐。他们的日常生活并非离不开歌曲——哪怕如今在电视上乔装打扮夜夜笙歌。他们的音乐代表人物在面对世界上狂轰滥炸般的音乐消费和生产时，显露出犹豫和胆怯。

而歌曲更重要的使命，是唱出生活的感受，是抗议不平的秩序——这永远是一面挂在歌手眼前的镜子，它如炯炯注视的眼睛，使得意的人无法安心。

但我更理解一个被政治风暴伤害过的退役老兵的心理。《敬重与惜别》记下了我作为一个外国人能达到的将心比心："我猜只有少数人才能透过那表情，看见一种受伤野兽的绝望。对政治的恐怖，居然能迅速变成对眼前观众、对围绕自己的人们的恐怖。"

我还利用周刊《AERA》（朝日新闻所属）的采访，婉转建议他回到"依靠诗作，一把吉他"的模式。但冈林信康的回答直截了当：一把吉他弹唱，会不会变成对寻求三十年前政治歌的人的迎合？

我感到震动。

我已经多次触碰过某种"左翼的痛苦"。但我也明白：永远沉浸在名人感觉中的他，已听不出我只是建议一条出路。对一位东亚民族的歌手而言——限界临近了。

其实抛去政治内容，这一出路虽然艰难但可能走通。我在他那一章的结尾，用幻听的口吻，引用了他早期的名曲《我们大家所盼望的》。这首歌大概作于1970年，却在今天（2015年1月，法国发生了"查理漫画"事件）使人感到了一种——难以形容的预言性。

我们大家盼望的，不是活着的痛苦
　　我们大家盼望的，是活着的喜悦

　　我们大家盼望的，不是把你杀掉
　　我们大家盼望的，是和你一起生存

　　——不能停留在至今的，不幸之上
　　——要向看不见的幸福，此刻出发

三

　　既然我无法潜入中亚（波斯—印度）音乐渊薮里涌出的那些令人痴醉宛如中毒的迷人歌曲，既然我又想快快挣脱"东亚"类型民族的音乐局限，不消说既然我还打算俯瞰和嘲笑四周的靡靡之音——投向西语歌曲，就是必然的事了。

　　那是一种音质清脆的语言。那是一种暗含魅力的复句。那是一种烙着阿拉伯的烙印又在印第安—拉丁美洲再生的艺术载体。也几乎就在第一次，我在刚刚听到一首的时候就被掳掠。突然在行年近老之际又与美遭遇，心里会有一种空空的感觉。我默默地遗憾，确实已经太晚——我已没有时间粗枝大叶地掌握它了，像对蒙语和日语一样。

　　但是怎能躲得开那扰人的吸力？

　　从秘鲁到墨西哥，一支支在长途大巴上回荡的歌曲，都使我心神不宁。它们给人的，还不仅是赏心悦耳的听觉。那不容否定的底层意味，那艺术化了的痛苦和欢乐，都驾着响亮的音节，如同又一次的振聋发聩，带给我久违的激动。

　　于是隐退的青春又被鼓励了，哪怕跳过语法也想径直去囫囵吞枣——如今若数一数的话，居然我已经学会了二十几首西语歌曲，说实话，它们的歌词，即是我可怜而宝贵的小词典。

在学术散文集《常识的求知》的封面，我印上了几种专用来挑衅教授的外语，除了蒙文的诗、阿文的碑文、日文的俳句之外，还有两句西班牙文的歌词：

Guadalajara en un llano，瓜达拉哈拉在平原
México en nua laguna. 墨西哥在一个湖上

简单两句就带来一股新鲜的空气。它好像让人看见了一个印第安老人带着孩子，在远远眺望城市。由于古老的阿兹台克人真的用结草为筏、筏上营屋的办法把墨西哥城建在一个湖上，所以它逼真地写出的，是一种印第安人的地理感觉。

我使用"在印第安—拉丁美洲再生"这个表述，是因为人们教育我说，西班牙语的好歌不在西班牙而在拉美。仿佛这种殖民者语言被拉美大地实行了恩格斯讲的"文化的再征服"，被神秘地激活了。几次去西班牙本土，确实那里无好歌可听。2003年在西班牙参加反对伊拉克战争的游行，人们唱的是阿根廷歌手莱昂·杰科（Leon Gieco）的歌。

他是我喜欢的拉美——西语歌手的一个有代表性的例子：有磁性而音域宽阔的嗓子，作词给人俯仰自如的感觉。作曲更是匪夷所思出口妙句。他们轻易地突破，在人所不能处俏皮地拐弯。想学吗？每首歌都有点难，但唱熟了又百唱不厌。批判性高傲地沉淀歌里，对底层的刻画，悲悯而不羁。

爬上一列不知它去哪儿的火车
在一节车厢的煤堆上睡了个午觉

一直睡到我问自己

冬天到了时会怎么样

我已不知在哪儿睡的觉

车站的头儿看见了我扒车

他给我一间堆麦子小屋和干净麻袋

一直睡到我问自己

冬天到了时会怎么样

我已不知在哪儿过的冬

四

逐一数过外国外族的歌，并不是非要排斥国产歌曲。哪怕对大哥般的冈林信康，喜爱和关注到了一定分寸就需要节制。他们毕竟是他们，与我们活在两界，心事不同，观点易变。

近年来我最牵挂、最盼望他们成功的歌手都是中国人，一个是打工者的歌手孙恒，一个是维吾尔歌手何力。

先是"打工春晚"的鼓励。几年来，孙恒率领的打工艺术团接连冲击了北京"春晚"，恶俗与粉饰的乌烟瘴气，使我们心中痛快。后来读了《工人新调查》一书以后——这是描述孙恒和他的工友共同体的一本社会学调查，我曾写了这么一段话：

读了《工人新调查》后最深的感受是——文明进步的一个目标，就是突破随资本主义发展而膨胀的学科方法，突破学院内知识与人的异化，勇敢地投身于工人与农民共同体的建设。也就是说："正确的方法存在于研究对象的方式之中。"

随着亿万农民进城，新的工人阶级已经诞生。它的庞大令人震惊，因此它的诉求和表述，也必然要降临世间。孙恒的工人歌曲在此刻应运而生，带着理直气壮的正气，带着中国的和工人的嗓子。

在中国，人的诉求是最低限的对报酬、权利、尊严的守卫。因此唱出"团结一心讨工钱""幸福和权利，靠自己去争取"，就是唱出了新工人阶级的心底呼声。

也许粗糙主要是在作曲方面？因为作词已烘托出独自的姿势。如民谣弹唱的《彪哥》，不断使我联想冈林信康的《流浪汉》①。它们的歌词非常相似。冈林曾借助这首歌，怀念他当年在山谷的生活与工友。

那家伙，一个男人／我们一块受苦／一块彷徨，不管风雨
来到陌生的城里／分一份工，住一间房／拿一个茶碗，一起吃
天亮前，孤独的小屋里／被雨浇了的那家伙
发了高烧，颤抖着去了那个世界

今天我祈求，流浪的人／旅途能幸福
今天我祈求，孤旅上的／那家伙能幸福

而孙恒的《彪哥》也有依据着同样的体验。歌子的叙事性当然携带着切肤的真实，一些句子显然已经能经得起推敲锤炼。剩下的，几乎已经只是曲子和音色的功夫：

---

① 日文题目是《ランブリンダボーイ》。这首歌，是早期冈林的作曲显然还不熟练时，翻唱的美国歌手托姆·帕克斯顿的《*Rambling Boy*》。

认识你的时候
已是在你干完每天十三个小时的活儿以后
你说你最痛恨那些不劳而获的家伙
他们身上穿着漂亮的衣服

你拥有的只是一双空空的手
你总说也许明天日子就会改变

　　不用说《劳动者最光荣》。虽然简单，形同呼喊，但人们等待这声呼喊已经等得太久。孙恒显然具备着新时代思想者的意识，简朴的几句，显示了他结实的准备。

　　这首歌是人性进步的号角。一个民族若还不会这么呼喊，这个民族就还远离着自由与解放。

　　尽管如此，尽管工人与民族都迫切期待着一声呼喊，但我却期盼孙恒能尽快地在艺术上跨出一步，实现他艺术的独立和个性，写出他的《山谷布鲁斯》[①]，给濒死的唱歌界以重重的电击，给探索的工人阶级以文化和激励。

　　何力，这个名字深潜在茫茫的人海。他在北京时虽然全力参与演唱活动，但我猜人们仍反应不过来——为什么呢？因为他长评短论地使用汉语，关注所有文学、社会和网络。包括我很久都不知道他的本色。他的全名是何力·阿卜杜伽迪尔（Halil Abud-gadir），浪迹北京多年，忍受着生存的艰难，一台电脑一把吉他，两栖于文化批评与歌手生涯之间。

　　我一直心中有愧，由于没能多给他哪怕一分的照顾。

---

　　① 冈林信康的成名作《山谷ブルース》。

　　我总想建议他转战文化批评，因为他的汉语理解与修辞能力。他是称作"民考汉"的语言大潮之后，留下的一个正果。我总觉得，如他一样的维吾尔人早该介入重病的汉语文学界，以全新的话语冲击文坛。

　　但他的梦想是歌手。

　　就作词而言，虽然远不是饱经锤炼，但如孙恒一样，何力的歌词一经出手，就在一个高点之上。如果谈到建树，何力已经完成了一次重大的建树——他写于2003年的歌曲《若雪之歌》，纪念了为了他者牺牲的美国姑娘若雪。几乎唯有他一个人，唱出了那个时刻必须宣布的正义。

　　　　这个星球上爱你的人
　　　　在你心中种下了善良和光芒
　　　　那些你用心爱着的人
　　　　就能收获幸福和阳光

　　媒体与盘踞艺术殿堂的小人，照例对这种声音实行了隔离。不报道，不理睬，何力遭受了冷冻和边缘化。但是他作为唯有的一个歌手，给那个为巴勒斯坦难民死去的、善良的犹太女孩作了一首歌。

　　　　这个星球上离去的人
　　　　留下了许多美好的愿望
　　　　那些死不瞑目的人
　　　　是否已找到天堂

　　由于这一首《若雪之歌》，中国没有在那次表明人性的事件中失节。但歌手何力的建树，却被冷漠的中国人无视和遗忘。

> 为了这一生的岁月
> 为了这沉默和歌唱
> 就让我唱一支歌谣
> 唱出心中的力量

　　如今何力已经回到了他的新疆，那片音乐的深潭，那个歌曲的源头。一旦重新潜入母语和维吾尔底层，何力的下一步会怎样呢？
　　较量仍在艺术一线。和孙恒一样，何力面临的同样是克服弱项，在一丝旋律与一句歌词之上，实现灵性的创造。
　　在即将结束对著名歌手的倾听之后，转身望着我的两个歌手朋友，我总不禁在想，未来的他们会怎样呢？
　　能决定一切的，唯有他们的前定。
　　没有以正义为核心的艺术，最终不过是一些垃圾——中国大量的伪诗人即是如此。
　　但是缺乏艺术的正义，从来难作韧性的坚持——世间大量文学艺术的爱好者多是如此。最终的他们，不过是一些失败者。
　　愈是宝贵的立场，愈需要遭遇灵感的幸运。此外还有重重的艰难，其实歌手和游击队员一样——不仅危险，而且必须不断地拿出新的作品。人们只是围观和等着，并不伸出援手。永远在奔波，永远被催促，这是一种残酷的存在选择。
　　当然，这也是写给我自己的话。一旦站到了那条线上，无论作家歌手，迎对的完全一样。
　　我盼我的两个年轻朋友——对这个时代那么重要的歌手，为了拿下庸众盘踞的艺术碉堡，突破自己内在的关口。

那是一种积累与天性、前定与感悟的大关。它不仅需要歌手兼有作诗谱曲的才能，不仅能抓住一字定音的词语并捕捉一闪即逝的旋律，还要敢于在关口牺牲，换来——那冥冥中的恩惠，那被准许以生命交换不朽的、珍贵的眷顾。

原载《十月》2015年第3期

我们时代的小说艺术

贾平凹

────────

文学上有些道理讲不出来，一讲出来就错了

在我看来，文学是每个人生来就有的潜质，区别只在于这种潜质的大或者小，而后天环境和修养的优劣决定他的成就。

我曾经到过一个地方，见院子里有一堆土，那堆土实际上就是翻修房子时拆下来的旧墙，在院子堆着还没有搬出去。但下了一场雨以后，这墙上长出了许多嫩芽，一开始这些嫩芽的形状几乎是一模一样的，都是一样的颜色，都长了两个像豆瓣一样的叶瓣。当这些嫩芽长到四指高的时候，才能分辨出哪些是菜芽、哪些是树芽，当时就感觉有时生命是特别高贵的，但有时又是很卑微的，只要有一点土、有一点雨水就长起来了。而且生命在一开始都是一样的。长起来以后树苗子肯定就长大了，而菜苗子和麦苗子肯定就长得矮小，所以从那以后我就悟出了，任何东西都取决于品种，拿现在来说或者就是基因。即使是那堆树苗子我当时也很悲哀，树苗子长到这堆土上，没有想到这堆土很快就搬走了。

所以说这个树要长起来一方面要取决于它的品种，一方面要取决于环境。当时我就想到很多，文学方面也是这样。

我原来带过研究生，我给研究生讲文学的时候，一般不讲具体的东西，只讲大概的东西，比如怎么扩大自己的思维，怎么产生自己对世界的一些看法，怎样建立自己的文学观，怎样重新改造或者重新建设自己的文学观等，基本是从这些方面讲。我觉得那是宏大的东西，是整个来把握的。但是到这儿来讲吧就特别为难，因为在座的都是搞创作的，都是陕西目前写得好的作家，大家至少都有五六年、十来年、甚至二十多年的写作经验，有些话就不好说。文学上有些道理本来也讲不出来，而且一讲出来就错了。

就像我经常给人说的怎样走路一样，其实人呀，只要是人，生下来几个月以后呢，他自己就慢慢会走路了，如果给他讲怎么迈出左腿的时候，再伸出右胳膊，然后再把左腿收回右胳膊收回，再把右腿迈出去左胳膊伸出去，三说两说他就不会走路了。创作严格来讲是最没有辅导性的。

我一直认为写作基本上是一个作家给一部分人写的，你一个人写作不可能让大家都来认可，那是不可能的。川菜吧，有人爱吃有人不爱吃；粤菜吧，也有人爱吃有人不爱吃，他只给一部分人来负责，所以说各人的路数不一样、套路不一样，或者说品种不一样，我谈的不一定你能体会得了，你谈的不一定我能体会得了，所以我想这是讲文学时一个很为难的东西。

但是今天来了，我就讲一些我曾经在创作中感觉到困惑并在之后产生的一些体会吧。把这些体会讲出来，不一定讲得正确，因为这只是根据我的情况自己体会出的一些东西。

"写什么"的问题

搞创作的无非面临两件事情：一个是写什么，一个是怎么写。

我不想说文学观，不想说对世界、对生命的看法，或者对目前社会怎么把握，咱都不说那些，我只谈搞创作的人经常面临的、起码是我以前在创作实践中自己摸索过来的、曾经搞不懂而琢磨过的一些事情，一个是写什么，一个是怎么写的问题。

关于"写什么"我大概从三个方面说一下：一是观念和认识；二是题材；三是内容。

一、观念和认识

每个人开始写作的时候都是看了某一部作品产生了自己写作的欲望，不知道大家是不是，起码我是这样。随后在漫长的写作中，开始时一般只关注自己或自己周围作家的作品，这种情况也是特别正常的，但是如果写得久了、写得时间长了，特别是有了一定成绩以后，你才会发现文学的坐标其实一直都在那里，一个省有一个省的坐标，一个国家有一个国家的坐标，国际有国际的坐标，你才明白写作并不那么容易。

前几天马尔克斯去世了，当时听到这个消息以后自己心里也很悲哀。这些世界级的大作家，不管乔伊斯啊、福克纳啊、马尔克斯啊、卡夫卡啊等这些人，他们一直在给文学开路子，在改变文学的方向。一样都是搞文学的，这些人都想了些什么、做了些什么，作为我们这些小喽啰们应反思咱们又想了些什么、做了些什么。文学其实最后比的是一种能量，比的是人的能量。尤其是与这些大作家、巨匠们比起来，你才能明确文学到底是咋回事，这些人都是文学的栋梁之材，就像盖房子必须有四个柱子几个梁，这些人都是起这个作用的。

盖房子需要砖瓦泥土，咱现在搞创作基本上就是充当了这个砖瓦泥土的角色。但是在这个过程中，一定要思考人家这些大师们当时是怎想的？人家都写的啥东西？人家怎么思考的能把路子开通？人家在琢磨啥东西？人家作品是怎么写的？起码要有这种想法。

我说这个意思是写作一定要扩大思维，要明白文学是什么。作为你个人来讲，你要的是什么，能要到什么，这个方面起码心里要有个把握，当然好多人也问到过这个问题。

我年轻的时候也产生过一种疑惑，起码说我对文学也比较热爱，但最后能不能成功（当时我所谓的成功，在我心目中就是出几本书就算成功了。这成功和幸福指数一样，当然是根据个人来定的）？当时我自己也不知道，我请教过好多编辑，但是没有一个人认为你能写下去或者写不下去。后来我有一种想法，就是能不能把事情搞成，自己应该有一种感觉。这种感觉就像咱吃一碗饭一样，到谁家去，人家给你盛了一大碗饭，你肯定能感觉出自己能不能把它吃完，能吃完就把它端起来，吃不掉就拿过来赶紧先拨出去一点，只有那傻子本来只能吃半碗却端起来就吃，结果剩下半碗。事情能不能干成自己都有个感觉，自己对自己都有个把握。

刚才说那些个大作家，意思就是说在写作中要扩大自己的思维，明确文学到底是啥东西。这里边当然也牵扯到我刚才说的，你对整个世界是什么看法？你对这个社会是什么看法？你对人的生命是怎么体会的？这方面你起码得有自己的一些观念。起码作为创作的人来讲，你应该明白那到底是咋回事，然后在这个基础上你才能建立自己的文学观，而建立文学观以后你就会明白：我要什么、我想要什么、我能要到什么。

我见过好多人太自信，觉得天下就是他的，觉得天下他写得最好，有的人是骨子里真诚地觉得自己了不起，五百年来天上地下无所不知无所不晓，文章写得最好，是骨子里散发出的那种自信，那其实还可爱得很；但有的就是偏执型的，老觉得自己写的是天下最好的小说，自己是最好的诗人，谁也批评不得，这方面我觉得要不得。你的文学观是什么、你要什么、你到底能要到什么？这方面要琢磨，这样才能按照你的才能、你的条件，朝你的目标去奋斗。

二、关于题材

题材的选择是兴趣和能力的表现。比如说我要写啥东西，我为什么要写这篇小说，为什么写这篇散文，为什么对这个题材、这个内容感兴趣呢？题材的选择也就是你的兴趣和能力的表现，各人是不同的。作家能量小的时候得找题材，就看哪些题材好、哪些题材有意思、哪些题材适合我写，而哪些我写不了；一个作家如果能量大了的时候，题材就会找他，这就是常常所说的作家的使命感、责任感，这是对题材的一个态度问题。

不知道大家有没有这种经历，反正我在搞创作的时候，三四十岁的时候常常感觉没啥要写，不知道该写些啥东西，有些东西想想觉得没有啥意思就撂过去了。我也为此而与许多朋友交流探讨，一般我不喜欢和文学圈里的人交流。我的创作在美术方面借鉴的特别多，我的文学观念基本上是从美术开始的。当时我去了解一些画家朋友，他们是专业画家，一天到晚吃了饭就是画画。我说你们有没有没啥画的时候？他说常常觉得没啥画，不知道画啥东西，但是只能每天拿着笔画。我也采访过一些画家，他说常画常不新。

常常觉得自己没啥要写的，好像看这个现实世界、看这个生活吧，就像狗看星星一样灿明，不知道该写啥东西。我后来明白这种状况就叫做没感觉，没感觉就得歇下来等着灵感来。创作灵感是一个很神秘的东西，它要不来就不来，它要来的话你就坐着等它就来了，你用不着干别的。就像我平常搞些收藏，就经常遇到这情况。现在收藏一个这样图案的罐子，或者一个什么东西，过段时间另一个相应的就自然来了。一旦感觉没啥写我就不写了，随便干啥去，就等待着灵感。但实际情况是周围的一些朋友（包括我年轻的时候）没啥写还得写。

在选材的时候不要写你曾经看到的、经过的或者听别人讲的多么精彩的一个故事，不要相信那个，不要依靠那个东西，一定要琢磨，不要以为这个故事多有意思突然把你兴趣勾起来了你就去写，起码出现这个情况的时候一定要琢磨这个故事有没有意义。

你在写一个人的故事和命运的时候，他个人的命运与历史、与社会发展过程中交叉的地方的那一段故事，或者个人的命运和社会的命运、时代的命运在某一点投合、交接的时候，一定要找到这个点，这样的个人命运，也就是时代的命运，是社会的命运，写出来就是个人的、历史的、社会的。一定要学会抓住这个交接点，这样写出来的故事才能引起大家的共鸣。这就像一朵花一样，这花是你种的，你种在路边的地上，它可以说属于你个人，但也超乎个人，因为你能闻到这个花的芳香的同时，每一个路过这朵花的路人也能闻到这朵花的芬芳。选材一定要选既是你的，又不是你的，是超乎你的，是人人的。这就比如几十个人一起去旅游，中午十二点你肚子饿了给司机提议出去吃饭，同行的人也都饿了也想去吃饭，你的饥饿感就是大家的饥饿感，你的提议就得到大家的响应了。如果在中午十点钟你提出去吃饭，我估计没有人响应你。所以你的题材一定要是你个人的、又超乎你个人的，要是大家的，是这个社会的，一定要找那个节点，选材一定要注意这个东西。

"同感"在选材的过程中是特别重要的，而在选材中能选择出这种具有同感的题材，就需要你十分关注这个社会，把好多事情要往大里看，如果事情特别大，你看不清的时候，又可以往小来看。把国际上的事情当你村里的事情来看，把国家的事情当你的家事来看，看问题要从整体来看。逐渐建立你对这个社会的敏感性，能找到它发展的趋势。如果你对社会一直特别关注，对它有了一种敏感度以后，它的发展趋势你就相对有一定的把握了。能把握住这些发展的趋向以后，你的作品肯定有一定的前瞻性。这种意识久而久之成习惯了，提取素材、抓取题材、观察问题的时候你肯定就能找到那些东西。就好比你是个钉鞋的，走到哪儿你都关注人的鞋、人的脚底下，你是个理发的你肯定就只看头，警察来了肯定就只查警察需要的那些东西。一旦有这种意识以后，你在现实生活中就很容易发现你需要的东西，你就会知道哪些东西有同感性，哪些东西没有同感性。

你如果变成一个磁铁，螺丝帽儿啊、螺丝钉啊、铁丝棍儿啊都往你身边来，你不是个磁铁的时候你什么也摸不到。但是对磁铁来讲，木头啊、石头啊对它就没有吸引力。所以说，如果你的题材具有同感性，你的作品就会引起共鸣。如果你的作品中的一个家族、一个人的命运，和时代的、社会的命运相契合了，你才可能写出大的作品。（而栋梁式的人物，像前面说的那些大人物、大作家，那些情况是另当别论的。我一直认为那些人，不光是文学界，包括在政治、经济、军事等各个方面的那些大人物，他们生来的任务就是开宗立派的，是来当柱子的，是上天派下来指导人类的。他们取得的成就不可思议，你不知道它是怎么产生的。）

三、关于内容

从某种角度来讲，文学是记忆的，而生活是关系的。文学在叙述它的记忆的时候，表达的就是生活——记忆的那些生活。那么就是说你写生活也就是写关系，因为生活是关系的，文学在叙述时写的就是生活，而生活本身就是关系的，所以说你就是写关系的，写人和自然的关系，写人和物的关系，写人和人的关系。在现实生活中，你要生活得好就要处理好关系，尤其在中国。中国的文化就是关系文化，任何东西如果没有关系就无法在现实生活中活得更自在。

有哲人讲过生活的艺术没有记忆的位置，如果把生活作为艺术来看它里面没有记忆，因为记忆有分辨，能把东西记下来肯定是有了分辨了的，有分辨就有了你和我的对立。如果在现实生活中以记忆来处理，比如我和领导的关系，这个领导原来我有记忆他和我是一块儿长大的，他当时的学习还不如我，为什么他先当了领导了？有了这个记忆，以后肯定就处理不好这个关系了。生活中不需要记忆，生活中我就要对领导讨好一点，起码要顺服一点，这就先要消除他以前和我是同学的记忆。

在现实生活中你如果以记忆来处理一些问题那么就难以做人。这就是说文学是记忆的，你是你的，我是我的，你有你的观点，我有我的观点，你有你的价值观，我有我的价值观。记忆里经常就是"这一个"和"那一个"，有你、我、他的区分。而生活的艺术它要求不要这些东西，有些关系为啥是"没有永久的朋友只有永久的利益"，这就是关系之说。

但是因为文学本身就是记忆的东西，你完全表现的是你记忆中的生活，而生活则是关系，你就得写出这种关系。现在强调深入生活，深入生活其实就是深入了解关系，而任何关系都一样。你要把关系表现得完整、形象、生动，那就需要细节，没有细节一切就等于零、一切归于零，而细节则在于自己在现实中去观察。

比如说生离死别、喜怒哀乐构成了人的全部存在形式，其实这一切都是人以应该如此或应该不如此而下结论的，它采取了接纳或不接纳、抗拒或不抗拒这种情况。实际上从上天造人来看，这些东西都是正常的，但人不是造物主也不是上帝，人就是芸芸众生，他的生死离别、喜怒哀乐表现得特别复杂，细节的观察就是在这种世界的复杂性中。既要有造物主的眼光，又要有芸芸众生的眼光，你才能观察到人的独特性。这种独特性是表面的，也是人共有的一种意识（当然这个话是用笔写的，还没能还原出例子表达出来）。实际上现实生活表现出来的比任何东西都丰富得多，从各个方面来讲它都是合理的。这种独特性，表面上看是每个人的区别，实际上是共有的一些东西，只是表现的方面、时机、空间、时空不一样。

我写东西都是写我以前发生过的，是我起码经历过、听说过、体验过、了解过、采访过的一些事情，可以说全部都是我记忆的一些东西。而这些记忆又是生活，生活是啥呢，生活就是关系。你所谓的表现生活，那就把关系写清，在作品中把这个人和那个人的关系、人和物的关系、人和自然的关系、人文关系等各种关系写清、写丰富，自然就啥都有了。要写得生动形象就是靠细节，细节要凭自己来观察，把握这个就对了。

我经常强调生活的意义、生活与艺术的关系。啥是生活？我这阵儿也不知道啥是深入生活，而且现在好多人也反感提到这个问题。原来说深入生活就是到工农兵里边去同吃同住同劳动，现在不是这样的。实际上我后来理解深入生活就是搜集细节，就是一些知识性的东西。知识性的东西用笔可以记下，细节我就不用笔来记，我用脑子来记，脑子记下来的东西才是有价值的东西，用笔记下来的东西都是知识性的东西。知识性的东西写的时候随时都可套用，而细节则完全在脑子里。

至于说故事，我觉得任何人都会编故事，现在没有人不会编故事。你可以坐在房子里随便编故事，如果你有细节，你的故事再编，别人都说是真实的。如果你没有细节，你哪怕是真实发生的事情，别人也都说你是胡编乱造的，这就是生活气息。生活气息其实是那些细节性的东西，而细节又表现在关系里面。把关系这纲领提起来，再填充好多东西，这样你一旦写起来，就控制不住了，你就笔下啥都来了。

关于"写什么"我主要谈了"题材"和"内容"这两点。我觉得这两点起码在我创作过程中原来老是迷惑不清，还不好向人请教，请教的话人家会嘲笑你怎么连这都不知道，所以这些东西都是我在漫长的创作过程中自己琢磨出来的。

"怎么写"的问题

怎么写的问题，我也从三个方面谈一下，分别是语言、节奏和叙述。

一、关于"语言"

大家都是搞创作的，我在这儿说心里也发虚，因为我也不是体会得多独到、多深刻。我谈这些害怕你心里说：你谈的这些谁不知道呢？我也看过大家的好多作品，我看到好多人的语言比我写得好，真的是这样，但是我有我自己的一些体会。

我觉得语言首先与身体有关。为什么呢？一个人的呼吸如何，你的语言就如何。你是怎么呼吸的，你就会说怎样的话。不要强行改变自己的正常呼吸而随意改变句子的长短。你如果是个气管炎，你说话肯定句子短。你要是去强迫自己改变呼吸节奏，看到一些外国小说里有什么短句子，几个字一句几个字一句的，你就去模仿，不仅把自己写成了气管炎，把别人也读成了气管炎。因为外国人写的东西，他要表现那个时间、那个时段、那个故事情境里出现的那些东西，如果你不了解那些内容而把语言做随意改变，我觉得其实对身体不好。

我对搞书法的人也讲过，有些人写的字缩成一团儿，那个字你一看容易犯心脏病。遇到身体不好的老年人，我经常说你要学汉中的那个"石门铭"，那个笔画舒展得很，写那个你血管绝对好。语言也是这样，笔画是书法的语言，咱们谈的文学语言，与身体有关、与呼吸有关，你呼吸怎样，你的语言就怎样。

小说是啥？在我理解小说就是小段的说话，但是说话里边呢有官腔、有撒娇之腔、有骂腔、有哭腔，也有唱腔等。小说我理解就是正常地给人说话的一种腔调。小说是正常的表白腔，就是你来给读者说一个事情，首先你把你的事情一定要说清楚、说准确，然后是说得有趣，这就是好语言。语言应该是有情绪的、有内涵的，所以一定要把握住一句话的抑扬顿挫，也就是语言的弹性问题。用很简单、很明白、很准确的话表达出那个时间里的那个人、那个事、那个物的准确的情绪，把这种情绪能表达出来，我认为就是好语言。

这里边一定要表达出那种情绪，表达出当时那个人的喜怒哀乐、冷暖、温度，把他的情绪全部能表达出来的就是好语言。既然能表达出情绪来，它必然就产生一种抑扬顿挫，这也就是所谓的弹性。而要完全准确地表达出那种情绪，还要说得有趣才行。什么是有趣呢？就是巧说。怎么和人说的不一样？这其中有一点就是多说些闲话。闲话与你讲的这个事情的准确无关，甚至是模糊的，但必须是在对方明白你意思的前提下才进行的。就如你敲钟一样，"咣"地敲一声钟，随之是"嗡——"那种韵声，这韵声就是闲话。

文学感觉越强的人，越会说闲话。文学史上好多作家是文体家，凡说是文体家的作家，都是会说闲话的作家，凡是写作风格鲜明的作家都是会说闲话的作家。你要表达的人和事表达得准确了、明白了，然后多说些有趣的闲话，肯定就是好语言。之所以有人批评谁是学生腔，学生腔就是成语连篇，用一些华丽辞藻、毫无弹性的东西。为什么用成语多了就成学生腔了，就没有弹性了呢？因为成语的产生，是在众多的现象里概括出一个东西，像个符号一样提出来，就是成语。

现在文学创作不需要那些，文学创作完全要还原原创、原来的东西，所以会还原成语的人都是好作家。如果你想在这一段写一个成语出来，你最好不要用那个成语，把成语的原生态写出来。比如说，你需要写牛肉罐头，你要还原成牛肉，还原怎么杀牛，牛怎么生长的，写那个东西。这是作文和创作的区别，也是文学语言和学生语言的一种区分。

语言是个永远琢磨不透的东西。在研究语言的过程中，你可以考究一下那些官腔、撒娇的腔、哭腔、骂腔、唱腔等，从中发现和吸收各种腔的特点，在你写人物或事情的时候，你可以运用好多腔式。

我当年研究语言的时候，就把好多我爱听的歌拿出来，不管是民歌还是流行歌，还有好听的戏曲音乐，当时就拿那种画图的方式标示出来。我对音乐不是很懂，把哆来咪发就按一二三四来对待。我把这个标出来后，看那个线条，就能感觉出表现快乐的、急躁的、悲哀的，或者你觉得好听的，起伏的节奏是个啥样子的，你要把握这个东西。

当年我对陕北民歌和陕南民歌做过比较。你把那陕南民歌用线标起来，它的起伏特别大，就像心电图一样哗哗地就起来了。后来我一看，陕南民歌产生的环境，它那种线条就和陕南的山是一回事情。而陕北民歌和陕北那儿的黄土高原是一样的。所以说，任何地方，地方不一样，山川不一样，文化不一样，人也就不一样，产生的戏曲不一样，歌曲不一样，蔬菜长得都不一样，就是啥都不一样，但它都是统一的、完整的，从里边可以吸收好多东西。

语言，除了与身体和生命有关以外，还与道德有关系。

一个人的社会身份是由生命和后天修养完成的，这就如同一件器物，这器物会发出不同的声音。敲钟是钟的声音，敲碗是碗的声音，敲桌子是桌子的声音。之所以有些作品的语言特别杂乱，它还没有成器，没有形成自己的风格。而有的文章已然有了自己的风格了，有些文章它里面尽是戏谑的东西、调侃的语言，你把这作品一看就知道，他这个人不是很正经，身上有些邪气；有一些语言，很华丽，但是没有骨头，比喻过来比喻过去没有骨头，那都是些比较小聪明、比较机智、灵巧但是也轻佻的人；有些文章吧，有些句子说得很明白，说得很准确，但是没有趣味，写得很干瘪，那都是些没有嗜好的人，就是生活过得特别枯燥的那些人。从语言能看出作家是宽仁还是尖酸，能看出这个人是个君子还是小人，能看出他的富贵与贫穷，甚至能看出他的长相来。时间长了，你肯定会有这种感觉。画画、书法、音乐、文学，任何艺术作品，这些东西都能看出来。

当然，语言吸收的东西和要借鉴的东西特别多。不光是语言，还包括别的方面。在现在这个时代搞创作，抛开语言本身，我觉得还有三点必须把握好：

一是作品的现代性。你现在写作品如果没有现代性，你就不要写了，这是我的观点。因为你意识太落后，文学观太落后，写出来的作品就不行，或者你的写法很陈旧也不行。所以说，一定要有现代性。要吸收外国的一些东西，尤其在这个时代，这一点特别重要。咱不是说要为编辑写东西，但从某种程度上说也得给编辑写，你不给编辑写，编辑不给你发，你不给评论家写，评论家不看你的东西，不给你指出优缺点。当然从长远意义讲，文学不是给这些人写的，但在现实生活中，起码得要你周围的人能看懂，你就要有现代性。就像卖苹果一样，出口的苹果都有一个框框来套，一套一看，读上几段，一看你那里面没有现代的东西，他就不往下看了，就把你撂到一边去了。这是很重要的一点。

二是从传统中吸收。我觉得这个用不着说大家都能懂，大家从小都是这样过来的，接受的东西大部分都是传统的东西。从文学创作的角度来讲，对中国那些东西（其实不光是中国的），小说啊，散文啊，诗词啊，不仅仅是这些东西，中国传统文化里的好多东西，它的审美的东西，你都要掌握。它不仅仅是文学方面，文学方面因为咱现在大部分还是写小说、散文，包括诗歌，但咱现在写的诗歌和古人的又不一样。所以说主要从古人的作品里学那些审美的东西，学中国文化的那些东西、东方的那些东西。

再次就是从民间学习。从民间来学好多东西，是进一步来丰富传统的，为现代的东西作基础、作推动的东西。所以一定要把握现代的、传统的和民间的这些方面。从文章里你完全能看出一个人的性情。就像我刚说的，有些人的文章语言说得很调侃、很巧妙，你看他也没有正形，他也不知道自己说啥呢，你说东，他偏不给你说东，这表现出他这个人的心态和思维。有人说得很尖酸，有人你一看他的文字就觉得：啊呀，这个人不能深交！不能交得太深，因为他太尖酸。

我在报纸上看过一篇小文章，写球赛的，里面有一句话，说"球踢成那个样子还娶那么漂亮个老婆"，后来我想这句话正好表现了他自己的心态不对。踢球关人家老婆啥事呢？因为镜头经常闪到观众台上人家的漂亮老婆在那儿，他就说这些人拿的高工资、娶的漂亮女人怎么怎么的。这其实就表现出了他那种说不出的心态，从这句话我就感觉这人不行。

当然语言里面需要做的功夫特别多，具体怎么锤炼，怎么用词，我觉得那些都不重要。要注意在句子里边多用一些动词，多说些和别人不一样的话、不一样的感觉。大家都说张爱玲的小说写得好，就是因为她经常有些奇思妙想，经常有些和别人不一样的东西。

再一个，我觉得小说里面的标点符号也特别重要。我一辈子都在当编辑，看过很多稿子，一般人对这个标点符号不注意，而且标得特别模糊。我的稿子里标点符号都和字差不多大，因为标点符号最能表现你的情绪了，表面上是直接表现你的情绪的。咱们的审美里面为什么诗词的写法中平平仄、仄仄平呀，打鼓点子啊，敲什么声音啊，等等，你从中可以获得好多启发。语言就是忽低忽高、忽缓忽急，整个在不停地搭配转换。上面这些是我谈的"怎么写"里的"语言"的问题。

二、关于"节奏"

节奏实际上也就是气息，气息也就是呼吸。节奏在语言上是有的，而且对于整部作品来讲它更要讲究节奏。什么是好的身体呢？气沉丹田、呼吸均匀就是好的身体，有病的人节奏就乱了。世界上凡是活着的东西，包括人啊、物啊，身体都是柔软的，快死的时候都是僵硬的。你的作品要活，一定要在你的文字里边充满那种小空隙，它就会跳动，会散发出气和味道，也就是说它的弹性和气味都在语言里边。如何把握整个作品的气息，这当然决定了你对整个作品的构想丰富程度如何。构思的过程大概都在心里完成了，酝酿得也特别饱满、丰富了，这时你已经稳住了你的心情，慢慢写，越慢越好，像呼气一样，要悠悠地出来。

任何东西、任何记忆都是这样的。你看那些二胡大师拉二胡，不会说"哗啦"地就过去了，而是特别慢的，感觉弓就像有千斤重一样拉不过来。我记得有一年的小品里边有一个吃鸡的情景，拉那个鸡筋，它就表现出了那个韧劲儿，像打太极拳一样，缓慢又有力量，人也是这样。我曾看过曾国藩的书，他的书里面要求他的后人经常写信给他汇报走路的步子是不是沉了，说话是不是缓慢了，经常要求。为什么呢？步子缓慢了、沉了其实道理都是一样的，他的一切都是悠悠的。把气一定要控制住，它越想出来你越不让它出来，你要慢慢来写。在写一个场面的时候，也要用这种办法构思，故意把这个东西不是用一句两句、一段两段说完，你觉得有意思的时候就反复说，反复地、悠悠地来，越是别人着急的地方你越要缓，越是别人缓的地方你越要快，要掌握这个东西。大家都不了解的东西你就要写慢一点，就像和面一样要不停地和、不停地揉，和了一遍又一遍，写了一段换个角度再写，大家都知道的事情你就一笔带过。

在写作的过程中经常出现这种情况，突然一天特别顺利，写完了以后无比兴奋，第二天却半天写不出来，写一张撕了写一张撕了，或者一天写不出二百来个字。当时我也这样，后来总结出经验，当你写得很顺手的时候，从这儿往后已经了然无比了，写到半路的时候我就不写了，我把它停下来，放到第二天早上再来写的时候一上手就特别顺，必然把你后面艰涩的地方就带过去了，不至于今天写得特别顺，而第二天憋不出来一个字。

我写作有个习惯，每天早上起来最反对谁说话，要坐在床沿闷半天，估计也没睡醒，然后想昨天写的（这是写长篇的时候发生的，写一写就觉得应该想一想）。那个时段想问题特别清晰，想了之后今儿一天就够用了。当然各人的写作情况不一样，到我这个年纪年龄大了。其实人生就是这样，你年轻时需要房子的时候没有房子，需要钱的时候没有钱，需要时间的时候你没有时间，当你老了你不需要的时候房子单位又给你分了，你的工资也提高了，你的时间也有了，有些东西到时候你就可以支配（而在座的有些可能还不能支配自己的时间）。我现在只要在家里，每天早上七点半到八点从住的地方到我的工作室，每天一直在写。来人了就说话，人走了就写，晚上再回去，每天就过这种日子，每天早上一定要坐到那儿想。

有一年我到麟游地区，人都说那里的人大部分都长不高，睡起来后起码要揉半天腿才能活动。后来我老笑自己，每天早上坐到那儿不准老婆说话也不准娃说话，谁要说些家长里短的事我就躁了，坐在那儿好像揉腿一样得揉半天，揉的过程就是在构思。

写作的节奏一定要把握好，一定要揉、一定要慢。这个慢不是故意慢的，而是要把气憋住，慢慢往外出，也必须保证你肚子里一定要有气，一肚子气往外出的时候一定要悠悠地出。

在写作中我还要特别强调一点，就是要耐烦。毛主席讲世界上的事情最怕认真二字，我认为"认真"实际上也就是"耐烦"，因为写作经常会不耐烦。有些人为什么开头写得都好得很，写到中间就乱了，后边慌慌慌就走了，肯定是没有节奏，只打了半场球。节奏不好也是功力问题，因为他的构思"面没揉到"，没有想好，这就造成写作过程中不耐烦的东西。往往自己写一写不耐烦了就不写了，尤其是在写长篇的时候，感觉脑子里边像手表拆开了，各种齿轮互相咬着在一块儿转呢，突然就不动了。大家恐怕都有这体验，要么到厨房找些吃的，吃一下喝一下出去转一下，但有时根本啥也做不成，就干脆不弄了。但是往往自己是再停一会儿放到这儿，下午来看的时候那一张又给撕了、又得重写，经常就把人写烦了，要么就写油了。世界上许多事情都是看你能不能耐住烦。你耐得住烦你就成功了，耐不住烦只好就那样了。

在把握节奏这个问题上，像我刚才讲的一定要匀住气、慢慢匀，在别人不知道的地方就慢慢地，该绕转的地方就绕转，别人知道的东西尽量不写。整个要把握节奏，把前后把握好了以后，还要把空隙都留好、气都充够，它必然就散发好多东西，里面就有气有味。所谓气味就是有气有味，这个我就不多说了。

三、关于"叙述"

我们看一些传统的老戏，不管是《西厢记》还是其他，对白都是交代情节的，唱段大量讲的是抒情，也是抒情也是心理活动。中国的戏曲里边是这种表现办法。

中国的小说叙述按常规来讲，叙述就是情节，描写就是刻画。叙述要求有话则长、无话则短，要交代故事的来龙去脉，要起承转合，别人熟悉的东西要少说，别人不清楚的东西你多讲，这是我自己当时对叙述的一种理解。有些作品完全就是叙述，急于交代，从头到尾都在交代。比如走路时，他老在走、老不站住，流水账一样就一路直接下去了，这样肯定不行。像走路一样，你走一走要站一下、看一下风景，你就是不看风景你也需要大小便一下。比如说长江黄河每个拐弯处都有个湖泊、有个沼泽，涨水时就匀到那儿，平常就调剂，作品它也需要这个东西。

有些人不了解叙述和描写的区别，尤其是写小说。我所说的这个节奏是纯粹的快慢节奏，他在交代事情的过程中用描写的办法，有肉无骨、拖泥带水、扭扭捏捏，走不过来，本来三步两步就跳过来了他总害怕交代不清，他给你别扭地交代，该交代的没交代清，该留下印象的没留下印象，把他写得能累死而且篇幅特别长。我当编辑的过程中经常遇到这种作品。

中国人大都习惯用说书人的叙述方法，就是所谓的第三人称。但现代小说（具有西方色彩的有现代性的那种小说），或现在要求你写小说时，往往都需要你必须在叙述上突破。叙述有无限的可能性，叙述原本是一种形式，而形式的改变就改变了内容。

现在举个例子，像我刚才说的对叙述的理解它是情节、是一个交代，是一个场景到另一个场景的过程和交代，在当时理解上它应该是线性的。但现在小说改变了，叙述可以是写意的、是色块的。把情景和人物以及环境往极端来写，连语言也极端，语言一极端它往往就变形了、就荒诞了。这样一来叙述就成小说的一切了，至少可以说在小说里占极重要的部分，似乎没有更多的描写了。现在的小说几乎都没有更多的描写了，它把描写变成了在叙述中完成。原来的叙述肯定是交代故事的、交代情节和场景的变换的，而现在把叙述作为小说最重要的一个东西了，它把描写放到叙述中完成了，这样一来情节变成了写意的东西（本来情节是交代的东西，现在变成写意的东西），把描写变成工笔性的东西。过去的情节是线性的，现在成了写意的、渲染的。

现在的先锋小说都是这样的，过去在描写一个场景的时候，经常是写意的或者是诗意的那种东西，现在完全变成是工笔的。工笔就是很实际地把它刻画出来。写意更适合于油画中的色彩涂抹，工笔更适合于国画中的线条勾勒。从绘画里面可以吸收它的方法，一个将其混沌，一个将其清晰。本来的情节现在讲成混沌了，不像原来一个清晰的、一个线性的、一个链条式的结构，现在变成混沌了。原来对于场景的描写完全是诗意的，刻画性的东西现在完全变成勾勒性的、清晰的东西。写意是火的效果，整个叙述过程中有一种火的效果，它热烈、热闹、热情；工笔是水的效果，它惊奇、逼真、生动，而写意考验的是你的想象力。

现代小说、先锋小说或现在的一般小说，大部分都是这样的，它的情节没有三五十年代或苏联的小说教给咱们的那种描写，那种交代完一段以后又定位自己的描写，它用各种角度一口气给你说清楚。有一种是呈现型的，有一种是表现型的，有的是把东西摆出来给你看，有的是纯粹给你说、给你讲这是咋回事情。再举个例子，像有些破案一样，有些是给你交代这案情是怎么发生的，有些是我给你打到屏幕上你看，当年是这样的。但现在更多采用的是我来给你讲，那些图像的东西完全是讲的过程中同时交代的，中间加了很多描写的东西，那些场景充分考验你的想象力。那些有名的作家想象力都是天马行空，想象力都特别好，他们叙述得都特别精彩。

在具体刻画人物的时候，具体在描写、勾勒细节的时候，完全是写实的功夫。这样一来一切都变了，传统小说的篇幅就大大地被压缩了。举个例子，原来的木棍是做篱笆用的，现在把它拔起来后就可以做一个扫把、一个武器，功能、作用就变了。我的意思就是说，现在小说的突破大量都在叙述上突破，一定要在叙述上有讲究，宁愿失败都要探索。如果老固守原来那种东西也行，但是你一定要写到极端。比如大家经常比喻天上的月亮，有的人比喻成银盘，有的人说是一盏灯、燕子眼或是冰窟窿、香蕉、镜子，举的例子都挺好的，实在举不出来，那月亮就是个月亮，我觉得反倒还好。如果变化得太奇特了，里面就可以产生很多奇幻的、刺激的东西。

现在的小说的叙述更多采取的是火的效果。火的效果有热度、能烤，不管人还是兽看到都往后退，马上就发现和感受到一种热，而且在当中有一种快感。但是如果不掌握写实的功力，具体刻画的那种工笔的东西往往很多人又做不到位、落不下来，如果没有这种功夫，不管它怎么荒诞、怎么变形，读起来很快乐，读完了就没有了，回味不过来。这当然是借鉴西方的好多东西，中国传统的还是原来那种线性的、白描的、勾勒的、需要有韵味的那种东西，表面上看它不十分刺激，但它耐看、耐读，而且产生以后的、长久的韵味。把这两个方面要很好地结合起来。但是不管怎样，目前写小说我觉得叙述上一定要讲究，不要忽略这个东西。这就是我讲的关于叙述方面的。

实际上有些道理我也说不清，因为一说我也糊涂了。有些东西只能是自己突然想的、突然悟的。实际上世上好多东西，本来都是模模糊糊的。尤其这个创作，啥东西都想明白了以后就不创作了。为什么评论家不写小说，他想得太清晰的话就写不成了。一个男人一个女人社会阅历长了就不想结婚了，结婚都是糊里糊涂的，创作也是糊里糊涂的。你大致感觉有个啥东西然后就把它写出来。我经常说你不知道黄河长江往哪儿流，我在写的过程中经常构思，提纲写得特别多，最后写的时候就根本不要提纲，但是开始的时候必须要有提纲。有个提纲先把你框起来，像盖房子一样，你必须要有几个柱子，回忆的时候就跑不了了。现实生活中曾发生过什么事情，我在写的时候要用它，我的脑子里就出现我村里的谁，我家族里的谁，这个时间应该发生在我那个老地方，或者发生在陕北，或者发生在陕南某一个我去过的地方，脑子里必须要有那个形象。那个形象在写的时候不游离，把别的地方的东西都拿过来，你知道那个石头怎么摆的、那棵树怎么长的、那个房子怎么盖的、朝东还是朝西你心里都明白，围绕着它晕染，在写的时候就不是那个地方了，就变成你自己的地方了。所以在构思的过程中尽量有个东西，但是你大致觉得应该是咋回事，具体写的时候灵感就来了，它自动就来找你了，你只要构造它就来了。你说不清黄河从哪儿转弯，但我知道它一定往东流。把握住一个大的方向就写过去了。

题外话：怎样延长自己的生命和创作生命？

一个人给我讲过这样一个事情，他当时快八十岁了，我问他看你身体好得很，你最近都干啥了？他说他有他的计划，他最近还要准备做啥做啥。每年大年三十的晚上，他都一个人坐在书房里给他定一年的规划，他现在已经定到一百岁了。他的规划不是说他在八十岁的时候就不做了，他是每一天、每一年准备干什么都列了一个表，一直列到一百多岁了。

当时我很受启发，好多动物、好多植物活在世上，上帝造物的时候给它们的目标就是遗传后代，后代一旦遗传你的作用就没有了，一旦你在世上活得没有价值的时候你就应该死亡了。在农村我也注意过好多现象，农民一生也就三件事情：一般就是娶媳妇，生孩子，中间有个盖房子，最后送葬老人，就这三件事情。一旦谁说是咱现在上下都没有负担了这人就快死了。确实是这样，只要看他一身轻天天没事干，他最多再活个两三年就快死了。因为啥呢，他已经没用了。生命是上帝给的，上帝盯着你有用或没用，你如果没用了要你干啥？我认为创作也是这个道理。这个人每年都说他八十一要干啥、八十二要干啥，是详细列行动计划表，而不是随便说说哄一下阎王爷。他是真实地要干好多事情，他有那个心劲儿。所以说创作一定要给自己定目标。我见过好多人都讲他再有几年就退休了，一退休下来也写小说。我说你这话我就不相信，你永远写不了！小说好像你上班写不了、一退休就能写成一样，不可能是那样子的。所以一定要给自己定目标，从小到大不停地给自己定。

　　前一阵儿我到外国去碰到一件事情，回来后还和几个人在谈。当时也像今天一样在做报告，下面有的外国人说，中国人话怎么那么多？到北京来坐公交车，前头一个人和车后面他的老婆说话，吵得很。回来后我就琢磨，我到德国去了以后看那边的树长得那么高大、人也长得那么高大，我就想欧洲人，外国人虽然和咱们都是人吧，种类还是不一样的。就像一座山一样，山上有各种沟沟岔岔的，这个沟岔经常有老虎，那个沟岔有些野猪，那个沟岔有些飞禽这一类东西，我估计中国人就属于飞禽这一类。飞禽不是故意要吵吵闹闹的，它的天性就是这样的，不是唱就是吵。你看那些豹子、野猪啊出来后都不说话，一辈子都不说话。我经常琢磨世上好多东西都很有意思。什么叫智慧，我的理解，智慧就是现实生活中通过一些东西一些现象明白一些道理，慢慢积累起来就成智慧了，你就能把事情看懂了。这里边有你生命的一些东西，也有你经历的问题。年龄是生命的积累，经历和年龄到一定程度你就会明白很多东西。

大致我也不知道该讲些啥东西，我就讲到这儿吧。

最后我再说一句最近看到的话，是一个先哲说的话——当你把自己交给神的时候，不要给神说你的风暴有多大，你应该给风暴说你的神有多大。创作也是这样，既然已经干了这个事情，就要相信自己的力量，相信自己能把事情干好，而不要强调太多的困难、太多的不如意、太多的环境问题，等等。

原载《延河》2015年第1期

孤独者的绝唱

——叩访青云谱

郭保林

一

南昌是一座风景秀丽的南国名城，城外青山雄翠，城内湖泊斑驳，赣江如同一匹绿绸绕城飘逸，湖在城中，城在湖中，而驰名遐迩的滕王阁又临江而筑。唐初才子王勃一记使南昌啸傲天下，风流千古。滕王阁毁弃二十八次，重建二十九次，这足以说明，滕王阁对南昌的意义。

我来南昌本想"会见"王勃，同他谈诗论文，聆听他一番教诲，谁知这里游人如蚁，拥挤不堪，连上下楼梯都极其艰难，我被拥上最高层，匆匆照了张相，便逃难般地离开这"繁华"之地。到哪里去呢？南昌是英雄的城，金戈铁马，腥风血雨，历史留下的诗意不多，到哪里寻觅一缕缠绵的诗情，犹豫间，人们告诉我，青云谱是一去处。

啊，我蓦然想起，余秋雨写过青云谱，我再来涂鸦，岂不有拾人牙慧之嫌？有朋友告诉我：文章各有各的路数，况乎还有许多同题作文呢？李白写过月，难道苏东坡就不能写月吗？这么一想，确实有必要去"拜访"八大山人老先生。

青云谱原来是一座公园，位于南昌东郊。这里十分清静，几乎不见人影，半湖碧波，满目香樟、枫杨、垂柳，浓郁重重，绿意幽幽，甬道两旁是夹竹桃，正是盛花期，红白花朵团团簇簇。百无聊赖的蝴蝶，轻浮地飞来飞去，几只大白鹅在湖水里悠闲地游弋，芦苇丛中传来啾啾鸟鸣。

这里和滕王阁的喧嚣简直有天壤之别。也好，八大山人非常喜欢寂寞和清静。这会儿怕是正在聚精会神伏案作画，笔下该是孤山野水，一鸟独占枝头吧？按照指示牌，我寻找"八大山人纪念馆"。门敞开，没有一个游客干扰他，老先生正作壁上观，静静地伏案创作。寂寞青云谱，苍凉青云谱，孤独青云谱。八大山人一生都在寂寞和孤独中度过，在贫穷和饥饿煎熬中，守望着精神的田野。他没有灯红酒绿的热闹，没有歌舞蹁跹的欢快，在幽静、幽暗中，在聚光灯照不到的一隅，度过苦难的一生。

二

众所周知，八大山人姓朱，名耷，明宗室朱元璋第十七子宁献王朱权的后裔。明末，应举中秀才，十九岁（1644）明亡，遂奉母携弟避难南昌之西一个小山村。顺治五年（1699），落发为僧，后又为道士，入青云谱道院，为自己起许多法名、道号，其中有朱月朗、良月，月朗不是"明"吗？显然这些道号是对故国的眷恋，是对大明朝的怀念。但他作画时从不署这法名、道号，只署"八大山人"。这意思是：山人为高僧，尝持《八大圆觉经》。也有人解释，"八大者四方四隅，皆我为大，而无大我也"。又说"余每见山人书画款题'八大'二字，必连缀其画，'山人'二字亦然。类哭之笑之，意益有正焉"（见陈鼎《八大山人传》)。他一生佯狂装疯，借酒浇愁，时而仰天大笑，时而放声痛哭，长啸短吟，舞笔泼墨，国破之痛，家亡之苦，一腔忧愤随之倾泻而出。

八大山人生于末世，他的童年和少年正是国事蜩螗，大明王朝已是落日黄昏。他长于兵荒马乱腥风血雨的动荡年代，刚成年时，正是社稷倾覆，江山易主，一代皇胄贵裔沦为亡国奴。他和母亲隐姓埋名，躲避清军的追捕，惶惶不可终日。原来的锦衣华服，钟鸣鼎食之家，书香氤氲，墨香缭绕的簪缨之族，已落魄到绳床瓦灶、三餐难继的不堪境地。

八大山人的祖父和父亲都是诗人、艺术家，能诗能画，家庭的熏陶，个人的禀赋，使他"八岁能诗，善书法，工篆刻，尤精绘事"。

人是环境的产物。朝代的更迭，生活的巨大落差，改变了他的性格，一个天真聪慧的少年顿时变得孤独、孤清、悁悁，神色黯然，目含忧愤，嘴巴闭得紧紧的，一副冷漠的面孔。他不满现实！更不会背叛家族，效命新的王朝，只能躲进生活最幽暗的一角，倾心翰墨，泪洒素盏，洁白的宣纸上经常出现残山剩水、枯树老藤、残阳夕照、荒村野水、孤鸟枝头、哀鸣啾啾。

我想象得出，那秋风萧瑟的黄昏，或朔风凛冽、雪花狂舞的冬夜，一豆灯火，叠印出瘦削的身影，墨随笔舞，情融笔端，一腔愤懑，满腹孤傲之气，倾泻在画面上。一介前朝的书生怎一个"愁"字了得？山水苍茫，人生苍茫，命运苍茫，对故国的思念，对家世的悲哀，"横涂竖抹千千幅，墨点无多泪点多"（郑板桥语），那是一种多么凄楚悲凉的情怀啊！

八大山人大半生就是在亦哭亦笑中度过的。他哭得凄惨，笑得更加悲哀，是一种比哭更难堪的笑。他面前一片苍茫凄楚、荒芜寂寞的境界。

我对中国画没有什么研究，但喜欢阅读，尤其是在寂静的夜晚，或雨雪天气，打开名家水墨画册，一页页地认真阅览，仿佛走进一种寥廓丰富的大千世界。那墨色的枯润浓淡，点线的粗疏细长，一幅幅惟妙惟肖神态仙姿的山水风景，或雄浑苍茫，或清秀细腻，或风格醇厚，萧条疏散、气韵高迈，或娴静雅逸，流露一种淡定禅意的境界……他们不是把艺术看成一种单纯的笔墨表现，而是将笔墨气韵的追求看成是艺术修养的最高境界。

展室的门敞开着，西斜的阳光穿过木格窗棂射进来，室内明亮而空廓，没有一个游客，倒有一两只大土蜂在屋里嗡嗡地飞来飞去，更渲染出展室的寂寞。满壁是八大山人的山水画、花鸟画，书法篆刻，以及历代画论家的评论文字。八大山人的手迹画稿虽是复制品，但其气韵神采完全可以乱真。它们悬挂在墙壁上，是悬挂在时间之上，是悬浮在漫长的历史之中。你和它们相逢，就像和一个朝代相逢，和一段苦难的人生、苦难的历史相逢。我觉得这是一种"暗物质"，是一种精神的物质。

一幅幅水墨丹青，枯树老藤、落日晚照、孤鸟枝头、荒水野渡、风竹残荷……这哪里是水墨画卷，分明是一个孤苦的前朝遗子悲凄命运的细微迹象和种种经历，是一个苦命画家的暗物质的极其微弱的闪光，通过这细节可联想整体的形象。谁看了心不由得大哭一场，但又似有一种解脱和超然，那种强忍的感情是很折磨人的。

八大山人在南昌经历了流落街头的漂泊期，他举目无亲，穷困潦倒，似疯似癫，"独身徜徉市肆间，戴布帽，曳长衫"，履穿草鞋，郁郁跐行，市井小儿观之笑骂，或往其身上投掷泥巴、石子，追逐、嬉戏。八大山人的生活可以想象。

晚上八大山人回到道观青云谱，借一豆孱弱的灯光，纵横翰墨，他如疯如痴般地将一腔愤懑和郁垒倾泻而出。只有智慧的光才能照亮生活，他要这股气不败在生活上，要倾泻在艺术上。他的山水画、花鸟画最突出的特点，就是孤独、孤愤、孤清。他和这些孤鸟、孤鸡、孤树、孤独的菰苔、孤独的小花、孤独的小舟，他与它们对话。那些孤鸟、孤树、孤花，是有灵性的，有血肉情感的。它们用无声的语言，温存的语言，抚慰一颗伤痕累累的画魂。鸟解语，花解语，一花一草一鸟皆朋友。他与它们共同创造生存的空间，他已忘却窗外那个凄风苦雨的世界，这是充满哲学和诗意的人生。

三

阅览八大山人的画展，我发觉他的绘画艺术中，成就最卓著者为花鸟画。题材极广，他笔下出现花卉、蔬果、虫蝶、鱼虾、畜兽、禽鸟等数十种。八大山人既汲取古代画家的营养，又有自己的创造，不囿古人，挣脱古人的羁绊，开拓自己的天地，创造独特的花鸟画的意境，他缘物寄情，赋花鸟以精神。画家都有自己的思想，自己的审美意味，自己的美学追求。艺术个性往往是画家个性的外在反映，思想、情感、意趣、心绪都渗透溶解在那点线之中。八大山人的花鸟画意境清奇幽冷，构图和用笔极简，巨大的泗水留白中只有一棵孤独的草，长长的草茎亭亭地直指蓝天，草茎上有一只孤独的鸟，寒风乍起羽毛，能听到鸟的哀鸣，一种孤凄的楚楚的可怜状，又渗透着独立寒秋傲视天地的孤介情操。画如其人。他写生花鸟，点染数笔，精神毕具。即使画巨幅，也不过花朵几片，萧条冷落，给人不是繁华、热烈，而是凄寒意境。他人生里没有欢乐，他的绘画作品更无繁荣和生机勃勃的气象。

他画树，不是些畸曲、仄倒，就是老干枯枝，一副饱经风霜、历尽沧桑的疲惫感、憔悴感，苍老的形象，给人以颓败的绝望之感。后人说，他画山水、竹木、花鸟，笔墨简洁、凝练、苍劲、冷峭、灵奇。寄托不肯妥协、不甘屈辱的感情和顽强的生命力，画上的题诗多含隐晦、冷嘲热讽之意。署款"八大山人"，字很古怪，似笑之似哭之，比哭之笑之都难堪，都凄然。试想故国不在，家乡何处？生不如死，死又奈何？终日踯躅寺庙道观，和泥胎雕塑相处，僧道不语，泥胎无言，清冷的环境，清苦的日子，只得将诗心画意来展示。

八大山人的画作，并不一味地抒发自己的孤凄寂苦的情感，也有冷眼观世的孤傲精神。他有一幅《墨荷图》便是这傲勃于世情绪的反映。画面荷梗清劲挺拔，长短参差的荷叶纵放舒展，繁缛密集，交错有致，脉络清晰，浓淡相映，而一枝孤独的荷花傲然挺立，奔放怒绽，清秀明媚。画的右隅，山石耸立，苔痕点点，山石之下，水波激泷，萍藻浮动。整幅画墨色淋漓，蓊郁恣媚，给人一种行云流水、生机勃勃的感觉。有人说，这是他怀念大明王朝的富贵繁华。其实八大山人虽生于贵胄，但已处于末世。明王朝乱云飞渡，烽火烛天，李闯王已搅得大明帝国支离破碎，明王朝大厦倾圮已进入倒计时，他何有"繁华盛世"之体验？

给我留下印象最深的是一幅《鱼图》，是写意画，又是写真，鱼体肥硕，鳍、尾形象逼真、自然。尾不翘，鳍不张，浑身鳞片安详地排列着。只是那鱼眼令人瞠目：眼圈似浓墨勾画，上方绘一浓圆点，以示眼珠，呈现出"白眼向上"之状，既生动传神，又寓意深刻。世人有"画龙点睛"之说，八大山人却有"画鱼点睛"之术。那鱼眼里闪射着凄婉而孤独、卑视和高傲的冷笑。一个贵胄漂泊子弟的傲岸心态，跃然纸上，表现出不肯妥协不甘屈辱的感情和顽强的生命力。

八大山人在他的画页上的题诗更是孤傲不世，多冷嘲热讽，含沙射影，透出他胸中愤怒悲怆的情感。他的花鸟画比他的山水画更富有思想意义。他画梅，疏枝劲干，高逸之致，傲骨凛然，不仅表现出他贵胄的清高，更表现他前朝遗少藐视当今世界的孤傲，同时也流露出他道士仙人、高僧法师的那种萧散情怀和仙风道骨的雅致。

八大山人从不为清廷权贵画一石一鸟。53岁那年，清临川县令胡亦堂听说他的画名，便宴请他到临川官会做客。他十分郁愤，来到官会便装疯癫，撕裂僧服，胡县令宴请他，他拒不入座，后来，独自回到南昌，亲手书写"净明真觉"，悬挂门楣，并在方丈堂书写对联："谈吐趣中皆合道，文辞妙处不离禅。"一再展示他倔强傲岸的性格。八大山人有古贤伯夷、叔齐以身殉道的典范，但伯夷、叔齐不食周粟，饿死首阳山，而八大山人食清粟而不为清朝做事，一样千古流芳。何也？固然八大山人以画艺名噪四海，更重要的是知识分子的气节和人格。伯夷、叔齐是因为自己的意见没有被周武王接纳，而采取了与周朝不合作的态度，这是他们执拗的性格和独立意识酿成的苦果。而八大山人是国破家亡之恨，是骨子里的抗争，是命运的叛逆。

1985年，八大山人被联合国教科文组织评为"中国十大文化艺术名人"之一。

四

文章写到这里，我不禁想起八大山人同宗同源的兄弟苦瓜和尚石涛。石涛比八大山人小十六岁，按辈分八大山人应是叔辈。石涛是明藩靖江王朱守谦十世孙。父亲被南明王朝所害，自幼失怙。朝代更迭，江山易主，小小年纪的石涛便隐姓埋名，落发为僧，躲进社会最幽暗的一角，苟且活命，他的法名原济，号石涛，又名苦瓜和尚。他身世飘零，苦难重重，如同八大山人，早年旅居安徽敬亭山，晚年定居扬州。

石涛不同于八大山人，他自号苦瓜和尚，却"安贫守道"，乐于做清朝的降臣，在南京、扬州，他两次见到南巡的康熙皇帝。大明王朝的后裔面对死敌、异族统治者却行三拜九叩大礼，甘当顺民，更有甚者，他还去北京住过一段时间，结交了清朝的权贵辅国将军博尔，他名为和尚，却长就一身媚骨，俯首帖耳，甘做顺民，这一点终身受到正直文人的睥睨。石涛和八大山人一样，擅长绘画山水、花果、兰竹，特别是山水、兰竹最负盛名。他主张"搜尽奇峰打草稿"，深得元代画家倪瓒、董其昌意趣，反对泥古、囿古，提倡创新，外师造化，形成自己的风神独具、变化万千、新奇多姿的新画风。同样画荷，八大山人的孤傲，苋茕孑立，高迈清俊，到了石涛笔下，则迥然不同，虽然荷茎错落秀拔，茎直亭亭，但荷叶叠叠，舒展有致。荷花或竞相开放，或含苞而立，相互映衬，绰约多姿，妩媚雅逸，野趣盎然。那是画家心态的流露，精神世界的表现。"苦瓜和尚"心灵并不那么苦，至少不像八大山人那样孤寂清苦。我想这和他们的人生经历和生命记忆有差别。明朝灭亡那年（1644）石涛才两岁，明王朝的福泽还未来得及辐射到他身上，严格地说他是清王朝的子民，所以他没有家破国亡的切身悲痛，而八大山人已满十八岁，成年了，是真真实实的前朝遗民了。石涛晚年居住的扬州，想当年"清军屠城十日"，只能从老人茶余饭后的谈论中得悉一星半点。家族的衰败，清军的残暴，在他年幼的心灵里仍是一片空白。他睁眼看世界时，满街已是长辫子、马蹄袖的大清王朝的子民，明月已不在，清风却绕膝。衰草孤鸟，八大山人的画幅上常常出现一座孤峰，无草无树，一峰傲立，直薄云天。孤峰是禅宗的意象，"独坐孤峰顶，常伴白云闲"，是禅门的重要境界。孤峰又是艺术家孤介情怀的再现，是诗人和艺术家特别喜欢的具象。

八大山人的孤独意识，不仅是这位皇胄飘零子弟悲戚情感的流露，更展示作者强烈的自尊思想和卑视尘世的凛然的生命尊严。

这种孤独还有强烈的张力，这是八大山人创作的心态，也是他艺术创作的形式，他把孤独作为生命展示的一种过程。可怜兮兮的命运，他已经视为淡淡流水，渺渺行云，平静而自然。

我在展室里流连徘徊，眼前总幻出一种意象——一块巨石下有一株小花，轻柔芊绵，这是极不和谐的现象。但小花不因环境的恶劣而惶恐，畏惧，它依然自由自在开放，从容地展蕊舒瓣，无言地绽放着生命的张力和强健。生命自有存在的理由，一朵小花也有存在的因缘，这是一个圆融的世界，外界的风刀霜剑，凄风苦雨是可以超越，而花开花落自由生命的因缘所决定。所谓沧海横流，方显英雄本色，一个人可以向世界挑战，一豆灯火可以向弥天大夜抗争，更炫耀着生命高贵，生命意志的强化。

大明朝灭亡了。

大明朝之魂，还在这个世界飘荡游弋。

他的山水草木、花香鸟语，多妩媚泼辣，运笔灵活，画意清新，表现出山河阴晴明灭、烟云变幻、寒暑交替的虚虚实实、千姿百态，形成他独特多样化的风格。

八大山人，高标独立，脱凡超俗，独守贞正，就其人格而言，一直得到后世文人的首肯，为世人称赞，他那种"独立大雄峰"的精神，对孤鸟盘空、孤峰突起、冷月孤悬等意境如此偏爱，正是他心中隐藏着"孤"的精神。

同样，八大山人的山水画，也放肆着他不满现实的独立不羁的孤傲个性，形成一种豪迈雄健的笔墨，旨在抒发强烈的身世之感。生命如寄。生命就是一趟独立的旅行。他无可救赎，无枝可依，只有艺术收养他。八大山人笔下的山水都表现了"零碎山河颠倒树，不成图画更伤心"的情怀。他创造的山水形象既不修润简洁、温静娴雅，更无山川清丽、林木蓊郁的生机，是一片苍茫、凄楚、残山剩水的苍凉。他在一幅《孤鸟图》题诗云："绿荫重重鸟间关，野鸟花香窗雨残。天谴浮云都散尽，教人一路看青山。"他的世界是悲惨世界。

我徘徊在纪念馆里，只觉得四面化为回音壁，从那画幅里隐隐传来历史的回声，低沉、暗哑、悲戚，那是孤独者的灵魂在歌唱。

时代造就一代艺术大师。

命运铸成一尊叛逆者的雕像。

他长寿八十岁，一身骨气仍然属于大明王朝。

原载《山东文学》2016年第5期

只要你上了火车

毛　尖

————————

这次的题目是火车。

不知道是电影找到了火车，还是火车找到了电影，反正，火车和电影的相遇，就像春天发现恋情，彼此在对方身上看到了自己。

1895 年，第一部电影《火车进站》（*The train pulled into the station*，法国）拉开影史大幕，这个不到一分钟的电影记录了 19 世纪的火车驶入巴黎萧达站的情景。火车从画面右侧远景进入，小黑点变成大火车，观众有的侧过头让火车开过去，有的躲到座位下面，有的直接闪人，今天大家读到第一代电影观众的质朴反应，会笑起来。嘿嘿，让你们笑！一大波"恐怖列车""午夜列车""东方快车""欧洲特快"带着一万吨血向你驶过来，正在车厢里谈情说爱的男女，突然看到窗口挂着一个血淋淋的人；卧铺车厢的老头起夜回来，发现对面床铺已经换了一个人；即将结婚的男女前去拜见长辈，在火车停靠休息后，妻子却再也没有回来……

所以啊，一百多年过去，火车开过来，你还是会缩进座位里情不自禁闭上眼睛，因为本质上，火车不是镜头里的交通工具，不是背景道具，火车就是影史中的头号悬疑，银幕上的最大情感载体。火车，唯有火车，这个和工业革命的浓浓烟雾、和开疆拓土的资本历史相始终的火车，才是电影史的终极主人公。和谋杀和战争有关的电影，都和火车有关；和邂逅和告别有关的电影，也和火车有关；坐火车可以去天堂，也可以去地狱；火车可以满到再也塞不进一个鬼，也可以空寂到鬼都没有一个。

现在，火车开过来了，看看车上都有谁。

乘　客

希区柯克（Alfred Hitchcock），悬疑电影的掌门人，最喜欢坐火车也最擅长表现火车。他自己本人就多次在火车场景中客串出镜。1929年，希区柯克执导英国第一部有声片《讹诈》（*Blackmail*，英国），即将卷入命案的男女主人公登上同城列车，希区柯克也在车上。那年希区柯克刚满三十岁，当时还只是婴儿肥的样子，所以他为自己安排的打酱油角色还有一个非常充分的摄影长度：车厢里的调皮孩子玩弄他的礼帽，他向孩子母亲投诉，孩子母亲不理，调皮孩子继续跟他搞，希胖一脸无辜的表情令人难忘。接着在 1943 年的《辣手摧花》（*Shadow of a Doubt*，美国）中，希区柯克再次登上火车，他和对面的乘客打牌，观众只看得到希胖一个侧面，但是摄影机特写了希区柯克手上的那副牌。然后是 1947 年，《凄艳断肠花》（*The Paradine Case*，美国）开场半小时，希胖跟着当时还是小鲜肉的男主格里高利·派克走出火车站，他怀里抱着一个几乎跟他一样高的提琴盒子。时隔四年，《火车上的陌生人》（*Strangers on a Train*，1951，美国）中，希胖费劲地提着提琴登车，再打一次火车酱油。

好了，我要说的就是《火车上的陌生人》。网球名将盖伊和游手好闲男布鲁诺登上了同一列火车。布鲁诺一眼就认出了盖伊，而且似乎对他的感情生活了如指掌，知道他喜欢一个叫安妮的参议员女儿，但是水性杨花的妻子米里亚姆却不愿意和他离婚。布鲁诺随即提出一个完美谋杀方案，他去盖伊老家帮他除掉妻子，盖伊则去他家里帮他干掉父亲，布鲁诺恨他父亲。这种"交换谋杀"的理论基础，用布鲁诺的话说，是因为每个人心中都有一个想除掉的人。

盖伊以为布鲁诺是开玩笑的，两人分手时没当回事地说了声"好"。但布鲁诺立马上路了，他手法干净地干掉了米里亚姆，完事的时候，差点把盖伊的一个打火机留在杀人现场，那是他在火车上吸烟时盖伊拿给他用的，但是他很谨慎地把打火机捡了起来，观众看到这里，松了一口气。随后，布鲁诺通知盖伊，现在，你应该去干掉我讨厌的老爸了。

前途大好的盖伊当然不想杀人，但是邪恶的布鲁诺如影相随跟着他，逼他就范。无奈，盖伊带上黑色手枪出发了。深夜，他走进布鲁诺父亲房间，观众替他捏把汗，不过盖伊是来提醒布鲁诺父亲的，可惜的是，被子揭开，躺在床上的是布鲁诺。布鲁诺于是恶向胆边生，他准备第二天回到米里亚姆的死亡现场去放盖伊的打火机，让已经被高度怀疑的盖伊百口莫辩。最后的悬念是，被网球大赛缠住的盖伊能不能赶在布鲁诺之前到达案发现场。

在希区柯克的众多杰作中，《火车上的陌生人》似乎一直没有得到足够认真的对待，包括希区柯克自己，在谈及这部电影时，不是抱怨编剧不够称职，就是说演员缺乏火候，他对女主露丝·罗曼（Ruth Roman）不满意，说她是硬塞给他的；也对男主法利·格兰杰（Farley Granger）不满意，觉得他不够强壮。不久前我重看这部电影，反复看了三遍希区柯克的开场，尤其是他的铁轨表达，有点明白了为什么希区柯克会不愿多谈这部影片的意图，每次大而化之地聊些演员编剧。我的感觉是，《火车上的陌生人》这部电影，触及了希区柯克本人的秘密，故事中的"交换谋杀"，隐喻的是他最喜欢的火车意象，而更直接点说，这部电影，既是一次关于火车乘客的精神分析，也是关于希区柯克本人的一次精神探秘。

整部电影，希区柯克一直在使用"铁轨法则"，不断地平行交叉平行又交叉。电影开场，一辆出租车从银幕右侧驶入，一个穿醒目黑白双色皮鞋的男人下车，接着另一辆出租从左侧驶入，下来一个黑色皮鞋男人。双男主登场，但我们都只能看到他们的脚。他们一右一左平行进入车站，接着镜头切换，直接特写铁轨，轨道无限延伸然后交汇随即又分开。再下面一个镜头，双色皮鞋男从车厢右侧进来，落座，黑色皮鞋男从左侧进来，落座，两人皮鞋相碰，火车上的陌生人就此相识。

沃克（Robert Walker）扮演的布鲁诺显然是个对女性不感兴趣的男人，两男刚一认识，他就非常亲昵地从对面位子转过去挨着盖伊坐下，没几分钟，他已经在向盖伊表白："我喜欢你！"这是火车上的情感方程式，突然邂逅的陌生人，可以飞快地突破距离，布鲁诺女人兮兮地半躺在位子上，对盖伊说："我会为你做任何事！"希区柯克把这一段拍得相当污，布鲁诺不断地缠住盖伊，盖伊节节败退终于欲罢不能，到后来他帮布鲁诺整理领带时，观众简直准备好了他们要动手动脚。这两个男人铁轨一样相交，电影中的其他意象也跟铁轨一个格式，车厢光线左右交织，盖伊打火机上的图案，是一对交织的网球拍，布鲁诺的西装是铁轨状条纹，他的条纹裤不断掠过盖伊，他的语气一直非常亲狎，这个布鲁诺到底是谁？这个凭空而降的布鲁诺为什么对盖伊如此了如指掌甚至几乎可以说一见钟情？

希区柯克曾经承认，"我当然更喜欢布鲁诺这个角色，因为他坏嘛！"二百五十斤的希胖驰骋影坛一世纪，虽然每次电影结尾他的坏人坏事都大白于天下，但是，每次坏人干坏事出现漏洞的时候，我们是不是都替坏人捏把汗？《火车上的陌生人》最后一场戏，布鲁诺前去案发现场放打火机准备嫁祸盖伊，出火车站后，他看了看天色，还不够黑，拿出打火机准备抽一支烟，不巧一个过路的撞了他一下，他手一抖，打火机掉入窨井。电影接着又是双轨并行，一边盖伊要奋力夺冠尽早结束赛事，然后在警察的眼皮底下溜上火车；一边布鲁诺要一次又一次地伸手探入窨井捞出打火机，开始的时候，我们希望布鲁诺失败，但是希区柯克心思邪邪不断从布鲁诺角度去捞打火机，正不压邪，终于布鲁诺捞出打火机，我们跟着喘口气，却不知道心中小小的道德天平已经被希区柯克拨了指针。

跟着摄影机的视角，我们希望坏人得逞，而一节节车厢，就像一个个摄影机，它释放出来的陌生乘客，就是我们心头的小魔鬼。布鲁诺，百分百是盖伊内心的恶念，电影一开始，他就影子似的跟着盖伊，镜像般和盖伊同步，两人铁轨一样并行，铁轨一样交叉，盖伊没法抛弃他，如同自己没法甩开自己。所以，从现实主义的角度追问为什么盖伊不去警察局说清楚，实在没有意义。希区柯克在这部电影中，呈现的既是火车这款人格黑箱，又是双面的自己，这个希区柯克是如此真实，尤其他还出动了自己女儿来扮演盖伊心上人的妹妹，聪明妹妹比天仙姐姐对盖伊更热情，当然，男人都会爱比妹妹美上十倍的姐姐；与此同时，作为内心的黑暗魔，布鲁诺的同性恋气质非常明显，而因为他身上的同性恋气质，他和盖伊之间有一种奇特的污感和奇特的共谋感。好人坏人之间的共谋，内部的缠绵，这个，就是希区柯克要的效果，也是他自己的精神构造，所以，希胖的火车乘客常跟恋爱中的人一样具有强烈的情色感，《三十九级台阶》（*The 39 Steps*，1935，英国）也好，《贵妇失踪案》（*The Lady Vanishes*，1938，英国）也好，包括《西北偏北》（*North by Northwest*，1959，美国），希区柯克的车厢里永远有美丽的男人和女人，他让自己置身于这些美丽的乘客中间，一路从欧洲到美洲，一路带上千千万万乘客，希胖跟布鲁诺一样有信心，嘿嘿，只要你上了火车，不怕我召唤不出你内心的小魔鬼。

司 机

乘客落座，他们的是非感已经被希区柯克催眠，但是不用担心，火车一定会抵达正确的终点，因为我们的司机是巴斯特·基顿（Buster Keaton）。

没什么好比较的，基顿肯定是影史上最好的司机，不仅因为他最老牌，蒸汽火车时代过来的技术健将，而且他有上帝给的一手好牌，任何时候都能化险为夷。心思歪歪的希区柯克遇到基顿，完全无计可施，因为基顿的一身正气来自他天然的呆萌。

巴斯特·基顿出身杂耍演员家庭，默片时代的喜剧大师，唯一让卓别林产生过焦虑感的人，尤其他也是集编导演于一身。基顿风格朴素、逗乐，他最好的电影是《福尔摩斯二世》（*Sherlock, Jr.*, 1924，美国），影片剪辑和拍摄手法之前卫，今天看看，都比冯小刚张艺谋强太多，而且电影中大量高难度动作，他全部亲力亲为，动作勇猛又流畅，秀逗又狡黠，他是动作片商业化之前的美好始祖，站在电影史的分水岭上，用自己的肉身创造了电影院最响亮的笑声。他司掌着《将军号》（*The General*, 1926，美国）进站，即将以处变不惊又随遇而安的气度，创造一次火车追踪奇迹。

《将军号》不是基顿第一次上火车，之前一年，电影《西行》（*Go West*, 1925，美国）中，基顿就偷搭火车到过纽约又到西部，在人烟稀少的地方，和一头叫"棕色眼睛"的母牛建立了美好的感情，直至最后把这头母牛变成电影女主。不过，《将军号》才是基顿真正确立他火车司机地位的大师之作。

基顿在电影中扮演大西洋火车公司的司机强尼，他生活中的两样挚爱，一是火车二是女友安娜。内战爆发，大家都去应征入伍，安娜的父兄都入伍了，可是强尼应征被拒，因为人家觉得他的火车岗位很重要。强尼很沮丧，女友家更误会他是胆怯。很快，上帝给了强尼证明自己的机会。当"将军号"和安娜一起被北方军设计掳走后，强尼一个人驾驶着"得克萨斯号"火车头立马出发。

乍一看，这是一部成龙兮兮的作品，充满了即兴的打头和单纯的追逐，但是，作为90年前的影像实验先锋，基顿把自己抛入暴风骤雨般的环境中，子弹向他正面飞去，火车从他背面驶来，他却从没有停下过手头的事情，而正因为他没有停下手头的事情，他弯腰向火车头里添柴火的时候，他其实避开了一颗子弹，他清除铁轨上的障碍，屁股一抬刚好坐在了即将碾压他的火车头的缓冲装置上。强尼不是成龙那样的英雄，只是大自然正好站在他这边，他一个失手，飞出去的刺刀刚好砸中敌人，掉下去的木头刚好砸昏对手，绝望中的跳水刚好成了逃生的最好选择，这个，是基顿功夫喜剧的核心，它是初级阶段的电影对天人合一的温馨想象，不是后来成龙电影那样的拳脚相加血淋哒滴。

《将军号》中的强尼和电影中的雷雨闪电一样，是出现在电影空间中的一个自然符号，这些元素应召而来应召而去，成为基顿杰出的场面调度的一部分，一切，就像罗伯特·考克尔（Robert Kolker）说的那样："我们对基顿电影的反应，就是我们在白日梦中看到的世界样子。"所以，看基顿的电影，就像看最得心应手的世界，并且这个世界，还是上帝手把手带着我们穿越危险飞过来的，如此，基顿也和后来的所有成龙类电影不同，虽然后来的成龙们都模仿基顿，但基顿要向观众展示的是，最终，客观世界会和我们一起同仇敌忾，渺小的主人公只要保持他的勇敢和天真，一定会得到上帝的眷顾。这个，从《将军号》的一个段落中就看得出。强尼驾驶着"得克萨斯号"去追"将军号"，一路，敌人用各种可能的办法阻挡他的追赶，但都没有成功，终于，强尼夺回了

"将军号"，现在换敌人来追他，一模一样的，强尼拿敌人刚刚用过的办法来阻挡敌人，阴差阳错他每次都成功。这才是欢乐颂，欢乐的不是敌人被打败，而是敌人被如此呆萌地打败，叮叮哨，叮叮哨，只要基顿上火车，他立马就是"神"。

从另外一个角度，把《将军号》放入时间的长河中去看，今天的所有火车戏，多多少少都和《将军号》有血缘关系。就说火车过桥这个细节，在后代无数电影中被再现。漂亮的《桂河大桥》（*The Bridge on the River Kwai*，1957，美国）引爆了，火车掉下去；《桥》（*Savage Bridge*，1969，南斯拉夫）炸了，敌人说"我们失败了"；《卡桑德拉大桥》（*The Cassandra Crossing*，1976，意大利、西德、英国）中，火车再次掉下去。每次看到桥被炸掉，或者火车过桥掉下去，我就觉得，当年基顿用四万多美金天价做的炸桥和火车落水场景，光是在电影课的意义上，就已经收回示范成本。而作为火车司机，巴斯特·基顿和他的"将军号"已一起永垂影史。

列车长

司机和乘客都上车了，现在有请列车长。

电影史中有很多列车长，西方惊恐列车上的列车长常以男人为主，电影经常要考验列车长的人性，类似《暗夜列车》（*Night Train*，2009，美国、德国、罗马尼亚）中，沉稳老练的列车长也被"潘多拉的盒子"一点点腐蚀；东方的灾难列车上，列车长则常常是女的，比如《12次列车》（1960，中国）中的列车长张敏媛，带着全车乘客身先士卒奋战洪水三昼夜，就是典型的社会主义时期的美好女性。不过，没有比格里高利·丘赫莱依刻画的中尉更适合成为我们这趟电影专列的列车长的了。

丘赫莱依编导的《士兵之歌》（*Ballad of a Soldier*，1959，苏联），

在我心中是个满分电影。1959 也是电影史上最星光熠熠的年份，搞得 1960年的戛纳金棕榈评奖吵成一团，不断有人拂袖而去，不断有人大骂蠢货，最后，费里尼（Federico Fellini）《甜蜜的生活》（*The Sweet Life*，意大利、法国）拿了金棕榈，安东尼奥尼（Michelangelo Antonioni）的《奇遇》（*The Adventure*，意大利、法国）拿了特别奖，委屈《士兵之歌》拿了一个最佳参与奖，不过据说丘赫莱依挺满足，因为戛纳为他之后带来了一系列的奖项。

戛纳、奥斯卡都成了往事，《士兵之歌》也是以讲述往事的方式开场，和平时期的母亲遥望着无穷尽的远方，想念永远回不了家的阿廖沙。卫国战争时期，十九岁的阿廖沙因为击毁了敌人的两辆坦克而受到嘉奖，不过阿廖沙跟将军说，他想用奖章换一次回家。正逢军事休整，将军同意了，给了他六天时间，来回路上四天，帮妈妈修屋顶两天。电影以散文诗的方式展开，很有意思，完全在同一个时间，我们上海电影制片厂摄制的《今天我休息》（1959，中国）也是以游走的男主人公视角结构全片，不知道这算不算一种社会主义电影美学，至少，这种结构法可以呈现最广大的群众面貌，也让两部电影都别具诗意。

阿廖沙踏上了回家的路。虽然是战争时期，但是十九岁的阿廖沙却浑身都是阳光。站台上遇到在战争中失去一条腿的士兵，士兵怕回家怕见妻子，阿廖沙虽然时间紧急还是耐心地等士兵一起上火车，并且和他一起下车等妻子，天色向晚，妻子一直没出现，士兵内心是恐惧，阿廖沙也很焦躁，终于，背后传来一声"瓦夏"！阿廖沙没时间看他们一起热泪涟涟了，他继续上路赶火车。

因为之前耽搁，他只好去搭一个军列。守军列的士兵胖乎乎的有点小坏，他开始不想让阿廖沙上，因为据他说，他们的中尉，也就是这趟军列的列车长"是个魔鬼"，万一知道了会送他上军事法庭，但是小胖子后来看中了阿廖沙包里的牛肉罐头，事情就成了。

阿廖沙上了军列,躺在干草堆上美美地睡了一觉。然后火车停了一下又出发,他睁开眼,发现车厢里多了一个姑娘。姑娘看见干草堆后的他,吓得大叫"妈妈",以为他是"魔鬼中尉"。当然,天使一样的姑娘和天使一样的小伙马上和解了,火车隆隆向前,窗外是春天的苏联,对面是比春天更美好的舒拉,阿廖沙心里是多么想亲近这个姑娘。可惜,列车暂停的时候,小胖子又出现了,他见不得阿廖沙这么爽,做出秉公执法状,要把平民舒拉赶下军列,阿廖沙着急了,实在没办法,他只好同意再用牛肉罐头换小胖子的恩准。小胖子接过一个牛肉罐头藏在大衣里,再接过一个牛肉罐头的时候,传说中的"魔鬼中尉"出场了。

中尉问:"怎么回事?"阿廖沙掏出证件表明自己在休一个匆忙的英雄假,上了年纪的中尉露出大天使的笑容,不仅同意阿廖沙搭乘军列,而且同意姑娘一起,只嘱咐了一句"注意防火"。临走的时候,中尉问小胖子,手里什么东西,小胖子狡辩这是阿廖沙给的礼物,中尉严厉回他:"关两天禁闭。"小胖子问"为什么",中尉更加严厉了:"五天禁闭。"等中尉一走,小胖子朝阿廖沙和舒拉叹气:"看吧,我跟你们讲过,他是魔鬼。"

天赐的"魔鬼"中尉!这是阿廖沙人生中第一次也是最后一次和百合花一样的姑娘同行,十九岁的阿廖沙没来得及告诉舒拉他喜欢她,非常喜欢她,整个二十世纪最纯洁的姑娘舒拉,也终于没有机会告诉阿廖沙,她已经爱上他,但是,保卫家园是更神圣的事情,《士兵之歌》最好的地方是,这部电影没有流于好莱坞的反战调,苏联男人为了自己的祖国,没有一点软弱地奔赴战场。阿廖沙出发回家的时候,一个士兵拦住他,让他给住在契诃夫大街七号的妻子捎个信,告诉她"我还活着",全队的士兵就拦住队长,让阿廖沙带着他们全队仅有的"两块肥皂"去送给士兵妻子。

行程匆忙,阿廖沙带着舒拉一路跑到契诃夫大街去送口信和肥皂。

可惜的是，士兵的妻子已经另外有人，阿廖沙黯然下楼，想想气不过，又跑回去把两块肥皂要了回来送到在避难所里的士兵父亲那里。一来一回阿廖沙的假期都浪费在路上了，剩下的时间他赶回家，只能和母亲匆匆拥抱一下就离开，作为军人，他向将军保证过不迟到一秒钟。而影片从头至尾，没有传递一丁点罗曼蒂克的消极情绪，整曲"士兵之歌"都极为朴素，战士请求回家是人之常情，母亲送儿子回战场也是人之常情，失去腿的士兵怕回家是人之常情，邮局姑娘谴责怕回家的士兵也是人之常情，而所有的人之常情，都和保家卫国这个神圣概念相关，所以，后来不少研究者把《士兵之歌》和好莱坞的很多反战电影放一起总结，我是非常不认同。比如说吧，虽然《士兵之歌》和《拯救大兵瑞恩》（*Saving Private Ryan*，1998，美国）在结构甚至不少细节上有相同之处，但是，批准阿廖沙回家的将军和要去把瑞恩从战场上找回来的将军，不是一个感情逻辑；斯皮尔伯格在《拯救大兵瑞恩》中的反战蓝调，在《士兵之歌》中不是完全没有痕迹，但是被有效地控制在一个毫不软弱的调门里，反思战争得有一个前提，反战和反对帝国主义的战争可以共用一个理论逻辑吗？《南京！南京！》（2009，中国）反战到把日本军人柔化成哲学家，内在的简单化就是把《士兵之歌》和反战电影相提并论。

"魔鬼中尉"身上有普遍的人性法则，但比人性法则更高的是祖国法则，首先因为阿廖沙是苏联的战争英雄，中尉才没有一点犹疑地让他留在军列上；其次才让英雄享受一点人性福利，所以导演丘赫莱依没有在中尉的决定上进行一丁点煽情，阿廖沙和舒拉是质朴，中尉也是质朴，包括坏坏的小胖子也是质朴，所以，让我们的"魔鬼中尉"担任这趟电影专列的列车长，东方西方都会点头的吧？

调度员

列车人员就位，最后我们需要一个月台上的调度员，就万事俱备了。这个调度员，必须请捷克电影《严密监视的列车》（*Closely Watched Trains*，1966，捷克斯洛伐克）中的主人公米洛斯来担当。

《严密监视的列车》是捷克新浪潮健将伊利·门策尔（Jirí Menzel）在二十八岁时完成的作品，展现了可以和法国新浪潮顶尖之作媲美的电影新语法。米洛斯是二战时的一个小镇青年，他和整个小镇一样，虽然身处一个方生方死的大时代，但是他们却置身世外般浑浑噩噩，该恋爱恋爱，该偷情偷情。米洛斯父亲四十八岁就开始领退休金享福，顺便把火车站的职位传给了瘦小的儿子；火车站站长把日常时间都消耗在养鸽子上，衣服帽子上都是鸽子粪，人生偶像是镇上的伯爵夫人，站长老婆养鹅，每天晚上给鹅补钙；火车站里还有两个同事，胡比克是个俊俏风流哥，泽登娜是个风流呆萌妹。外面世界战火纷飞，但米洛斯的人生大事还是自己的早泄问题。大夫让他找个年纪大的女人去试试，他就到处找。

电影开头，米洛斯的旁白告诉我们，他的祖父是个催眠师，小镇人民认为他干这行是为了可以不劳而获过一生，曾祖父也差不多，都不是勤劳勇敢的人，所以，电影过半，观众都会以为在看一部旨在表现被占领区人民浑浑噩噩的电影，整个火车站昏蒙的状态特别令人觉得导演是要表现一个"只有鸡鸡才是大事"的小镇，而且，纳粹到火车站来统编他们，也没有在他们心里激起一点点反抗。米洛斯至今为止的壮举也就是因为早泄，曾去妓院割腕自杀，就像他的同事胡比克，最大的壮举就是把火车站的公章盖在了泽登娜的屁股上，这样的令人沮丧的一群小镇居民，还能有什么希望？

九十分钟的电影，到了七十分钟出现重大转折。花花公子胡比克突然像《潜伏》中的孙红雷一样变了语气："听着米洛斯，明天会有一趟货柜车经过我们车站。"米洛斯问那又怎样？胡比克说："我们要炸掉它。"米洛斯没有一丝犹豫，"没问题，但怎么做？"胡比克更加严肃了，"别担心，我们都安排好了。二十八节车皮的军火，我们必须在车站后面的空地上炸掉它。"胡比克是准备好自己牺牲的，他爬上信号塔，向米洛斯示范了怎么把炸弹扔到火车的中间车厢，他要米洛斯做的，就是明天等火车开过来的时候，发出信号让火车慢下来。米洛斯都记住了。

很奇怪，陡然的转折一点不影响电影的流畅，好像花花公子和抵抗战士的合体本身就是一种和谐，思想一片空白的米洛斯突然被革命灌注了真气，他孩子般的笑脸上有了真正的内容。当天晚上，送炸药的女人来了，胡比克把米洛斯送进了她的房间，革命治愈了早泄，第二天起来，米洛斯伸了一个像胡比克一样的懒腰，吹了一个像胡比克一样的口哨。胡比克问他害怕吗，他说"我从来没有像今天这么平静"，鸟在歌唱，鸽子在飞，天空蔚蓝，少年米洛斯同时被革命和性启了蒙，他现在可以向世界诠释什么是捷克人了。

电影最后一段，因为泽登娜的母亲上诉，德国人突然前来调查泽登娜屁股上的公章案，"因为屁股上的公章显然侮辱了德国的民族语言"，胡比克走不了了。眼看火车将至，米洛斯非常镇定地从抽屉中拿出炸药，在火车站另外一个抵抗者的配合下，沿着春天的铁路走过花走过树，遇到女朋友他很自信地对她说："玛莎，亲爱的，等我一下，我马上回来。"米洛斯走向信号塔，同时火车站里，漂亮的泽登娜非常天真非常抒情地向纳粹描述："我和胡比克先生一起值夜班，因为无聊，胡比克说我们可以玩一个盖印章游戏，火车会飞，死亡会飞，一切都会飞，我一直输，就一直脱，先是鞋子，袜子，然后上衣，内衣，最后是我的短裤……"里面纳粹听得咽唾沫，外面米洛斯已经爬上信号塔，他镇静地扔下炸药，纳粹发现了他，子弹响起，他也摔在火车上。

火车爆炸，小镇地动山摇，米洛斯的帽子飞到玛莎脚边。当年，他祖父试图催眠入侵的德国坦克没成功，米洛斯成功了。荒诞和勇气，本来就同时存在于捷克人的血脉中。米洛斯可以因为早泄放弃生命，也可以为了祖国献出生命。纳粹骂捷克人是"只会傻笑的民族"，电影最后，纳粹的火车爆炸，捷克人大笑·备受早泄困扰的米洛斯，终于在光天化日之下表现了一次生命的硬度。

整部电影，门策尔完全放弃了"抵抗组织炸火车"这类题材的通常手法，他用九分之七的时间让电影毫无章法甚至毫无线索地演进，用怪诞的影像在观众心中积累出一种可以接受一切的心理准备，然后，咣当一下，火车刹车般的，他用几近儿戏的方式奏响电影最强音，那一刻，我们被完全稚嫩又几近崇高的米洛斯深深吸引，我们看他被火车带走跟着火车一起灰飞烟灭，虽然想再看他一眼的努力被银幕定格，但是门策尔这种举重若轻又举轻若重的电影语法还是深深地撼动了我们。换句话说，这种电影临近结尾才骤然发生的主叙事，非常有效地治愈了电影的"早泄"，那才是火车电影该有的腔调，不是吗？瘦小淡定的米洛斯，正是我们需要的调度员，不是吗？

米洛斯站在月台上，他的父亲躺在床上拿着表在对时，小镇的列车最准时。想起笑话里的观众，在电影中看到美女出浴，不巧这时火车开了过来；他就再次买票进去看，美女出浴，火车又开过来；他再看，火车再来。如此七次，他绝望哀嚎：为什么电影中的火车总是那么准时。

我们的电影列车，就是这么准时，从不迟到。好了，关于火车的故事就说到这里，下次要说的是，火。

原载《收获》2016年第4期